Tissu de soi

Christiane Dufourcq-Chappaz

Tissu de soi

Instants de vies

© 2020 Dufourcq-Chappaz, Christiane

Édition : BoD – Books on Demand,
12/14 rond-point des Champs-Élysées, 75008 Paris
Impression : BoD - Books on Demand, Norderstedt, Allemagne

ISBN : 9782322205714
Dépôt légal : Mars 2020

*« Ce que je suis,
ce sont les liens que je tisse avec les autres. »*

Albert JACQUARD (1925-2013)

Liens ou chaînes ?

Au lecteur

Les textes gais ou tristes qui suivent pourraient paraître comme autant d'histoires banales s'il ne s'agissait d'histoires de vies, de moments d'existence importants pour ceux qui les vivent.

Il y est question de liens. Ces liens interpersonnels qui fondent les relations, les affects, mais aussi les représentations, les statuts ou les situations. Ils sont liens de filiation, fraternité, famille, amitié, de travail ou de société. Ils s'exposent dans la proximité entre individus ou l'appartenance à un groupe, quelles que soient la période de la vie des personnes ou l'époque de l'Histoire.

Chacun établit un mode particulier d'être à l'autre, aux autres, et d'abord à soi-même. L'image de soi devient l'interface de l'histoire entre soi et les autres. Le lien avec soi-même se construit dans le rapport à l'autre, dans la relation, l'altérité.

Parce que la vie c'est le mouvement, les fils entrelacés de nos liens constituent la chaîne et la trame de l'étoffe de notre être en perpétuelle évolution. Cela que l'on éprouve plein ou vide, rupture ou harmonie, qu'ils nous entraînent dans l'ordre ou le désordre, l'amour ou la contrainte, le consensus ou la violence.

À chacun sa stratégie selon sa fragilité, sa dépendance, son rythme, sa capacité à prendre en charge sa destinée. Pour certains, il s'agit parfois de stratégie de survie. Un jour, un destin, une rencontre permettent la création de nouveaux liens qui seront importants pour la personne.

Ces liens, on les voudrait irréprochables, traits d'union qui attachent, nouent, relient, libèrent, alors que parfois, dans la « dé-liaison », ils se distendent, lâchent, cassent et nous cassent, ou semblables à des laisses nous enchaînent.

Liens ou chaînes ? À chacun sa réponse.

Frère de cœur

Arrivée devant l'entrée, je marque un temps d'arrêt.

Instinctivement, je respire amplement avant d'aller plus loin, puis j'entre.

La porte vitrée poussée avec précaution, sans bruit, comme si déjà il était question de se mettre en harmonie avec l'atmosphère des lieux, je pénètre dans un autre monde.

Aussitôt une légère odeur de cuisine du repas passé ou à venir se mêle à celle du chocolat du goûter et arrive jusqu'à moi.

À ma gauche, une inscription sur le mur se détache en gros caractères :

« Toute personne étrangère au service est priée de se faire connaître ».

Comment en serait-il autrement, le bureau de la secrétaire est largement ouvert sur ce vestibule, véritable sas de transition entre le dehors et le dedans.

Pour la ixième fois depuis quelques semaines que je fréquente ce lieu, je dois annoncer mon intention de visite et pour la ixième fois, un demi-sourire lunaire s'offre à moi :

« Chambre 305, 3e étage »… avec quelques variantes, « mais je crois qu'elle est dans la salle ».

Autre éventualité : « elle est dans sa chambre », ou bien le plus souvent en désignant Charlotte, « elle est là, elle vous attend ».

Tout est calme, silence dans cette salle commune.

Seul le grincement d'un fauteuil roulant qui avance lentement vers moi anime les lieux, bientôt suivi du bruit d'une canne qui claudique dans un couloir tout proche.

Pourtant plusieurs personnes sont là, installées, habitant cet espace, les mains sagement sur les genoux ou les bras croisés.

Jetant un coup d'œil autour de moi, je constate en effet que cette pièce d'entrée semble, au fil du temps, se transformer en salle d'attente, ou d'attentes pour quelques-uns, toujours les mêmes. Tandis que les autres pensionnaires restent dans la salle commune, assis devant la télévision ou intéressés par les activités proposées, les occupants des lieux paraissent avoir choisi cette pièce, chacun ayant une place qu'on pourrait croire réservée.

Qu'ont-elles en commun toutes ces personnes réunies là ?

La solitude ou l'isolement vécus à l'extérieur les ont probablement amenées à intégrer la résidence, dernier lieu d'accueil de vies bien remplies.

Le plus souvent silencieuses, elles sont là, de faction, guettant, prévoyant, escomptant, espérant.

Rester là, attendre la venue de quelqu'un, compter sur cette venue, attendre que se produise un fait, que quelque chose se passe. Patienter un temps, un moment, une éternité.

Qui saurait dire ?

Espérer un signe de l'extérieur dans une pièce qu'on nomme « entrée » alors qu'elle fait aussi sortie.

Une phrase de Cesare Pavese me revient alors en mémoire comme si elle était destinée à ce lieu, à ces personnes assises là devant moi.

« Attendre est encore une occupation.

C'est ne rien attendre qui est terrible. »

C'est dans ce lieu, qu'aujourd'hui, je vais retrouver Charlotte, mon ancienne voisine que je viens visiter.

Juste face à moi, assis sur une chaise plaquée contre le mur et en aplomb de la pendule, l'homme dit « le professeur » est là. Il attend impassible, l'improbable venue d'un parent, d'un ami, mais plus sûrement le passage d'un « n'importe qui », un visage nouveau, un bonjour poli, peut-être avec un peu de chance, un sourire.

Il y répondra du bout des lèvres, distant, comme s'il n'était pas concerné. Souvent mutique, il reste des heures dans cet endroit, sans doute le plus animé des lieux par ses allées et venues incessantes, ne cesse de regarder sa montre, 10, 20 fois comme si ce geste allait accélérer le temps.

Il passe pour avoir « un foutu caractère », peu aimable avec les autres pensionnaires, toujours à reprendre l'un ou l'autre sur sa façon de s'exprimer, d'où son surnom. L'autre jour, pour la première fois, c'est à moi qu'il s'est adressé. Charlotte m'avait accompagnée jusque dans ce lieu de passage incontournable et, hésitant à remonter dans sa chambre pour quelques minutes avant le goûter, s'était inquiétée de l'heure.

« Presque 5 heures », lui ai-je répondu.

« Non, Madame, on dit 17 heures, 5 heures, c'est le matin », a rectifié « le professeur » dans mon dos, se mêlant à la conversation.

« Vous avez parfaitement raison, Monsieur, c'est une erreur de ma part », ai-je rapidement répondu avant de dire au revoir à Charlotte et, gentiment malicieuse, je me suis retournée :

« Je vous dis bonsoir, Monsieur, il est 17 heures précises… je pense que c'est le moment du goûter. »

Quelque chose qui ressemblait à un grognement et se voulait, peut-être, être « un bonsoir » m'a répondu. Je sais depuis ce jour pour l'avoir observé que, désormais, avant de détourner la tête en signe d'indifférence devant ma main tendue pour le saluer, une légère lueur éclaire ses yeux sombres lorsqu'il me voit. J'ai même eu droit à un semblant de sourire la dernière fois que nous nous sommes vus.

C'est un peu comme un jeu entre nous, un jeu dont nous créons les règles au gré de nos rencontres, un jeu qui ne va pas de soi. J'ai le sentiment d'apprivoiser cette relation et pourtant, lui reste maître de ce jeu comme s'il me disait : « ma confiance se gagne ».

Je finis par repérer les habitués des lieux au fur et à mesure de mes visites.

Je m'inquiète de la santé de Charlotte quand « la cantatrice », ancienne chanteuse du Grand-Théâtre, toute de rouge vêtue, traverse le hall d'un pas aussi alerte que le lui permettent ses 94 ans bien portés. Mettant sa main sur sa bouche, elle envoie un baiser à la ronde comme en représentation. Chacun des occupants du lieu y a droit. Elle part, dit-elle, chez sa fille pour la journée, accompagnée de son gendre dont elle tient le bras avec cérémonie.

Au passage, montrant la teinte noir de jais de sa coiffure qu'elle estime très réussie, elle recommande à l'une des pensionnaires assises là d'utiliser les soins de la coiffeuse :

« Ça ne vous fera pas de mal. Vous ne devez pas souvent vous regarder dans la glace. »

C'est dit, sans trop de ménagement, mais c'est dit. À la suite de quoi elle obtient un haussement d'épaules, sitôt le dos tourné, et un commentaire inaudible par le reste de l'assistance, mais qui ne semble pas en sa faveur.

Se ravisant, elle fait quelques pas en arrière et s'adresse à Charlotte qui a toute son amitié, lui parlant dans le creux de l'oreille. Je crois comprendre qu'il s'agira avec quelques autres de ses relations choisies de se retrouver dans sa chambre le jour suivant pour fêter ensemble son anniversaire, bien sûr, « au champagne » qu'elle vient de recevoir.

Le calme retombe quelques secondes, le temps de reprendre une conversation pas toujours aisée. Je m'aperçois que si je ne faisais pas preuve d'imagination avec mon amie les sujets se limiteraient à quelques banalités, à un univers de plus en plus restreint où chacun des interlocuteurs ne serait plus à sa place. Deux mondes différents qui se rencontrent et dont l'interface se réduit avec le temps.

Elle me téléphone pour réclamer ma visite. Elle est impatiente et heureuse de me rencontrer, pourtant, très vite, elle semble être distraite par ce qui se passe autour d'elle malgré ma présence ou feint de l'ignorer.

L'autre jour, alors que j'avais dû batailler avec mon emploi du temps pour lui rendre visite, à peine avions-nous échangé quelques mots qu'elle me quittait sans rien dire, faisant aller les roues de son fauteuil roulant avec une certaine dextérité.

Où allait-elle ? Saluer une pensionnaire qu'elle n'avait pas encore vue de la journée. Ne la voyant pas revenir, au bout de dix longues minutes, je les rejoignais continuant ainsi la visite à trois, Charlotte m'expliquant « que la personne était quelqu'un d'adorable ».

Je pensais avec plaisir que mon amie s'intégrait bien, sa venue dans les lieux étant encore récente. Peut-être est-ce ce qu'elle voulait me faire comprendre, elle qui refusait jusqu'alors de quitter son « chez elle », mais que, malgré tout, elle avait accepté de faire par manque d'autre solution.

Avait-elle créé quelques liens ? Tentait-elle de se détacher des anciens ? Ou bien était-ce une façon de dire que malgré toutes les contraintes qu'on lui imposait et qu'elle ne pouvait maîtriser, elle restait maîtresse des relations à établir ?

À cet instant, du bout du menton, elle me désigne quelqu'un à qui je n'avais pas encore prêté attention :

« C'est le clodo. Ici, on l'appelle comme ça ».

Quittant l'ascenseur, le « clodo », sous-entendu le clochard, qui porte sur son visage les marques de sa vie passée, celles d'une existence trop arrosée et sur son corps boiteux les restes de quelque bagarre, ne fait que passer. Il n'a d'ailleurs pas sa place parmi les occupants du hall car nouvellement arrivé.

Il n'a pas eu le temps d'être « classé » par son entourage.

« On le situe pas bien encore, il est bizarre, celui-là. »

Charlotte semble se faire l'écho du jugement des autres pensionnaires et détourne rapidement son regard du « personnage ».

Au fil de la conversation, je crois comprendre qu'un classement est établi parmi ceux qui résident dans les lieux : au ressenti, à l'impression. Comme chez les enfants, il y a les « gentils » et les « méchants ». Cela a pour conséquence d'adresser la parole aux uns et d'ignorer volontairement les autres. Ces derniers sont à différencier de la tranche intermédiaire, ceux avec qui on ne peut établir aucune relation, perdus dans leur monde ou isolés de par leur infirmité.

Les premiers sont ceux avec qui il est possible de discuter un moment, éventuellement de se faire des confidences, d'établir quelques liens parfois au moment du repas et qu'on reprend après la sieste. Les seconds sont ceux vus comme hargneux, capricieux ou qui, me dit-on, « se croient descendants de la cuisse de Jupiter », des gens infréquentables, à moins que n'interviennent une révision fort aléatoire de ce jugement.

Parmi les premiers, il y a Jean-Louis, le plus valide de tous, grand, fort. Il vient de s'asseoir quelques minutes plus tôt près du fauteuil de Charlotte.

« Un homme toujours prêt à rendre service, un homme au grand cœur et qui de ce fait est souvent mis à contribution par les pensionnaires et les employés », me dit Charlotte lors de notre présentation. Voyant le professeur se pencher sur sa montre, prévenant, il lui donne l'heure et croit le rassurer :

« Il y a encore 2 heures avant le repas. »

L'autre lui répond qu'il a bien remarqué, qu'il sait encore lire l'heure et la conversation ne va pas au-delà.

« Je n'ai pas de chance aujourd'hui », me dit Jean-Louis, « c'est pourtant un homme très intéressant quand il se donne la peine de parler. »

J'apprends que « le professeur est de bonne famille, qu'il a laissé sa maison pour les œuvres du lieu, mais qu'il ne veut pas que tout le monde le sache. »

Charlotte semblant apprécier la présence de Jean-Louis, nous restons exceptionnellement dans le hall d'entrée tandis qu'une grande dame mince se déplaçant avec un déambulateur vient s'asseoir près de nous, légèrement essoufflée :

« On peut pas toujours regarder le journal, de toute manière, moi, j'y vois plus », dit-elle à notre adresse comme pour excuser sa présence près de nous.

« J'attends personne, je me promène, ça m'occupe… Le kiné dit qu'il faut marcher. Je vais doucement, je fais un arrêt et je repars. »

D'ailleurs sa phrase est à peine terminée qu'elle est déjà repartie sans entendre la tentative de présentation de ma voisine :

« Madame tenait un manège et faisait aller la queue de Mickey au-dessus de la tête des enfants. Tu as connu ça, toi, non ? », me demande Charlotte, affectant d'avoir l'air intéressé, puis plus bas, « Tu sais, ici, on voit de tout. »

Un petit silence et elle reprend tournant son fauteuil vers moi pour plus de confidentialité :

« C'est comme celle d'en face, elle dit qu'elle était mariée à un banquier et habitait sur l'avenue, tu parles, c'était la bonne du banquier. Je le sais parce que Mme Bertrant la voyait faire ses courses et… ses patrons n'étaient pas commodes. »

Je comprends aussi qu'on peut se refaire une histoire, parfois en travestissant un peu la réalité ou en l'embellissant lorsqu'on entre dans la maison de retraite.

« Ça ne fait de mal à personne et on se refait une autre image, un peu comme si on refaisait sa vie aux endroits les plus moches », conclut Charlotte avec philosophie et indulgence. Puis, marquant un temps d'arrêt, elle ponctue d'un air convaincu :

« Cependant, si à ce moment-là, par malheur, on trouve quelqu'un qui vous a connu "avant"... alors, celui-là, ou celle-là, il vaut mieux l'éviter !... Sinon tu es rayé de la carte et au banc des délaissés. »

Charlotte, elle, a un passé bien rempli dont elle est assez fière et dit ne pas avoir à s'inventer une histoire. D'ailleurs, les diplômes qu'elle a tenu à afficher sur le mur de sa chambre attestent que la Régie des Tabacs lui a reconnu toutes les qualités nécessaires à son commerce.

Elle a tenu un bar - bureau de tabac qui lui a permis des rencontres nombreuses et variées. Aussi, rencontrer une « ancienne connaissance » d'avant son entrée à la maison de retraite est matière à établir des liens à partir de ce bout de vie commun. C'est l'occasion de passer et repasser le film dans sa mémoire parce que le passé, c'est ce dont on se souvient le mieux.

Charlotte m'interroge alors pour savoir si je connaissais déjà Jean-Louis qui, me dit-elle, a habité notre quartier quelques années, mais peut-être était-ce avant que je n'y vienne ? Celui-ci, très poli, fait mine de se lever afin que nous puissions profiter de notre rencontre à deux. Cependant, il prolonge encore sa présence, car Charlotte se lance dans des explications sur l'ancien lieu d'habitation de Jean-Louis et le prend à témoin sur la vie du quartier à cette époque-là.

Ensemble, ils brassent leurs souvenirs.

Deux employées de services poussent un chariot rempli de produits ménagers et de balais. Elles regagnent l'ascenseur tout en disant quelques mots gentils à l'assistance, notamment à une personne à forte corpulence, mais très valide qui se dirige vers le petit groupe que nous formons Charlotte, Jean-Louis et moi-même.

Elle tend une main chaleureuse à chacun. Il s'agit de la directrice de l'établissement. Charlotte me présente avec tous les qualificatifs élogieux possibles, fière de pouvoir souligner les liens d'amitié forgés au cours des années précédentes.

« Voyez, c'est presque ma seule visite, si je l'avais pas, qui se soucierait de moi, Madame ? J'ai plus personne. Elle est comme ma sœur. »

La directrice ne relève pas la remarque, mais d'une manière positive souligne la bonne intégration de Charlotte dans son nouveau lieu de vie. Elle lui propose de faire partie de quelques groupes internes, pourquoi pas le « Conseil social » créé dans l'idée de responsabiliser chacun pour le bien de tous. Elle pourra y faire quelques propositions améliorant la vie des pensionnaires. Se tournant vers moi, et profitant du fait que ses deux autres interlocuteurs ont repris leur conversation, elle me dit son souci de faire participer chacun et en particulier ceux qui ont peu de contacts avec l'extérieur afin de créer ou maintenir des liens sociaux.

Un homme qui semble encore jeune, quelque peu « simplet » et qui n'a pas trop les faveurs des autres pensionnaires, arrive et vient s'asseoir en face de moi contre l'autre mur.

Charlotte m'explique que depuis que sa mère l'a rejoint comme pensionnaire dans la maison de retraite, il est beaucoup plus calme et se tient plus correctement. Il faut dire qu'il y a quelque temps, attendant dans le couloir que Charlotte descende de sa chambre comme elle me l'avait fait dire, j'avais alors eu droit aux assauts affectueux du garçon. Il insistait pour me caresser le visage et au-delà, prenait ma main afin que nous allions ensemble nous promener.

« Il fait ça à toutes les personnes nouvelles, sa mère lui manque », m'avait-on dit comme pour l'excuser.

Je lui avais alors gentiment expliqué que son attitude n'était pas possible, que cela ne se faisait pas.

« Non ? », m'avait-il répondu l'air surpris et interrogatif semblant étonné de ma réaction.

Cela ne l'empêche pas de renouveler sa tentative lorsqu'il me voit. Aujourd'hui, sa mère ne tarde pas à le rejoindre, s'assoit près de lui et affectueusement lui tapote la jambe de pantalon en lui faisant remarquer qu'il ne fait attention à rien. Il a encore sali son pantalon. Puis elle cherche mon regard espérant y lire sans doute approbation pour son attitude et indulgence pour ce fils qui semble avoir une soixantaine d'années.

La conversation est à nouveau interrompue par le passage de deux animatrices soutenant « la grand-mère du second », « une gentille personne, c'est une ancienne institutrice » qui souffre d'une jambe, mais tient à rejoindre les autres pour le goûter.

« Elle est rigolote et a toujours le moral », m'assure Charlotte tout bas.

J'ai alors droit aux présentations auxquelles je réponds de bonne grâce en me levant.

Au fur et à mesure de mes visites, je finis par connaître le petit monde des relations privilégiées de Charlotte, je dis bien relations, me souvenant de l'une de ses remarques quelques jours plus tôt. L'un des pensionnaires avait dit à Charlotte, en parlant d'une personne qui prenait ses repas à la même table :

« Alors elle est souffrante votre amie, elle ne mangera pas avec vous ? », espérant peut-être prendre sa place.

Charlotte lui avait vertement répondu :

« Ici, monsieur, je n'ai pas d'amis, je n'en aurai jamais. Je n'ai que des relations ! », le « monsieur » accusant volontairement la différence et la frontière à ne pas franchir.

Quelque temps après, lors d'une nouvelle visite, je rejoins Charlotte dans sa chambre. Elle m'attend sur son fauteuil, prête à prendre l'ascenseur qui conduit à la salle de réception. Je remarque le joli foulard qu'elle a posé pudiquement à l'emplacement de sa jambe absente ainsi que sa nouvelle veste jetée négligemment sur les épaules. Je lui fais part de mon observation et du fait que je trouve l'ensemble ravissant. Ce à quoi elle répond qu'il s'agit de vieilleries pour ne pas avoir l'air d'avoir fait quelques frais superflus, mais s'en montre très heureuse.

Au cours des mois précédents, mon amie, alors encore ma voisine, avait été hospitalisée à maintes reprises pour les conséquences de son diabète. L'amputation d'une jambe n'avait pu être évitée ainsi qu'une partie du pied restant, ce qui la rendait totalement dépendante.

Les différentes structures qui l'avaient successivement accueillie au cours de l'aggravation de sa maladie n'étaient pas fâchées de la voir partir tant elle avait des exigences et faisait tout pour être désagréable, espérant chaque fois être renvoyée chez elle. Malgré toutes ses tentatives et les essais de plusieurs solutions pour rester à son domicile, finalement, elle avait dû se résoudre à partir dans une maison de retraite qu'en plus elle n'avait pas choisie.

Ce temps de recherche et la mutilation de son corps l'avaient rendue agressive, révoltée, préférant, disait-elle, « en finir plutôt que de se retrouver avec les vieux » et rendaient ses soins problématiques.

Puis le moment venu, elle avait dû accepter l'évidence : il lui était impossible de vivre dans son appartement bien que le voisinage lui ait été temporairement d'un grand secours. Mais les bonnes volontés s'usent et finalement je me retrouvais à être une des rares personnes à lui rendre visite.

Ce jour-là, aussitôt l'entrée passée, je remarque Charlotte et Jean-Louis assis l'un près de l'autre, elle sur son fauteuil roulant, lui sur une chaise lui faisant face. Je fais semblant d'ignorer la main de mon amie posée sur le genou de son compagnon et le regard tendre qu'ils échangent.

J'arrive en pleine évocation du temps où, jeune, elle ne manquait aucune des opérettes présentées au Grand-Théâtre. C'était, disait-elle, son « péché mignon » en évoquant certains airs qui semblent connus de son voisin et cette évocation paraît créer une grande connivence entre eux.

Charlotte m'explique que son compagnon a fait du théâtre, joué du piano et connaît tous les airs d'opéra, « ayant fait le conservatoire ». Après quoi, Jean-Louis poliment fait mine de se retirer, « afin, dit-il, de nous laisser converser librement ».

Finalement, il n'en fait rien, retenu par Charlotte qui tient absolument à vanter tous les mérites de Jean-Louis, tandis que celui-ci me confie qu'il va voir toutes les semaines sa mère, ancienne institutrice, dans sa maison de retraite. Il est accompagné par un ami médecin qui le véhicule.

Pressentant que la conversation peut se dérouler sans ma présence, j'écourte ma visite, programmant ma prochaine visite pour le jeudi suivant, car j'ai compris au cours de nos échanges qu'à ce moment-là Jean-Louis sera auprès de sa mère.

Je me présente donc le jeudi suivant.

Habituellement, mon amie est quelque peu décoiffée, à force de poser sa tête sur l'appui-tête du fauteuil. J'observe du coin de l'œil qu'elle a probablement eu recours à la coiffeuse qui vient une fois par semaine. Je trouve Charlotte légèrement maquillée, les ongles vernis, et lui dis combien elle est charmante ainsi.

Coquette, elle minaude un peu et semble ne pas vouloir parler de ce changement, trouvant une explication à tout, niant l'avoir fait de son propre chef. Ses lèvres sont rosies pour les avoir pincées avant mon arrivée sans faire attention, dit-elle, ses ongles ont été colorés par l'esthéticienne pour la remercier d'avoir accepté de servir de modèle pour la coiffeuse. Cette attitude de déni, elle l'aura plusieurs fois, trouvant toujours un prétexte comme si elle ne voulait pas montrer son implication dans les changements survenus sur sa personne.

Par contre, elle s'étend longuement sur l'idée de Jean-Louis de l'amener avec lui voir sa mère, accompagnés de l'ami médecin. La chose se fera dans quelque temps. Elle est toute joie, tout sourire, tout lui semble merveilleux pendant que je m'interroge sur la possibilité d'une telle éventualité. Et nous en restons là de ses projets, d'ailleurs souvent interrompues par l'un ou l'autre des pensionnaires en quête d'un peu d'attention et d'échanges.

Prise par de multiples occupations, j'avais laissé passer quelque temps après cette rencontre, mais Charlotte m'avait téléphoné, s'inquiétant de ma santé et de ma prochaine visite qui lui paraissait bien lointaine. Je devinais que les raisons que j'avais évoquées lui semblaient secondaires par rapport à ma présence auprès d'elle et elle m'avait dit :

« Les choses matérielles peuvent toujours attendre, je croyais le contraire quand j'étais jeune… et j'ai perdu beaucoup de temps à les faire. »

Je n'avais pas osé demander à quoi elle aurait pu occuper son temps, mais je pensais avoir compris. Aussi avais-je raccourci mon emploi du temps pour la retrouver le lendemain.

Sur les indications de la secrétaire, je rejoins à nouveau Charlotte dans sa chambre et nous descendons ensemble. Jean-Louis attend à la porte de l'ascenseur et nous accueille avec un large sourire. Tout semble d'une parfaite coordination, comme si le rendez-vous avait été pris et l'habitude engagée.

Désormais, Jean-Louis tutoie Charlotte et elle me dit en le regardant :

« Voilà mon ange-gardien. C'est comme ça que les autres l'appellent parce qu'il vient toujours me voir, c'est mon frère de cœur. »

Je trouve cette formule sympathique et pleine de tendresse.

L'entretien dure peu de temps dans ce lieu, car très vite tous deux m'entraînent dans le couloir menant au réfectoire. Les murs nouvellement peints d'une couleur coquille d'œuf supportent, alignés, de nombreux cadres assez imposants par leur taille où, en noir et blanc, je reconnais sur les photos quelques têtes déjà rencontrées.

Le photographe a mis tout son talent, et un talent certain, à montrer la beauté de ces visages sous ces cheveux blanchis, jouant subtilement avec la lumière, soulignant contrastes et lignes. Parmi ces portraits à l'occupant unique figurent ceux de mes amis, mais ensemble, comme le sont ceux des deux seuls couples pensionnaires de l'établissement. Sur la photo,

Jean-Louis, en arrière-plan, pose les mains sur les épaules de Charlotte dans un geste protecteur.

Avec ce cliché qu'ils me montrent, veulent-ils officialiser la relation de grande proximité qui les unit et semble les rendre inséparables ? C'est ce que j'en conclus tout en admirant le rendu de la photo. Le photographe a su rendre toute la tendresse qui ressort de ce couple préparé et endimanché comme un jour de fête.

Les jours de visite suivants, je retrouve Charlotte et Jean-Louis toujours très proches, elle de plus en plus rayonnante et lui de plus en plus attentif à ses moindres souhaits, devançant même ses désirs, toujours prévenant.

Chacun met l'autre en valeur dans les faits du quotidien ou ceux de leur vie antérieure respective.

Finalement, je visite les deux sous les regards quelque peu envieux de ceux qui nous entourent. Jalousement, Charlotte privilégie ces rendez-vous, chassant presque les importuns qui osent les interrompre par quelques tentatives que ce soit. Pour mieux les écarter, elle peut parfois même se montrer agressive et presque cruelle dans ces propos. Mal à l'aise, je tente alors d'atténuer la décharge verbale par un sourire, un mot gentil.

Charlotte est dans sa bulle à l'abri de tout, heureuse.

Ce bonheur va durer trois ou quatre mois.

Ce jeudi après-midi, à peine ai-je franchi le seuil de la porte d'entrée que Jean-Louis s'avance vers moi, seul, le visage ravagé par l'inquiétude : Charlotte, le matin-même, a fait un malaise grave.

Elle m'attend dans sa chambre.

Je me penche sur elle, elle balbutie quelques paroles à peine audibles :

« Merci d'être venue. Ils m'ont droguée pour que je n'aie pas mal », et à peine les a-t-elle prononcées qu'elle tombe dans un sommeil profond au souffle hésitant.

Après avoir passé un court moment avec Jean-Louis, je m'informe auprès du personnel de l'état de santé de Charlotte. Elle doit être hospitalisée le lendemain.

Il n'y aura pas de lendemain pour Charlotte.

Jean-Louis, lui, toujours vaillant, a repris son service auprès des pensionnaires les plus démunis, mais « plus rien n'est pareil, maintenant », m'a-t-il confié :

« Je n'ai été le frère que d'un seul cœur. »

Ennemis déclarés

Dans le paysage riant et coloré de Chalosse était un petit village bien calme où il semblait faire bon vivre. Enfin, chacun le croyait, ou presque, jusqu'à ce que le fait qui va suivre ait apporté un certain désordre dans la commune.

L'agglomération présentait au visiteur deux parties : ainsi, le vieux bourg regardait de toute sa hauteur de colline le quartier du bas où régnaient des habitations plus récentes. L'un et l'autre lieu étaient fiers de posséder une église ancienne du XVIIe siècle. Un cimetière entourait au plus près chacun des édifices.

Ce matin-là, c'était dans le cimetière du bas que se passait un évènement inhabituel. Sur le côté droit, juste à l'entrée, à côté d'un if majestueux, une tombe restait béante à l'intention d'Alphonse.
Tenue à distance du lieu, la foule du cortège toute de noir vêtue écoutait, médusée, les propos de son maire empêtré dans des explications gênées. En substance, chacun avait fini par comprendre l'incroyable nouvelle.
« L'enterrement d'Alphonse ne peut avoir lieu », entendait-on chuchoter.
Une interdiction d'inhumer ce « pauvre malheureux du Peyrat », c'était le nom de sa maison, venait d'être confirmée. Le convoi funèbre ne pouvait approcher des nouvelles concessions où se trouvait celle portant le numéro 31.
Le maire, un papier à la main, avait pour la circonstance ceint son écharpe et usait de sa fonction de responsable de la police des cimetières, fonction qu'il espérait bien conserver avec quelques autres si les prochaines élections lui étaient

favorables. Et cette histoire d'interdiction n'allait pas arranger ses affaires, avait-il pensé, mais son devoir le guidait. Il avait donc engagé ses concitoyens à rejoindre, à l'opposé des concessions nouvelles, le dépositoire communal où étaient accueillis les cercueils attendant leur transfert.

La dépouille du défunt y serait donc acheminée.

Entre le refus du maire et la procédure engagée par la famille d'Alphonse en la personne de son fils Ernest parti en guerre contre la commune, l'affaire allait durer près de 24 mois.

De mémoire de villageois, l'évènement n'avait jamais eu son pareil !

L'histoire avait ses racines de nombreuses années en arrière.

« C'est pas très beau tout ça », avait dit l'Augustine qui avait fait sa communion solennelle avec le défunt et toujours entretenu de bonnes relations avec lui.

« Je vous le dis, même jeune, son frère Albert avait le diable au corps, toujours à faire des histoires et maintenant, ça continue, aucun respect pour la famille. »

En vaillants défenseurs de ce dernier, plusieurs voisins s'étaient réunis et bientôt deux camps s'affrontaient verbalement, tandis que monsieur le maire cherchait à ramener le calme.

Que s'était-il passé pour ainsi dresser la moitié du village contre l'autre à travers les partisans d'Albert, d'où semblait venir le mal, et ceux partageant des sentiments d'apitoiement pour ce dernier épisode de la fin d'Alphonse en ce bas monde ?

Ils avaient les mêmes initiales, A.L., mais la similitude entre les deux hommes ou, pour plus de précision, entre les deux frères, s'arrêtait au nom partagé, Lostalet.

L'un s'appelait Albert, l'autre Alphonse.

Le premier, Albert, était l'aîné. Tous connaissaient sa grande taille qui le faisait remarquer les jours de marché sur la place du chef-lieu de canton. Mince, ou plutôt maigre, il avait l'allure dégingandée et traînarde comme s'il portait sur ses épaules tous les péchés du monde. Son béret, vissé sur la tête et toujours en avant qu'il vente ou qu'il fasse soleil, faisait partie intégrante de sa silhouette.

Il faut dire qu'Albert avait eu du mal à venir au monde. Il avait fallu des années d'attente de la famille au grand complet, partagées entre espoir et désespoir, auxquelles s'était ajoutée la grossesse difficile de sa mère.

Enfin, il était venu ce chérubin, objet de tous les soins et de toutes les projections paternelles, car pour « le Père » avoir un héritier et transmettre sa terre était d'une importance capitale.

Pendant quelques mois, la famille, sur une idée de « la Mémé » qui en avait vu d'autres, allait tenter de combattre l'aspect chétif de l'enfant.

« Donnez-lui donc le bon lait de la vache, la rousse qui avait remporté le concours des comices agricoles de la sous-préfecture », avait-elle conseillé, cette proposition entérinée par tous n'avait pas, hélas, donné les résultats attendus.

Malgré les diverses attentions prodiguées, le garçon grandissait « un peu souffreteux », disait-on. Monopolisant l'intérêt de chacun, il en tirait malgré tout de multiples avantages.

Et voilà que, quelque six ans plus tard, l'arrivée d'Alphonse avait mis un terme à cette période bénie. Albert n'avait jamais pardonné à son frère cette venue que l'on n'attendait même pas, mais qui avait désorganisé son monde en détournant toute la sollicitude qui lui était réservée. Il lui en voulait terriblement à ce nouvel arrivant si petit alors que lui-même s'étirait à n'en plus finir avec ses genoux cagneux qui lui faisaient mal à force de grandir.

Quant à Alphonse qui, disait-on « poussait comme un champignon », il ne posait aucun problème et se montrait satisfait de tout. Il était jovial, rondelet et petit. Sa taille, dès son jeune âge, l'avait fait surnommer « lou petiot » par sa grand-mère et ce surnom lui était resté, même dans le voisinage. Lorsque « la Mémé » prononçait le terme de « petiot », Albert voyait là un surcroit de tendresse de la part de l'aimable aïeule vis-à-vis d'Alphonse et il enrageait.

Les années passant, le cadet trouvait qu'avoir l'âge d'Albert était précieux pour faire un détour à la sortie de l'école avec les copines. Il aurait bien voulu traîner un peu lui aussi avec les grands, mais il était aussitôt renvoyé vers les plus petits ou chassé du groupe. Si lors de sa tentative il trouvait cela injuste, il haussait les épaules, faisait quelques grimaces et s'en satisfaisait finalement, rejoignant le tas de foin de la grange pour quelques cabrioles ou, mieux encore, sortait de sa poche sa bourse de billes. C'était, disait-on autour de lui, « une bonne pâte » et sa réputation s'était bâtie ainsi.

Ces quelques années qui séparaient les deux frères avaient fait d'eux des « enfants uniques » : pas les mêmes droits, pas les mêmes fréquentations et pas les mêmes secrets. À chacun son monde. Avançant en âge, l'un et l'autre se trouvaient désavantagés et envieux, mais avec des nuances.

Albert, cela le rendait « aigri », il ruminait les situations où il se trouvait désavantagé et elles lui semblaient nombreuses. Si au début il ne voyait en son frère qu'un « emmerdeur », au fil du temps, Alphonse était devenu « celui qui lui voulait du mal », le mal n'ayant pas toujours un objet défini, mais « c'était comme ça ». Aussi alternait-il entre relations d'agressivité ou d'ignorance feinte à son égard.

Alphonse reprochait à son frère son mauvais caractère, cherchait par des mimiques à l'exciter, le provoquer comme il le faisait avec le petit chien. Parfois, c'était le manque d'intérêt d'Albert vis-à-vis de lui qui était en cause, se trouvant « transparent » à ses yeux. Il s'en plaignait à « la Mémé » qui compensait les faits par quelques petites pièces de monnaie et tout rentrait dans l'ordre pour lui.

Chacun campait sur ses positions.

Aucun des deux frères n'aurait tenté un quelconque rapprochement de crainte d'y perdre sa place, y trouvant malgré tout quelques avantages, persuadés chacun d'avoir raison en se croyant la victime de l'autre.

À cela, plus tard, était venue s'ajouter la séparation géographique des frères à l'âge adulte.

Albert, célibataire endurci et toujours aussi grincheux, habitait la maison familiale dans le village du haut. Il avait vécu avec ses parents et n'avait jamais quitté la ferme, même pas pour le service militaire pour lequel il avait été reconnu inapte. En tant qu'aîné, le droit d'aînesse s'appliquant, il lui revenait de s'occuper du bien-être de ses géniteurs en même temps que de la ferme.

D'aucuns auraient pu voir dans cette position et cette situation des avantages, mais pas lui. Albert aurait aimé suivre la proposition du maître d'école qui le jugeait apte à continuer une scolarité après le certificat d'études et aller à la ville. Au lieu de ça, il était resté à la ferme et en avait tiré quelques dépits inavoués.

Alphonse, lui, vivait dans le village du bas depuis qu'il avait épousé « la Paulette », il y avait déjà bien longtemps. Sa position de cadet l'avait obligé à chercher ailleurs une situation. Alphonse avait le choix d'épouser rapidement une héritière si l'opportunité se présentait, ou de continuer quelques études pour lesquelles il ne se sentait pas de grandes dispositions… à moins qu'il n'obtienne un emploi de manœuvre « en ville ». Il avait choisi la première solution et s'était marié avec Paulette.

Paulette n'était pas n'importe qui. Il se trouvait qu'Albert avait quelques vues sur la jeune fille depuis son adolescence, mais celle-ci n'avait jamais répondu à ses avances lui préférant Alphonse, danseur émérite les jours de fêtes locales.

Ces orientations et ces choix n'avaient fait que cristalliser les différends qui opposaient les deux frères dès leur plus jeune âge.

Depuis le mariage d'Alphonse, les relations entre les deux hommes restaient tendues. La proposition faite à Albert de devenir le parrain du petit Ernest à la naissance de ce dernier, quelque trois ans plus tard, n'avait rien arrangé. Bien au contraire, elle avait été perçue comme une provocation par le frère aîné alors qu'Alphonse y voyait une façon de faciliter les liens fraternels. C'était tout au moins ce qu'il avait expliqué à sa mère qui tentait de jouer les arbitres à moins que ce ne soit elle qui le lui ait suggéré.

Albert s'était dit que son frère « venait maintenant le narguer chez lui, pour voir ce qui s'y passait », car Alphonse avait tenu à bien faire les choses en se déplaçant officiellement pour la circonstance.

L'ambiance entre les deux frères n'avait fait que se détériorer au cours des années suivantes malgré la médiation des parents pour assouplir les relations. Rien n'y faisait.

La borne qui séparait le champ de l'un et de l'autre n'était rien à côté de la rivalité et de la jalousie qui régnaient entre les frères. Tous les sujets étaient bons pour servir une discorde qui s'était immiscée entre eux avec, peut-être, l'aide de la famille de Paulette et ne cessait de grandir. Toutes les prières et tous les chapelets que leur mère avait pu réciter et les cierges offerts par la grand-mère à la vierge Marie semblaient avoir laissé le Ciel indifférent.

Derrière sa fenêtre dans le village du bas, quand venait la belle saison, Alphonse pouvait observer les allées et venues de son frère. Celui-là devait obligatoirement emprunter la grand-route avec son tracteur, face à sa ferme.

Alphonse mesurait ainsi l'importance de la récolte en fonction du nombre de traversées, se réjouissant lorsqu'elles étaient peu nombreuses. Cela lui valait un bras d'honneur à chaque passage surtout lorsque cette récolte était bonne.

Albert, lui, venait compter les vaches en catimini dans les champs d'Alphonse qui se consacrait plutôt à l'élevage et parfois, comme par hasard, oubliait de fermer la clôture, provoquant la débandade du troupeau sur la départementale.

On dit que le ciel est pavé de bonnes intentions. C'est l'une d'elles qui allait devenir l'élément centralisateur de tous les désaccords des deux frères. Elle était aussi à la genèse de ce fameux jour resté inoubliable pour le petit village chalossais.

Les arrangements familiaux étaient passés depuis quelque temps lorsque les parents d'Albert et Alphonse arrivèrent à l'âge de la retraite. Bénéficiant d'une petite pension, anticipant leur vieillissement et leur décès, ils avaient souhaité éviter les soucis de dernière minute à leurs enfants.

Profitant ainsi d'une publicité encourageante, dans le sens de financer et organiser leurs obsèques à l'avance pour que tout se passe au mieux selon leurs désirs, ils avaient décidé l'achat d'une concession. Celle-ci était située dans le nouveau cimetière du bas, celui du haut étant devenu trop petit. Ils y avaient bien une tombe familiale héritée des grands-parents, à même la terre, mais elle aurait demandé quelques aménagements coûteux. Aussi avaient-ils investi dans l'achat d'une tombe de marbre gris, assez spacieuse pour contenir eux-mêmes et leurs enfants, voire leurs brus. La pierre tombale s'était alors ornée, sur son fronton, d'une seule inscription constituée des superbes lettres dorées du patronyme gravées dans le marbre. Ainsi s'affichait le souhait des parents d'en faire une tombe familiale.

Cela, ils l'avaient répété à bon nombre de villageois lors des discussions animant le conseil municipal décideur de l'aménagement du cimetière.

Dix ans plus tard, le père avait rejoint dans leur dernière demeure la mère, elle-même précédée de la grand-mère un peu plus tôt.

Justement parce qu'il était en bonne santé, sain de corps et d'esprit et surtout après une ixième « fâcherie » avec son frère, sans doute plus forte que celles qui avaient précédé jusque-là, Albert avait demandé rendez-vous au maire.

« Il faut qu'on discute sérieusement », lui avait-il dit d'une voix ferme. C'était ce qu'avait raconté un peu plus tard la secrétaire de mairie à un voisin, tellement elle avait été surprise qu'Albert n'attende pas qu'elle prévienne le maire de sa présence.

Il était arrivé, un peu à l'avance, assez déterminé, brandissant une feuille manuscrite. Après les formulations de politesse d'usage qu'Albert, pressé, avait abrégées, il avait remis le papier au maire. À sa grande surprise, celui-ci s'était trouvé en présence d'un testament en bonne et due forme.

Surpris, il pouvait y lire la demande expresse d'Albert de n'être que le seul occupant des lieux pendant tout le temps que durerait la concession du cimetière, à l'exception de ses parents qui déjà s'y trouvaient. Cela éliminait toute possibilité d'y mettre sa famille proche, dont son frère si les héritiers de ce dernier voulaient y prétendre. « Et, ils en seraient bien capables, rien que pour lui causer du tracas. » De toute façon, c'était bien lui, Albert, qui avait hérité de la propriété et cette concession en était son prolongement naturel !

Alphonse, quant à lui, avait bien l'intention d'user de cette possibilité lorsque son heure arriverait et s'en était ouvert au reste de la famille. Il se disait qu'il était normal que ce bien soit partagé. Après tout, il n'avait pas eu grand-chose de l'héritage de ses parents et cela allait dans le sens du souhait de son défunt père, bien que celui-ci ne l'ait pas formulé par écrit.

Albert, lui, avait poursuivi son idée afin que la chose soit bien entendue et claire. Quelque trois ans après l'établissement de son testament, il avait renouvelé à travers un courrier adressé au même destinataire, c'est-à-dire au maire, la même prétention. Interdire l'accès de la tombe à la dépouille de son frère quand celui-ci décéderait.

Il faut dire qu'Albert était au plus fort de sa colère. Alphonse ne venait-il pas d'acheter un champ auquel il tenait, surenchérissant à sa barbe et son nez ? Et là, il avait dépassé les limites de ce que l'on pouvait admettre, quelle que soit la largeur d'esprit dont on puisse faire preuve. C'était plus qu'Albert pouvait en supporter de la part de ce judas, ce traître, ce profiteur !

Pour être plus crédible, Albert avait ajouté que, si besoin était, lui-même interdirait l'accès de la tombe, le fusil à la main, si quelqu'un s'aventurait à vouloir passer outre, persuadé qu'il survivrait à son frère. D'ailleurs, il astiquait régulièrement son vieux fusil de chasse pour parer à toute éventualité et le faisait savoir.

Il n'avait pas eu à passer à l'acte, car le maire toujours en poste, conscient de sa fonction, veillait.
Alphonse était décédé.
Lorsqu'Ernest s'était présenté pour l'inhumation de son père, il avait obtenu une réponse négative de la part du maire. Celui-ci avait alors déplié le testament d'Albert et sorti les textes juridiques.
Ernest ne l'entendait pas de cette oreille.
Il avait voulu alors passer outre, rassemblant famille, amis et il faut bien le dire curieux, pensant que le maire cèderait devant l'urgence et la population réunie. Il s'était trompé et s'était verbalement heurté à l'officier ministériel le moment venu.
C'est pourquoi tous avaient alors accompagné Alphonse au dépositoire en attente d'une solution que d'aucuns n'auraient osé espérer conciliante.

Quelques mois plus tard. Un évènement inattendu avait bouleversé le cours des choses apportant une solution qui animait toutes les conversations du village.
Une crise cardiaque avait brusquement emporté Albert.
Selon sa volonté, ses souhaits, il avait donc rejoint sa chère concession, seul avec ses parents, mais pour un temps très court.
Voilà qu'Ernest devenait l'unique héritier de son oncle et en même temps de la concession pour encore de nombreuses années.
Le jeune homme allait faire le maximum diligence pour que la dépouille de son père rejoigne au plus tôt Albert ou,

pourrait-on dire, qu'il occupe la place qu'il pensait lui revenir, « après toutes les misères que son frère lui avait fait subir ».

Ces différents faits ayant pour conséquence de lever l'interdiction d'inhumer, le nouveau maire avait jugé inutile de prolonger la situation puisqu'Albert n'était plus de ce monde.

Par une fraîche matinée de ce jour d'octobre, accompagné d'une foule moins importante que la première fois, Alphonse avait rejoint le caveau familial plusieurs mois après son décès.

Ernest venait de réunir les deux frères au-delà de leurs dissensions, mais il promettait qu'elles auraient quelques prolongements, passé les portes du cimetière.

Monsieur le maire venait d'annoncer la décision de la cour administrative d'appel de la ville voisine. Le conseil municipal était réuni au grand complet pour la circonstance. Aucun des participants curieux de la conclusion n'aurait voulu manquer l'épilogue d'une affaire qui avait tant échauffé les esprits et divisait la population du charmant village.

La cour avait enfin rendu son jugement et avait refusé l'indemnité demandée à la commune par Ernest, le fils du défunt. Celui-ci en voulait vivement au maire d'avoir usé de son pouvoir : n'avait-il pas interdit pendant près de deux ans l'accès du caveau à la dépouille de son père ? Le jeune homme avait alors intenté un procès demandant des dédommagements.

Monsieur le maire expliquait que la justice n'avait pas suivi la demande d'Ernest. Le jeune homme avait réclamé à la municipalité, fortement poussé par le notaire et l'opposition, une somme de 12.000 euros jugeant avoir subi un préjudice moral pour une part. D'autre part, il entendait être remboursé de tous les frais occasionnés par les différents transports du corps de son père en attendant sa sépulture.

La justice avait alors statué sur l'infondé des demandes et reconnaissait que le maire avait parfaitement agi en respectant les souhaits et la volonté d'Albert d'être l'unique occupant de sa concession.

Le premier magistrat de la commune avait alors mis en garde ses conseillers assis autour de lui :

« Il faudra, maintenant, faire avec la rancune tenace d'Ernest, furieux d'avoir été débouté, car j'ai entendu dire qu'il espérait bien pouvoir faire appel. »

Le nouveau maire, professeur de français au lycée de la ville voisine, ne pouvait s'empêcher d'égrener dans les conversations quelques citations de ses auteurs préférés. Cela faisait parfois sourire ses concitoyens ou le faisait passer pour « un excentrique » ou « un m'as-tu-vu » aux yeux de quelques-uns, surtout ceux de l'opposition.

Ce jour-là, l'éloquence du maire n'avait pas plu à tout le monde. Elle lui avait même valu quelques propos acerbes du parti opposé en la personne du notaire jugeant inconvenant de banaliser une situation aussi grave.

N'avait-il pas eu l'outrecuidance, en parlant de « l'affaire du cimetière », de déclamer en plein conseil municipal des vers tirés des Odes de Malherbes ? Les deux dernières strophes avaient été dites avec un air entendu en évoquant « *la discorde aux crins de couleuvre* » des deux frères « *de qui la guerre ne cessa point dans le tombeau* ».

Pour qui se prenait-il, celui-là qui n'était même pas du village et ne pouvait comprendre ? L'opposition s'était trouvée toute ragaillardie de ce constat et trouvait là un nouveau cheval de bataille, d'autant que quelques-uns soutenaient Ernest.

Un lieu, un temps, un fait

Vingt-sept, vingt… -huit… Plus que deux marches pour rejoindre le service d'accueil de l'entreprise. Il les connaît bien, ces deux dernières marches. Plus il avance en âge et plus leur hauteur semble augmenter chaque jour davantage.

Essoufflé, François Leblond atteint enfin le palier.

Aussitôt, il redresse son corps fatigué pour ne rien laisser paraître.

La standardiste assise devant son bureau éloigne légèrement le téléphone de son oreille et tente un léger sourire en direction de son patron.

C'est généralement la première personne de l'usine qu'il rencontre le matin de bonne heure. Elle lui dit, respectueusement :

« Bonjour Monsieur Leblond », avant de reprendre la communication interrompue.

On murmure dans l'usine que, dans un souci de démagogie qui va bien avec son personnage, Monsieur Leblond refuse l'appellation de « Président-directeur général », et chacun se soumet à son souhait.

« Bonjour Madame », répond-il d'un ton pointu et sec à la jeune femme qui fait semblant de ne pas remarquer son souffle court.

Pourtant, Monsieur le Président-directeur général ne se fait guère d'illusions. Malgré ses efforts, il sent bien que ses forces diminuent et sa main s'attarde chaque jour plus longtemps sur la rampe de l'escalier pour le soutenir.

Le Docteur Rombois, l'une de ses plus anciennes connaissances, lui a dit que cette hémorragie à l'œil n'était rien :

« Vous vous alarmez inutilement, mon très cher ami. »

Il ne peut s'empêcher de penser, lui, qu'elle aurait pu se passer au cerveau et alors… il préfère chasser cette pensée qui le remplit d'effroi.

Ne plus y penser, ne plus penser à la mort, à tout ce qui pourrait arriver s'il disparaissait.

Monsieur Leblond se dirige vers son bureau sur lequel il dépose son journal comme tous les matins.

Puis, avec des gestes un peu maladroits, il ôte son chapeau et son manteau qu'il accroche méticuleusement au portemanteau et rectifie légèrement l'aplomb de son veston.

Cet homme de petite taille, un peu voûté par les années, la tête dans les épaules, le crâne lisse, semble sorti de la photo en noir et blanc suspendue près des patères. Placé devant elle, il apparaît aussi impeccablement vêtu que sur le papier, dans son costume sombre de bonne coupe. Il porte son habituel petit nœud à la place de la cravate et la pochette assortie, ce qui ajoute à sa distinction naturelle.

Seule l'odeur de lavande qui accompagne à l'instant ces mouvements vient rompre cette impression d'intemporalité.

Son visage, ce matin, est soucieux. Ses rides sont plus accusées encore qu'à l'ordinaire. Les paupières plissées, dépourvues de cils, laissent habituellement passer un regard d'un bleu délavé, assez indéfinissable, mais aujourd'hui son œil gauche est injecté de sang.

François se tourne et avance en direction du siège de son bureau sur lequel il s'assied lentement, avec précaution. Là, installé, il éprouve une lassitude incommensurable, un certain engourdissement dans lequel il serait presque bon de se laisser aller… Mais il faut, il doit réagir, de la même manière que tous les matins il s'évertue à être le premier arrivé dans les bureaux.

« L'exemple, l'exemple, c'est capital pour un chef ! »

Cette phrase, il l'a souvent dite et vécue au cours de ses nombreuses années de patronat et tente de s'y conformer le plus possible actuellement.

Il a perdu assez de temps à cette consultation médicale, et sur le bureau Louis XVI une pile de lettres l'attend déjà !

De sa main noueuse et violacée, il prend le téléphone et appelle le standard : c'est l'heure sacro-sainte du courrier et chacun des intéressés doit répondre à la sonnerie du téléphone qui, dans chaque bureau, donne le signal du rassemblement.

Depuis des années et des années, comme pour accomplir un rituel dont il serait le grand prêtre, Monsieur Leblond réunit tout son état-major. Directeur général, directeurs commerciaux et chef comptable s'installent face à lui chaque matin aux alentours de 10 h, le bloc à la main, prêts à y transcrire la moindre remarque.

Toute la correspondance, toutes les commandes écrites passent entre les mains ou plutôt subissent le contrôle du patron, pour être remises ensuite à chacun selon sa destination. Il veut être au courant de tout. Et c'est bien normal, c'est Son usine, à la fois héritage et création sans cesse renouvelée qui fait sa fierté. Il la sait admirée et peut-être enviée par sa corporation… ce qui n'est pas pour lui déplaire !

Cependant, depuis quelque temps, la gestion de l'usine semble plus difficile à organiser et Monsieur Leblond a le sentiment que quelque chose lui échappe un peu sans toutefois pouvoir mettre des mots sur ce sentiment.

Il en éprouve une impression d'insatisfaction devenue presque physique. Un manque, un vide qui grandit avec le temps qui passe.

Parfois, François se pose mille questions dont il ne trouve pas la réponse ou peut-être préfère l'ignorer. Est-ce la vie qui s'en va peu à peu, est-ce la fatigue de cette guerre incessante pour maintenir cette industrie en bon état de marche ? Est-ce l'adaptation continuelle qu'il faut réaliser pour suivre l'évolution si rapide de ce monde ? Ou tout simplement le sentiment que tout va s'arrêter avec lui, que personne ne prendra la suite de tant d'investissement et de labeur.

La transmission de ce qu'il a lui-même reçu lui pose de plus en plus problème.

Il ne sait plus très bien… il est si fatigué.

Au-dessus du secrétaire, dans son cadre de bois ciré, le cou serré par un col amidonné, le menton carré, l'œil froid, son grand-père le regarde.

C'est lui qui a fondé la « maison ».

Il avait l'habitude de dire :

« Il y a deux classes : celles des maharajas, et celle des parias. »

Le grand-père reconnaissait que sa famille avait toujours eu la chance de faire partie de la première. La seconde « devait se contenter d'un bout de pain et d'un oignon pour les repas, c'était suffisant ! »

À ce moment-là, le règne de la bourgeoisie était à son apogée !

Le père de François, plus clément, avait ensuite repris l'entreprise familiale, rapidement secondé par son fils.

Ce dernier avait fait de brillantes études, il connaissait et parlait plusieurs langues, mais un fait d'importance comptait à ses yeux. François avait été envoyé un peu partout en France et à l'étranger pour « apprendre à travailler » selon les souhaits de son père et à l'image de tout fils de négociant de l'époque. « Comme d'ailleurs l'avait fait mon père », lui plaisait-il de souligner à l'occasion. Il était fier d'avoir perpétué une tradition et de pouvoir assurer chacun de son expérience.

Admiratif et impressionné par le parcours de son employeur, l'un des contremaîtres disait souvent à ses apprentis, d'un air entendu :

« Il faut savoir mettre la main à la pâte pour diriger ! »

De ce fait, Monsieur Leblond avait appris comme un ouvrier, le métier de la chaussure : d'un simple coup d'œil, il savait choisir la peausserie, pouvait actionner le tour et la fraise, pointer des semelles, assembler des premières.

Il connaissait son métier sur le bout des doigts. On lui reconnaissait un certain charisme. Il était apprécié par ses pairs pour la clarté de ses propos et celle de ses engagements, mais aussi son sens de la négociation. Tout cela lui avait donné l'avantage d'avoir une place reconnue à la Chambre de commerce et, chose plus rare, le respect de ses concurrents.

L'usine était donc devenue et restait au cours des ans sous l'appellation : « LEBLOND Père et Fils », depuis 56 ans déjà, mais hélas, le fils, c'était toujours lui.

Il avait aujourd'hui 83 ans et… aucun descendant direct, seulement quelques neveux du côté de sa femme. Lorsqu'il parlait d'eux à son ami le Docteur Rombois, il n'hésitait pas à les qualifier de « bon à rien » ou de « Jean foutre », ce qui signifiait pour lui qu'ils étaient mauvais en tout. Il avait pour eux un certain mépris qu'il s'efforçait de cacher pour ne pas peiner Madame Leblond. Avec une certaine tristesse, François faisait un constat qui l'affligeait. Après avoir manifesté un certain désintérêt des années durant, les neveux s'informaient de plus en plus de la marche de l'usine. Monsieur Leblond avait bien conscience que lui disparu, ils se jetteraient sur l'héritage comme des chiens sur la curée !

Il y avait tant travaillé, dans cette usine !

S'il n'avait pu avoir de descendance comme il l'aurait souhaité, il avait tant rêvé d'un fils, l'usine avait été sa consolation.

En fait, c'était elle, son œuvre.

Elle était devenue toujours plus florissante, s'était spécialisée dans la chaussure de luxe, la belle chaussure de ce cuir souple, vivant, qui semble s'animer au toucher, pas cette horreur de plastique qui avait fait son apparition et encombrait les marchés de mauvaise qualité ! Il refusait de penser qu'un jour ce matériau puisse devenir concurrentiel, bien qu'une ou deux fabriques aient dû renvoyer du personnel dans le département voisin pour cette raison ! Au cours de la dernière rencontre professionnelle, un patron lui avait même dit qu'il envisageait l'éventualité de se reconvertir si les difficultés de vente continuaient.

Mais au fond de lui, François savait que ce nouveau matériau n'atteindrait jamais la même clientèle que celle du cuir. Il faudrait donc persévérer, c'était ce que son grand-père lui avait toujours appris, ce que son père lui avait répété et qu'il continuait de faire.

Alors le but qu'il poursuivait était de durer pour passer cette mauvaise période. C'était ce qu'il avait voulu leur faire comprendre, à tous ces chefs d'entreprise rencontrés dernièrement pour combattre la frilosité de ce milieu industriel.

François ajuste ses lunettes en forme de bésicles et jette un coup d'œil à sa montre à gousset. Héritage de son père, il la sort d'ordinaire avec beaucoup de précautions de la poche de son gilet, mais aujourd'hui son geste est nerveux, comme s'il pressentait un évènement inhabituel.

Il s'impatiente. Il a toujours été très irritable, presque violent, toujours pressé.

« Qu'attendent-ils pour se présenter ? », dit-il, et rageusement il appelle à nouveau le standard.

À cet instant même, tous entrent inquiets à la fois de l'accueil qu'ils vont recevoir et de la nouvelle qu'ils doivent présenter.

Mobilisant tout son courage, le directeur général a préparé sa phrase quelques secondes auparavant afin de la formuler adroitement et sans trop d'affolement. Il est pressé de se débarrasser de cette nouvelle encombrante aux conséquences imprévisibles. De nature peu encline à les endosser, il en oublie sa résolution et ses mots choisis pour lancer abruptement :

« À 10 h 30, une partie des ouvriers syndiqués fera grève ! »

Pour une fois, le courrier attendra !

François repousse les papiers épars devant lui et se lève, pâle de colère, décidé à aller voir sur place, dans les divers ateliers :

« On va voir, ce qu'on va voir !... Ainsi, "ils" ont osé mettre leur projet à exécution ! », s'exclame-t-il en se dirigeant vers la porte.

Envolées la fatigue et les douleurs, le combat est annoncé !

Monsieur Leblond est presque bousculé au passage par des jeunes riant de plaisanteries plutôt gaillardes et qui se frayent un passage à travers les caisses d'emballage afin d'atteindre plus rapidement la sortie.

Dehors, il fait beau. Tous vont en profiter pour flâner dans les rues pendant que les « têtes syndicales » travailleront à l'élaboration des revendications.

« Les journées printanières sont de puissants stimulants pour entrer en grève ! », pense le directeur avec une certaine envie, tout en emboitant le pas de Monsieur Leblond comme pour un défilé.

Depuis plusieurs jours, des tracts avaient circulé dans les différents étages et à la sortie de l'usine.

Aujourd'hui, « ils sont arrivés à leur fin ! »

Le petit homme arpente furieusement les sections diverses.

Sans presque s'en apercevoir, il frôle un grand pot de colle abandonné sans doute précipitamment par son utilisateur. Une odeur âcre qui prend à la gorge s'en échappe, rejoignant celles d'un stock de peausseries fraîchement teintées.

Continuant son chemin d'un geste familier lorsqu'il réfléchit, François Leblond passe sa main droite sur le menton tout en croisant les bras.

Il interroge les contremaîtres restés à leur place : dépassés par la rapidité des évènements, ils font le compte-rendu de la matinée. Cherchant à atténuer la portée du mot « désastre » lâché croit-il imprudemment par son collègue, l'un d'eux s'aventure à montrer du doigt que :

« Tous… ne sont pas descendus dans la rue ! », dit-il en bafouillant.

En effet, quelques-uns sont encore là.

Certains détournent le regard au passage de Monsieur Leblond.

Pourquoi sont-ils restés ? Autant de personnes, autant de raisons. Certains n'osent pas, d'autres sont trop âgés et ils ont peur de l'autorité que représente le patron ou des conséquences de leurs actes.

« Les salaires sont bas, et si en plus on doit en perdre une partie, alors c'est le désastre avec les loyers et les crédits, on peut pas décrocher ! », a entendu dire Monsieur Leblond derrière son dos.

Les autres ouvriers, au contraire, redoublent d'activité. Monsieur Leblond a une excellente mémoire et peut-être vaudra-t-il mieux appartenir aux « bons » qu'aux « mauvais » au moment des règlements de compte.

Enfin, il y a les « purs », ceux qui sont pour le patron, toujours contents de leur sort, reconnaissants même pour le travail procuré. Mais ceux-là, s'il le fallait, seraient facilement comptés dans les chaînes presque désertées.

Soudain, François se sent seul, très seul, petite silhouette perdue dans ces rangées de machines presque silencieuses.

Devant lui, le tapis de la chaîne déroule son long ruban désespérément vide avec un léger grincement.

Il se souvient de la première grève en 36, sous la présidence de son père, puis quelques années plus tard lors du retour de l'un de ses voyages après qu'il lui eut succédé.

« Savez-vous ce que j'ai fait ? », demande-t-il à Monsieur Brunais, le patronnier, en lui rappelant ce moment-là, comme pour une mise en garde :

« Je n'ai jamais plié. Plutôt que de céder d'un pouce, j'ai fermé la maison pendant quinze jours, en punition ! Tous les meneurs avaient été renvoyés lorsque l'usine avait repris son activité ! »

Le directeur suivait toujours à deux pas comme un soldat suit son chef. Il venait à l'instant de prendre conscience de ce vocabulaire anachronique d'un autre temps et paraissait perdu, se souvenant de l'affrontement qu'il venait d'avoir avec les grévistes.

En 68, le marasme avait recommencé avec le désordre.
François avait lutté, là aussi, pour rester le maître et avait lui-même créé un syndicat autonome auquel avaient adhéré ceux qui lui étaient acquis.
Mais les autres syndicats dominaient et veillaient.
Depuis, c'était le « cessez-le-feu » déclaré et, à la moindre alerte, les hostilités étaient prêtes à se déclencher malgré la traversée d'une économie clémente de quelques années.

« Maintenant, les gens sont devenus irrévérencieux ! On ne peut plus les mener énergiquement, comme autrefois ! Le patron n'est plus avec un grand P, le chef incontesté dans son domaine, c'est un profiteur, un mangeur de sueur, comme ils disent. Ils ne se rendent pas compte que c'est grâce à nous qu'ils vivent ! »
François continue son monologue tout en avançant un peu plus loin.
« Et cette concurrence », dit-il en se retournant, « ce nouveau monstre des temps modernes avec lequel il faut compter… »
Un silence suit, pénible, chacun poursuivant ses pensées.
« Cependant, je vous prends à témoin », ajoute-t-il, « n'ai-je pas essayé d'adopter de nouvelles machines, des chaînes modernes, d'investir dans des améliorations… et tous ces efforts se retournent contre moi ! »
Faisant quelques pas de plus :
« Pourtant », maugrée-t-il doucement comme pour lui-même, « je voulais le bien des ouvriers », tandis qu'une petite voix intérieure met en doute cette idée. Elle lui rappelle qu'avant ce prétexte à caractère philanthropique, c'est la fierté

d'une usine modèle, Son usine qui prévaut. Cependant, ignorant cette pensée, il continue comme si de rien n'était.

« Vous comprenez », dit-il au chef du commercial rencontré dans l'escalier qui monte au patronage, « tout le monde est embarqué sur le même bateau ! En cas de tempête, il faut sauver le bâtiment pour pouvoir exister à bord. Ça, "ils" ne le comprennent pas. »

Personne ne répond à ce monologue. Peut-être, après tout, est-il seulement pour lui ? Alors, Monsieur Leblond reprend, agité, mais déterminé :

« Ce qu'ils veulent tous, c'est crier le "sauve-qui-peut" et le laisser seul capitaine à bord, périr avec son navire ».

Eh bien, s'il devait rester seul, il lutterait jusqu'à épuisement complet de ses forces !

Monsieur Leblond revient à nouveau s'isoler dans son bureau. Il a besoin de réfléchir. Cette fois, il s'installe dans le fauteuil, pas celui en cuir confortable réservé aux visiteurs, non, le sien, dur et en bois. Il ne doit pas s'assoupir comme cela lui arrive parfois, il dort tellement mal la nuit.

Il vient là pour essayer de mettre un peu d'ordre dans ses idées. Il ne comprend pas comment dans son usine de verre, si moderne, où les ouvriers sont les mieux payés de la corporation, « ils » n'ont qu'à voir la grille des salaires, il ne comprend pas comment des grèves peuvent exister chez lui.

Pourtant, toutes les embauches sont sélectionnées et il a suffi d'une ou deux brebis galeuses pour… et ces gens de l'usine voisine qui viennent parfois haranguer les siens, de quoi se mêlent-ils, ces semeurs de trouble, ces paresseux !

N'a-t-il pas été ce que l'on peut appeler un patron paternaliste, un précurseur en son temps… mais personne n'en veut plus. Depuis 68, il s'accroche, il s'accroche, mais la

Société est tellement bousculée aujourd'hui, les mentalités ont évolué au détriment du travail !

« Des loisirs, c'est ça qu'ils réclament, mais ils se rendront vite compte qu'il faut les payer, les loisirs ! »

Tout dans son esprit fatigué se mélange : l'économie, les fluctuations monétaires, la concurrence, l'arrivée du synthétique sur le marché, la diminution récente des commandes…

Soudain, le téléphone retentit :

« Une délégation d'ouvriers demande à rencontrer Monsieur Leblond en personne », lui dit la standardiste affolée par l'insistance tapageuse des représentants du personnel qui lui font face, groupés sur le palier.

Seule une respiration rapide lui répond, juste le temps de la réflexion avant de formuler une réponse. Il a déjà refusé plusieurs fois cette entrevue, mais aujourd'hui, peut-il encore hésiter ?

« Qu'ils attendent cinq minutes, je vais les recevoir… »

S'accorder l'espace de quelques instants, redevenir le lion qu'il n'aurait jamais dû cesser d'être, mais aussi montrer qu'il n'est pas à leur disposition, qu'il est encore le patron !

Il laisse échapper un soupir, un raclement de gorge habituel, se cale sur son siège. Voilà, il est prêt à l'attaque !

« Ils » entrent tous les quatre. François les connaît bien, ce sont toujours les mêmes délégués qui sont réélus depuis cinq ans. Des « tire-au-flanc » qui cessent le travail pour un oui, pour un non, confortés par les droits que leur donne la loi, des aigris, des déchets de la société. Voilà ce qu'ils sont, au moins pour trois d'entre eux !

Mais parmi ceux qui lui tiennent tête, il y a Josiane, fraîchement élue : fine, mince, fière, les cheveux noués en une « queue-de-cheval » toujours en mouvement.

Elle le regarde hardiment, presque agressive. Elle est intelligente et se donne de tout son être dans la lutte syndicale, un peu comme on entre en religion. Soudain, elle l'apostrophe, fortement appuyée par ses suppléants. L'idée d'une nouvelle Charlotte Cordée prête à lui porter le coup fatal l'effleure quelques instants comme s'il regardait un spectacle.

« Que pensez-vous répondre à ces nouvelles revendications, Monsieur Leblond ? »

Il revient rapidement à la réalité de la situation et tente de réfléchir. Le comptable avec sa blouse blanche et ses livres de comptes étalés devant lui avait bien martelé cette phrase terrible :

« Vous ne devez pas dépasser 4 % d'augmentation, sinon nous courrons directement à la catastrophe. » Et « ils » en veulent sept !

Il reste silencieux quelques secondes.

François prend brusquement conscience qu'à travers cette joute oratoire à laquelle chacun des protagonistes se livre, c'est de survie dont il s'agit.

Survie de l'usine, bien sûr, mais aussi de lui-même qui perd pied avec son autorité de patron bafouée, survie de l'homme qu'il est, avec son âge avancé, son amour-propre de mâle ignoré.

Il ne veut pas céder, il ne peut pas céder.

« C'est mon dernier mot, l'augmentation sera de 4 %, à valoir sur celle proposée par la Fédération des fabricants à partir de mai, pas un sou de plus, vous m'entendez ! »

Quelques échanges se poursuivent avec autant de détermination d'un côté que de l'autre. Chacun maintenant ses positions, la situation ne tarde pas à se bloquer. Josiane reprend la parole, semblant mener le groupe des contestataires :

« Vous avez des œillères, Monsieur Leblond. Pourtant vous savez qu'un simple geste de votre part aurait pu calmer les esprits. La guerre est ouverte, nous la continuerons ! »

« La guerre… Qu'est-ce qu'elle en sait, elle, de la guerre… moi, oui, je pourrais en parler de ma vie de soldat et des camps… mais, elle n'a pas le droit de prononcer ce mot, ici ! »

Il vient à peine d'achever sa pensée que la touffe de cheveux blonds virevolte ponctuant ainsi la décision prise. Les autres délégués la suivent. Ils sortent excédés, prêts à paralyser la marche de l'usine si c'est, là, le seul moyen qu'ils ont de se faire entendre.

Au-dessous des fenêtres du bureau de Monsieur le Président-directeur général, les acclamations accueillent la délégation venant apporter la réponse du patron et les huées suivent l'annonce de son intransigeance.

Bientôt, des groupes se forment pour discuter, d'autres se séparent car c'est l'heure du repas. Certains, au contraire, se préparent à accueillir « ces vendus, ces lâches », entendons par ces termes ceux qui ont continué à travailler et qui débauchent, lentement, prudemment, rasant les murs.

C'est maintenant le tour des employés de bureau de se voir harangués. On demande à grands cris leur soutien dans la lutte. Un gréviste leur crie :

« Ce n'est pas parce que vous côtoyez la direction, tous les jours, que vous êtes plus avantagés. Vous avez le même patron, alors qu'attendez-vous pour nous rejoindre ? »

« Profiteur, mangeur de sueur ! », à nouveau ces mots terribles qui retentissent sous la voûte du garage et parviennent jusqu'à François.

Ce sont les femmes, nombreuses dans l'établissement, surtout celles employées au travail à la chaîne, qui sont les plus vindicatives. Elles décident d'occuper le réfectoire et d'y installer un campement tant que les ouvriers n'auront pas obtenu satisfaction.

François a mal à la tête, tous ces échos montent jusqu'à lui tandis qu'un clairon de la caserne à côté se met à vibrer et que le klaxon d'une voiture se joint à lui avec insistance.
Il n'a pas envie de rentrer chez lui. À quoi bon ? Il est si las, si fatigué.
Il se fait apporter une aspirine par l'infirmière qui n'a pas encore quitté son poste et commande un sandwich à sa secrétaire.
Elle le lui montera tout à l'heure, en reprenant le travail, il a le temps.
D'ailleurs, il ne sait plus s'il a faim, il ne sait plus rien.
Seul, il répète sans cesse comme une obsession :
« Je me suis abaissé jusqu'à proposer de faire expertiser les livres de comptes par un expert choisi par leurs soins, les représentants du personnel ont refusé. Ils ne veulent pas me croire lorsque je dis que l'usine ne supportera pas de nouveaux coups. »
Lui, il sait. Il sait d'autant mieux que depuis l'année dernière, il a transformé son usine en Société dont il est le gérant.
Il reçoit un salaire, sans doute un peu plus élevé que celui des ouvriers bien sûr, puisqu'il est « en haut de l'échelle », pour employer leur expression.

Comme il est fatigué, François. Il échappe au temps, il flotte.

Soudain, il prend conscience du son de sa voix qui lance un : « Entrez ! », bref, automatique.

On vient de frapper à sa porte, c'est Mademoiselle Marthe qui revient apportant un semblant de repas. Une brave fille, elle est revenue plutôt que prévu… 20 ans, 30 ans qu'elle est là ?...

Non, décidément il n'a pas faim.

Quelques instants plus tard, des sifflements et des hurlements retentissent à nouveau.

François se penche à la fenêtre, juste ce qu'il faut pour voir, sans être vu.

C'est Monsieur Maréchal qui arrive et traverse le hall d'entrée.

Les ouvriers l'ont déjà vu plusieurs fois inspecter l'usine, ces derniers jours. Monsieur Maréchal est conseiller du travail.

Eh oui ! Pour rester à l'avant-garde, ou plus exactement afin d'éviter d'être à son tour la lanterne rouge des fabricants de chaussures dont il avait été le président, Monsieur Leblond avait dû faire appel à ce regard extérieur. Sûrement que l'insistance de ses directeurs avait également joué en ce sens, car l'ambiance mais surtout la conjoncture s'étaient sérieusement dégradées depuis quelque temps.

« La faute à cette fichue politique !... »

« Un conseiller du travail ! Et, il saura mieux que lui avec son expérience… » Il est perplexe.

Peut-être a-t-il répondu trop rapidement à la demande de sa direction ? Cette situation de dépendance peu habituelle chez Monsieur Leblond le trouble. Quelle impression étrange cela fait !

Il n'a pas le temps de répondre à cette remarque ni de qualifier cette impression, car déjà son « état-major » le sollicite. Quelques minutes après, et pour des heures encore, ce sont des discussions sans fin pour réorganiser l'usine, la disposition des chaînes, la réintégration ou la réduction du personnel.

Les membres de la direction sont assis autour de Monsieur Maréchal et discutent, discutent dans la salle des échantillons devenue salle des conférences pour la circonstance.

« Les autres lieux sont déjà occupés, "réquisitionnés" par les grévistes », lui avait dit précédemment le directeur. Celui-ci avait le sentiment d'entrer en résistance comme pendant la guerre, enfin à partir de ce qu'il en imaginait compte tenu de son âge !

François, sans trop réfléchir, l'avait suivi.

François écoute.

Tout se passe dans une sorte de brouillard, si bien qu'il ne sait plus si c'est la fumée des cigarettes ou le flou des paroles, mais Monsieur Leblond a peine à suivre ce qui se dit là et à maintenir la tête droite.

Il somnole presque, il est si las…

« Messieurs, je vous laisse continuer sans moi, dit-il, j'ai un coup de fil à donner. Vous m'excuserez… »

Il n'en peut plus. François éprouve le besoin de se réfugier dans le calme de son bureau. Cette journée de marche en forêt l'aura certainement trop fatigué, hier.

Il ne devrait pas sortir ainsi avec en plus le risque d'être pris de malaise, seul, sans aucun secours. C'est ce que ses amis ne cessent de lui répéter.

Il y a bien longtemps déjà que sa femme Anne ne l'accompagne plus. Comme lui, elle aimait la chasse et ensemble, ils avaient parcouru des kilomètres de futées comme ils avaient traversé la vie, solidaires.

Autrefois… il avait beaucoup de succès féminins à son actif grâce à un petit côté Don Juan. Ce n'est pas les ouvrières anciennes qui diraient le contraire si on le leur demandait, ni même quelques-unes des plus récentes. On disait que l'une d'entre elles lui avait donné un fils, malheureusement infirme, et pour lequel il payait une généreuse pension.

Il n'était donc pas un modèle de vertu, avait fait bien des écarts et ce n'était un secret pour personne. Sa femme Anne n'ignorait rien, mais s'en était accommodée, allant de « salons de thé » en concours de bridge, aucun enfant n'étant venu éclairer leur foyer.

Ils étaient comme de bons amis à l'image de ce que les convenances de leur monde et de leur époque pouvaient autoriser. Un mariage de raison, sans passion, mais avec accord financier, avait uni Mademoiselle Anne de Larocherée, riche fille de banquier, avec Monsieur François Leblond, sans ascendance noble, mais en espoir d'un héritage enviable. François était l'unique fils d'un industriel de renom.

Les années étaient passées, pour elle, dans un univers clos, mondain, protégé. Pour lui, c'était différent, il avait dû affronter un monde sans cesse en mouvement surtout depuis quelques années, le monde des affaires était devenu impitoyable.

Aujourd'hui, ils ne sont plus que deux vieillards fortunés et solitaires, chacun perdu dans son monde dont parfois les frontières s'entrouvrent pour une brève rencontre.

Anne a une dizaine d'années de moins que François, mais, diraient ceux qu'elle appelait avec un léger dédain « les gens du commun », elle a « mal vieilli ». Elle ne vient plus accompagnée par son chauffeur chercher son mari juste avant un souper ou simplement passer un moment dans son bureau.

Atteinte de sénilité précoce, son immeuble résidentiel est devenu maintenant tout son univers, ayant peur des visages inconnus. Parfois, elle s'obstine à ne plus vouloir manger, craignant qu'on ne l'empoisonne.

Elle entre dans de longues conversations avec elle-même ou avec quelques êtres perdus dans un lointain nébuleux, inaccessible pour son entourage. Cet entourage, d'ailleurs, a presque disparu, lassé. Ses chers neveux eux aussi se font de plus en plus rares au domicile des époux, négligeant les visites à leur tante, mais courtisent de plus en plus Monsieur Leblond à l'usine.

C'est toujours avec un pincement au cœur que François confie Anne à une gouvernante pour la journée. Le soir, celle-ci termine son travail de bonne heure.

François a dû s'accommoder de cette situation, le personnel refusant désormais de cohabiter avec Anne, c'est l'ancien chauffeur de son épouse qui prend la relève. Il le retrouve généralement dans le hall d'entrée, attendant son retour. C'est lui aussi qui vient avec sa femme, certains week-ends, assurer la garde d'Anne.

Faire appel à un service plus spécialisé serait reconnaître la maladie de son épouse. Il n'y est pas tout à fait prêt et Anne connaît très bien le couple d'employés, ce qui est rassurant autant pour l'un que pour l'autre.

François voit toujours approcher les samedis et les dimanches avec une sorte de crainte, s'apprêtant à subir les caprices ou les extravagances de sa femme et surtout son impuissance à les satisfaire.

Alors lui, l'intraitable, a avec elle une patience infinie, des gestes pleins de bonté, de sollicitude et de tendresse, refusant de se séparer de sa compagne comme le lui a conseillé le docteur.

Cette solution lui semble impensable, surtout lorsqu'elle s'approche de lui les jours de plus grande lucidité et se pelotonne contre lui, faible, menue, fragile, lui demande toute son attention comme une enfant.

À cet instant même, François fronce les sourcils. Pensant à Anne, il se refuse à croire qu'il est impossible de la raisonner et tente toujours des explications multiples qui malheureusement se soldent par des échecs. Et si sa persévérance portait ses fruits, sait-on jamais ? Il a envie d'y croire. Parfois, lorsqu'Anne retrouve quelques moments de lucidité, il retrouve un semblant d'espoir.

François hoche la tête comme pour nier toutes ces évidences.

Ce soir, comme les autres soirs, il sait cependant que chez lui, lorsqu'il arrivera dans son quartier résidentiel et bourgeois, dans son immeuble du XVIIIe siècle aux trois étages, aux pièces immenses, personne d'autre que sa femme ne sera là pour l'accueillir.

Personne ne sera là pour le soutenir, l'aider, le comprendre. Seule, Anne recroquevillée dans un fauteuil du salon attend.

Peut-être, ce jour-là, lui fera-t-elle répéter plusieurs fois qu'il a fait beau aujourd'hui et passera à un autre sujet avec autant d'insistance. La malheureuse aura sans doute refusé de sortir dans le parc sous prétexte qu'elle est malade et à cette idée se mettra à grelotter comme prise d'une subite poussée de fièvre.

Monsieur Leblond imagine très bien la scène pour l'avoir si souvent répétée dans la réalité. Le docteur lui a dit qu'il était important qu'Anne conserve le plus possible ses repères, ses habitudes. Aussi insiste-t-il pour que chaque chose soit remise ou laissée à sa place et s'oblige à maintenir les apparences d'une vie sociale ordinaire.

Encore une fois, François prendra le bras de sa femme, l'un soutenant l'autre. Ils monteront lentement, très lentement l'escalier monumental aux superbes fers forgés pour atteindre la salle à manger comme ils le faisaient autrefois. Désormais, les cache-pots Imari qui jalonnaient les marches présentent leur trou béant. Les plantes vertes rares qui faisaient la fierté d'Anne ont maintenant disparu, faute d'entretien.

Tous deux se dirigeront vers la grande table qui aurait pu accueillir une nombreuse famille et sur laquelle deux couverts solitaires se font face. Fini les cristaux et les superbes vaisselles de la Compagnie des Indes qui encombraient les nappes damassées du temps des jours heureux et des invitations joyeuses.

Comme à l'accoutumée, personne ne les servira et ils prendront un repas froid laissé par la gouvernante, car le personnel de service se fait de plus en plus rare. Aucun des domestiques n'accepte désormais de rester plus de quelques jours tant Madame Leblond leur rend la vie impossible. Il revient donc à la gouvernante de gérer le défilé des femmes de ménage.

Comme cela arrive souvent, il faudra aussi insister, peut-être même forcer Anne à manger bouchée après bouchée, comme un enfant capricieux. D'ailleurs, Monsieur Leblond envisage de faire mettre les deux couverts côte à côte, plutôt que face à face comme actuellement, afin de simplifier ses déplacements nombreux au cours du repas.

Ils iront ensuite se coucher, épuisés l'un et l'autre par ces luttes sans fin. François ne s'accorde même plus quelques minutes de détente au salon comme il avait l'habitude de le faire pour fumer son cigare, ultime plaisir qu'il s'était réservé. Anne exige désormais sa présence à ses côtés pour dormir.

Lui, il restera longtemps, longtemps éveillé dans le grand lit à baldaquin pendant qu'Anne sombrera dans le sommeil, droguée par les médicaments.

« Eh oui… soupire François, c'est ça aussi le drame de la vieillesse. » Cette vieillesse qu'il a toujours essayé de repousser.

Ce drame n'a rien de commun avec celui que l'on étale sur les journaux au moment des souscriptions de Noël pour les « économiquement faibles », non, c'est le drame doré de la solitude du cœur, c'est l'impuissance devant la réalité d'un quotidien qui vous détruit lentement, inexorablement.

François est accablé, triste à en mourir… mais il faut vivre, il faut lutter, toujours lutter. Il n'a jamais admis que les autres se laissent aller et encore moins lui-même… et il y a l'usine, Son usine, à laquelle rien ne pourrait l'arracher si ce n'est la maladie ou la mort.

Dix-neuf heures sonnent à la chapelle voisine. Il se lève d'un geste d'automate.

Ce soir, il va se coucher de bonne heure, pour une fois un somnifère l'aidera à tout oublier.

Peut-être cela ira-t-il mieux demain ? Peut-être que rien de ce qui vient de se passer n'existera ? Tout s'effacera comme un songe malheureux ?

Il a repris son manteau et son chapeau.

En bas, une haie de grévistes l'attend.

Le personnel est en majorité féminin. Ah ! Si autrefois toutes les femmes tremblaient devant lui au moindre ton élevé et surtout au moindre regard un peu trop appuyé ou provocateur, ce n'était plus le cas maintenant.

Aujourd'hui ? Aujourd'hui, elles voient en lui un vieillard qui possède de l'argent et ne veut pas s'en séparer, un

Harpagon en quelque sorte. Les jeunes femmes surtout lui cracheraient presque au visage leur mépris et leur haine.

Elles ne comprennent pas, personne ne comprend que s'il lâche un peu de lest, c'est la dérive, c'est la mort de l'usine, c'est sa mort ! Cette usine avec laquelle il a des liens presque charnels tellement il y a investi de ses forces, de son temps, de sa vie, de son amour.

Maintenant, avec Anne, la fabrique c'est la seule chose qui le retienne vraiment au monde. Elle est Son œuvre, Son enfant. Il l'a vue grandir, il a assisté à ses maladies économiques, mais toujours il l'a sauvée, à l'image d'un père luttant pour la vie de sa progéniture.

« Tenir, tenir… jusqu'à quand ? »

Des pancartes s'agitent sur son passage, les cris se multiplient, il a peine à avancer dans cette foule agressive.

Sa photo est affichée dans l'entrée de l'usine comme celle d'un malpropre.

Sans doute est-ce la reproduction de celle du journal local auquel il avait accordé une interview au sujet des patrons de la chaussure, pense-t-il.

Il est la risée de tout le monde.

Sa photo ? Il l'a retrouvée sur les pare-brise des voitures, lui, le patron, « l'affameur ».

Protégé par l'un des mécaniciens, il parvient enfin à rejoindre sa voiture qui est toujours garée, prioritairement, près du garage à vélo.

Péniblement, Monsieur Leblond s'installe au volant : il a constamment refusé un chauffeur même dans ses périodes de grande fatigue ou malgré les conseils de son ami médecin.

Il démarre, entouré de nouveaux groupes de grévistes qui lui promettent des journées chaudes et lui font une escorte bruyante en frappant de leurs poings la carrosserie de la voiture.

Avant de prendre le tournant de la rue, il voit s'agiter dans le rétroviseur des banderoles rouges, tandis que d'un haut-parleur sort une voix féminine moqueuse :
« Bonne soirée, Monsieur Leblond, et surtout profitez bien de la patronne, nous on garde l'usine ! »

Au pays des souvenirs

Quelque temps plus tôt, il avait perdu sa femme d'une maladie d'Alzheimer, cette femme qu'il avait aimée plus que tout au monde malgré quelques écarts de conduite sans lendemain. Elle ne lui en avait jamais tenu rigueur, faisant semblant de les ignorer. Tous deux se savaient unis pour la vie et y croyaient fort. D'ailleurs leur histoire ne l'avait jamais démenti. Ils n'auraient su se passer l'un de l'autre : elle savait attendre, lui savait pouvoir revenir et les apparences étaient sauves.

Leur entente s'étendait jusque dans l'interprétation d'une œuvre musicale. Elle chantait et il l'accompagnait au piano, ou inversement, mêlant leur voix et les sentiments qui les unissaient.

Ils pouvaient passer de tendres moments ensemble à peindre dans la villa proche de la jetée. Hubert avait fait cet achat lorsqu'il était en activité : la maison alors résonnait de cris d'enfants. Puis, plus tard, ils avaient dessiné ensemble les aménagements des lieux en prévision d'une retraite heureuse.

Elle disparue, il fallait apprendre à vivre avec l'absence de l'être cher et avec la solitude, le corps assagi.

La séparation d'avec Lise était difficile, si difficile que ses amis, étonnés de tant de persévérance, pensaient qu'il se faisait un devoir d'aller quotidiennement sur sa tombe. Mais pour lui, il ne s'agissait d'aucune obligation. Non, c'était un besoin presque vital, une nécessité, comme lorsqu'il la visitait lors de sa longue hospitalisation où il était devenu un inconnu pour elle.

Cependant les autres ne pouvaient pas comprendre… c'était ce qu'il se disait, ce qu'il pensait.

Priait-il ? Il ne savait plus très bien.

Ce qu'il savait, c'est qu'elle était là, toute proche, sous le marbre brillant et lisse comme sa peau.

Parfois même il avait l'impression qu'elle chantait pour lui. Il était loin de perdre la raison, mais faire le deuil d'un être chéri est difficile.

On lui disait : « avec le temps… » Il n'en avait que faire du temps, si ce n'était le moment choisi par Dieu pour la rejoindre, car la vie avait perdu de son intérêt sans sa présence !

Il alternait souhaits de se détacher de bien des éléments qui avaient fait sa vie antérieure et souhaits de voyager, de voir d'autres cieux dans une sorte d'errance affective et intellectuelle du moment.

C'est ainsi qu'il avait décidé de vendre la villa, les enfants ne souhaitant pas prendre la suite. À ses amis les plus chers, il offrait des objets auxquels il avait particulièrement tenu : à son ami André son violon, à Jean Philippe son matériel de golf, et ainsi de suite comme s'il lui était désormais interdit de prendre du plaisir.

Il disparaissait quelques jours pour un circuit ou un voyage, fuyant la réalité si difficile à affronter.

Bien sûr que les enfants faisaient leur possible pour le distraire, lui être agréables, mais il ne souhaitait pas les déranger.

« Chacun sa vie ».

Fort heureusement, ses ressources personnelles lui permettaient une grande indépendance.

Plus il y réfléchissait, assis près de la pierre tombale, près d'elle, plus il pensait à tout son passé, ses racines, là-bas au loin.

Il avait même le sentiment qu'elle l'encourageait à proposer à ses enfants ce voyage qu'ils auraient dû faire tous ensemble et qui leur tenait tant à cœur, à tous les deux. Seule la maladie de son épouse avait empêché la réalisation de leur souhait de séjourner encore une fois dans ces lieux enchanteurs. La dernière fois qu'Hubert y avait conduit Lise, c'était une quinzaine d'années plus tôt et ils s'étaient promis d'y retourner, mais le temps avait passé avec ses multiples occupations.

Cette fin d'après-midi, où il s'était attardé plus longtemps auprès de la tombe, avait fait tomber ses dernières hésitations.

Pudique, sensible, lors d'un repas familial, Hubert avait timidement apporté les catalogues de voyage. Il se sentait presque gêné de penser qu'à travers ce désir énoncé, chacun puisse découvrir derrière cet homme imposant à l'aspect solide une fragilité toujours bien cachée.

Il avait été presque étonné de l'enthousiasme avec lequel sa proposition avait été accueillie.

Hubert était à la fois heureux de leur montrer et de leur raconter tout ce qui avait fait de lui, eurasien, cette personne toujours un peu mystérieuse aux yeux des autres, tout ce qu'il avait gardé dans son cœur et… inquiet aussi de ce dévoilement.

Allaient-ils comprendre ce pays ?

Allaient-ils l'aimer ?

Saurait-il le leur faire aimer ? Pour s'en persuader, il se disait aussi que c'était un peu leur histoire, mais pour lui, c'était ses racines, une partie de son être. Ce voyage, il le vivait presque comme un fabuleux héritage qu'il aurait été temps de transmettre aux générations suivantes.

C'est ainsi qu'une nouvelle fois il la rejoindrait, « son » Indochine, cette longue langue de terre qui s'étire en forme de S. De ce pays, Hubert n'avait conservé que des souvenirs heureux. C'était un peu comme on rêve le paradis.

Bientôt, il serait confronté à ces mêmes souvenirs, partagé entre l'impatience et l'anxiété.

Qu'étaient devenus ces liens qui l'avaient construit au cours de ce temps dont il ne retenait que des moments merveilleux, dans cet espace du bout du monde ? Bien que tous ceux qu'il avait connus ne soient plus là-bas, il était sûr que ce pays l'attendait, l'accueillerait comme l'enfant prodige. Il se fondrait dans son immensité, faisant corps avec lui. Il espérait éprouver les mêmes joies que lorsque Lise l'avait accompagné.

Le vieil homme remontait à la source. Il était maintenant à la recherche de sa jeunesse, de son commencement.

Si l'homme qu'il était devenu n'avait peut-être pas su se raconter, alors cet univers le ferait pour lui. Cet univers que l'adolescent aux cheveux bruns bien lissés et aux gestes mesurés avait vu s'éloigner, accoudé au bastingage du navire qui l'emportait vers des terres inconnues.

Il voulait leur offrir le meilleur de ce pays. Hubert avait choisi avec soin, avec amour les conditions d'un voyage de trois semaines avec ses enfants. Il avait dit :

« Je veux tout vous montrer ».

Mais au moment de ses choix, il ne savait plus très bien ce que signifiait ce « tout ». Il y avait tellement de choses à voir, d'émotions et d'impressions à ressentir… tellement de souvenirs à vivre, à faire partager.

Ils se déplaceraient en voiture avec chauffeur le long de la route mandarine qu'il se souvenait avoir empruntée autrefois, allant d'un delta à l'autre, du Sud au Nord. Entre-temps, ils feraient une incursion dans les hauts plateaux.

Le mois de mars lui paraissait la période la plus favorable pour les déplacements prévus. Il aurait aimé leur faire vivre ces périodes de mousson, près des digues, lorsque se déchaînent les éléments, que le ciel se brouille, tandis que les rizières comme de la soie se froissent et se défroissent. Cependant, le souvenir d'un typhon meurtrier à Hanoï à la saison des pluies l'avait fait revenir à des choix plus raisonnables.

Dès le pied posé sur le sol tant chéri, c'était toute sa jeunesse qu'il offrait à ses enfants et petits-enfants. C'était tout ce qui avait fait de lui ce beau jeune homme qui à son arrivée en France avait fait se pâmer d'engouement ces demoiselles devant « l'étranger aux yeux légèrement bridés ». Il était « si exotique », entendait-il susurrer à voix basse lorsqu'il était reçu dans les salons. Elles papillonnaient autour de lui, attendant avec impatience d'être choisies pour une valse dont il maîtrisait parfaitement les pas.

Il s'était levé très tôt, souhaitant être seul un moment, et avait quitté l'hôtel pour rejoindre la rue qui déjà s'animait. Parmi les odeurs d'essence et de pétrole, il reconnaissait l'odeur familière du phô, ce bouillon de bœuf si parfumé au goût inimitable et des fritures qui semblaient, elles aussi, envahir l'air dès le matin.

Hubert était allé jusqu'à la pagode toute proche, reconnaissant avec un plaisir immense ces senteurs d'encens enveloppantes et y retrouvait une foi jamais démentie. Il avait reconnu avec une certaine satisfaction les fleurs de lotus blanches avec leurs larges feuilles vertes qui s'étalaient aux pieds de la statue de Bouddha et ornaient celui de l'autel des ancêtres.

Il s'était approché pour humer ce parfum doux et inimitable des fleurs. Cette odeur lui avait soudain rappelé celle des tisanes à base de graines de lotus. Nuoc-Mâm les lui servait parfois le soir pour lui procurer une nuit calme les derniers temps de son séjour dans la ville, avant son départ. Nuoc-Mâm avait été placé à son service lorsqu'il avait atteint l'âge de cinq ans. Ce n'était pas son vrai nom, mais Hubert l'avait ainsi baptisé tant il semblait s'être parfumé de cette sauce à l'odeur si singulière.

Hubert avait l'impression qu'un sang nouveau coulait dans ses veines.

Il était tout simplement heureux.

Puis, tranquillement, il avait rejoint sa famille pour le petit déjeuner.

Assis dans le salon d'été de l'hôtel, il n'avait pas manqué de leur raconter l'histoire du pays, évitant de parler ou parlant avec discrétion de sa naissance dans ce pays qu'il aimait tant. D'ailleurs, pourquoi aurait-il rappelé ce moment que chacun connaissait ? La jeune femme si belle, dont il voyait journellement le portait dans le salon de sa tante, était morte en le mettant au monde dans des conditions matérielles difficiles. Elle s'était isolée de la famille pour vivre, disait-elle, un grand amour. Qui était son père ? Seule tante Alice, restée en relation avec sa jeune sœur, avait été mise dans la confidence de cet amour impossible. Dans la famille de militaires, et qui plus est de colons haut placés, il eût été impensable d'épouser un « asiatique » !

Celui-ci devrait toujours ignorer qu'il avait eu un fils, afin de ne pas le mettre dans une situation délicate. Tante Alice avait promis pour sauver les convenances et par amour pour sa sœur. Plus tard, elle avait même obtenu avec l'aide de son mari d'adopter l'enfant que l'on disait le fruit des amours d'une domestique particulièrement appréciée et morte en couches.

L'honneur était sauf dans ce petit univers clos de colons. Malgré l'agitation qui à ce moment-là régnait dans le pays, certains restaient insouciants, mais tous étaient à l'affût du moindre commérage et fermes sur les principes de leur monde et le rejet des mésalliances.

« Depuis la fin du XIXe siècle, la France, visant l'accès à la Chine, de luttes en annexion, de comptoirs en protectorats, avait fini par créer l'union indochinoise », avait rappelé Hubert. Puis, il avait ajouté :

« En devenant colonie, trois provinces avaient alors été soumises. L'organisation et l'administration de la Cochinchine, du Tonkin et de l'Annam allaient désormais dépendre de l'autorité française en la personne du gouverneur général de l'Indochine.

L'Empereur continuait d'y exercer un pouvoir, mais toujours en subalterne, comme la majorité des mandarins, même si certains trouvaient à s'enrichir.

Ma famille était arrivée dans les années 1920 avec pour le chef de famille et son frère des missions de pacification, surtout pour le premier. L'autre était tourné vers l'administration », expliquait Hubert.

« Il est important que vous compreniez. Malgré les grands travaux engagés, chemins de fer, industrialisation, ports, ou l'implantation d'écoles, la population n'en profitait guère. L'opposition s'était installée sous diverses formes. Idées d'indépendance, idéologies diverses, corruption, attentats, éloignement des empereurs successifs allaient illustrer le quart de siècle suivant, entrainant en réponse un certain nationalisme vietnamien.

En effet, les révoltes des paysans et des ouvriers se multipliaient, comme celle des communistes et bouddhistes, sans que le retour du fils de l'empereur Khải Địn, Bảo Đại ne puisse y changer quelque chose. Après avoir séjourné en France une dizaine d'années, il découvrait la désastreuse situation économique et administrative de son pays au bord du chaos. Malgré ses tentatives de réformes et d'ouverture, il n'arrivait pas à s'imposer, peu soutenu par son entourage. »

« C'est parce que tu avais peur que tu es parti ? Les gens étaient méchants avec toi ? », avait interrogé avec inquiétude sa petite-fille Clothilde.

« Bien sûr que non, j'étais très heureux, je ne risquais rien, je pouvais m'amuser sans crainte. Je suis parti plus tard », l'avait-il rassurée.

Hubert, s'adressant aux adultes, avait repris ses explications.

« La Seconde Guerre mondiale éclatait et la défaite française de 1940 contraignait le gouvernement de Vichy à laisser l'Indochine sous contrôle japonais. Cependant, l'administration française était restée en place jusqu'au printemps 45 où l'empereur Bảo Đại avait déclaré la fin du protectorat français. Les Japonais allaient alors instaurer des représailles contre les Français, pillant, assassinant les ressortissants.

C'est à ce moment-là qu'on m'a renvoyé en France avec ma tante très inquiète de la suite. Pendant ce temps, le Viêt-minh, la ligue révolutionnaire pour l'indépendance, avait réussi à libérer deux zones.

Puis ce fut la défaite des Japonais et l'appel au soulèvement contre les Français par Hô Chi Minh. À l'automne, la République démocratique du Viêt Nam était proclamée, après que le mois d'août ait vu l'abdication de l'empereur.

Mes oncles étaient toujours en place… »

Quelques secondes de silence avaient suivi, puis Hubert avait repris le cours de l'histoire, soucieux de ne pas mobiliser l'attention trop longtemps. Il concluait d'un air pensif, utilisant le temps présent, comme s'il revivait cette période :

« La conférence de Da Lat échoue. Les hostilités sont suspendues avec celle de Fontainebleau, mais vont vite reprendre, car les négociations sont illusoires… C'est à ce moment-là qu'est arrivée à Paris la terrible nouvelle, l'oncle Georges, le mari d'Alice, celui qui m'avait servi de père, venait d'être assassiné… »

Ne voulant pas assombrir son propos et peut-être faire preuve de trop d'émotion, il avait conclu :

« La France voulait maintenir ses positions, Hô Chi Minh, lui, voulait éloigner toute idée de reconquête. La guerre d'Indochine commençait. »

Comme prévu, la famille avait entrepris son périple par le sud avec la visite de l'ancien centre colonial de Hô Chi Minh où Hubert avait résidé quelque temps avant son départ pour la France. De là, c'était le fabuleux delta du Mékong qui était à la portée de chacun. Pour Hubert, c'était un élément clef de son amour pour le pays, retrouvant là un lieu enchanteur avec ses couleurs changeantes, sa vie débordante, le vert éclatant des rizières.

Debout sur l'embarcation qu'il avait louée, il avait échangé avec ses voyageurs quelques phrases en même temps que son admiration. Ils naviguaient sur l'un des bateaux qui traversaient le delta à l'image de vieux habitués des lieux, comme l'avaient toujours fait les habitants des siècles auparavant pour se déplacer. Ils allaient à la rencontre des habitations traditionnelles sur pilotis et de leurs occupants. Hubert avait même tenté de leur adresser quelques mots qui lui revenaient en mémoire, sans toujours grand succès, il faut bien le dire, mais accueillis avec un large sourire.

Il respirait à pleins poumons cet air légèrement humide à la recherche de sensations anciennes.

Son fils lui avait paru ému à la vue de ce paysage à couper le souffle et cela lui avait fait plaisir. Il se retrouvait en lui.

Surnommé par les Vietnamiens la « rivière des 9 dragons », le fleuve présentait maintenant ses terres agricoles fertiles et ses vergers. Une végétation luxuriante laissait parfois apparaître quelques ponts de bambous empruntés par les riverains pour traverser les nombreux petits canaux.

Regardant son fils tenter quelques manœuvres aventureuses, ils riaient tous les deux d'une même insouciance tandis que le propriétaire du bateau, assis à l'autre extrémité sous son chapeau conique, mastiquait tranquillement sa chique de bétel.

Ils étaient arrivés la veille au soir à l'aéroport de Lîen Khuong pour un séjour à Dâ lat d'où ils repartiraient dans quelques jours pour Hanoï. Jeune, il connaissait bien cette ville de « l'éternel printemps ». Sa famille, comme de nombreux colons fortunés, y séjournait pour échapper à la chaleur et, quelques années plus tard, après la chute de Hanoï, y avait cherché protection.

Pour l'heure, ils admiraient l'allure pleine de grâce de la jeune femme qui traversait la rue à petits pas pressés, transportant une palanche sur l'épaule droite. Le plateau suspendu à chaque extrémité de la longue tige de bambou supportait des fruits à la palette multicolore.

Hubert pensait qu'elle avait probablement pris le soin de les astiquer avant de les y placer. Elle venait de prendre son chargement après avoir quitté deux hommes assis sur des sortes de tabourets plus ou moins stables en bordure du trottoir. Ils échangeaient en silence une pipe à eau, une tasse de thé vert posée à même le sol juste à leurs pieds. Avec précaution, le plus jeune des hommes avait mis auparavant une pincée de tabac dans le petit fourneau de la pipe, puis il avait tiré une seule aspiration.

Hubert n'avait pas entendu le glouglou qui accompagnait habituellement ce geste, mais il savait que le fumeur avait inhalé la fumée après qu'elle soit passée sur le fond d'eau que contenait le long tube de bambou d'une trentaine de centimètres.

La forme de cette pipe ressemblait fort à celles qu'il avait connues autrefois. Il se rappelait en avoir testé quelques-unes en cachette avec l'aide de Nuoc-Mâm, son serviteur fidèle.

Sa tante possédait une pipe en porcelaine, ce qui expliquait sans doute le soin qu'elle exigeait dans son maniement. Peut-être était-ce l'un de ses caprices d'enfant gâtée, car habituellement ces appareils étaient en ivoire, souvent incrustés de nacre et d'argent.

Quelques instants, il avait quitté la scène présente pour se plonger dans ses souvenirs. Le temps s'était soudain arrêté. Il était devant elle, attendant son assentiment sur la tenue qu'il devait porter pour la venue du colonel et de sa femme. Il revoyait les gestes familiers, cette belle femme, à demi-assise, alanguie sur le sofa. Le domestique se tenait près d'elle. Faisant en sorte de ne pas toucher la longue tige de bambou, il garnissait le fourneau avec soin et respect, évitant ainsi à sa tante le moindre effort.

Le bruit des motos reprenant leur course sur l'avenue, sitôt le feu vert allumé, l'avait tiré de sa rêverie.

Au cours de la douceur de ce crépuscule qui semblait fait pour l'éternité, il racontait à ses deux petits-enfants, avec force détails, les préparatifs de la chasse au tigre, espérant leur faire ressentir ses émois du moment.

Si depuis leur arrivée dans la péninsule indochinoise les Français avaient bâti des villes, d'autres s'étaient agrandies, mais la brousse conservait tous ses mystères. Les récits de voyage ou ceux des missionnaires les avaient largement alimentés, ainsi que la présence d'animaux sauvages signalée, notamment celle des tigres.

Un jour, on disait qu'ils avaient attaqué des élevages de mouton dans la montagne, au-dessus de Saïgon et de Dran, et qu'ils faisaient journellement de nombreux blessés qu'ils dévoraient. Il n'en avait pas fallu plus pour réveiller l'esprit chasseur des hommes qui, selon leur position sociale, avaient tous de bonnes raisons, en commençant par les colons. Il se rappelait ces messieurs, pipes en main, sirotant leurs liqueurs d'après repas, discutant de cartouches ou de moyens de captures : battue, pièges creusés, et pourquoi pas des cages avec appât.

Les enfants écoutaient, les yeux grands ouverts, passionnés par ce qu'Hubert leur racontait :

« Les chasseurs choisissaient leur mode d'approche, à l'affut ou sous l'œil du mirador, souvent à dos d'éléphant. »

Hubert se souvenait avec quelques frissons et un peu de dégout de ces retours de chasse, de l'animal allongé et l'excitation qui régnait autour. On parlait de tableau de chasse personnel.

« Les colons, souvent à la recherche de distractions, n'étaient pas les seuls à s'intéresser à la chasse au tigre. Quelques braconniers ne s'en privaient pas, fascinés par les avantages à tirer : vente de fourrures, animaux vivants proposés ou commandés pour les domestiquer. Des primes de capture étaient même proposées.

Les autochtones, eux aussi, se sentaient concernés par cet animal pour sauvegarder leurs troupeaux ou parfois pour les vertus médicinales attribuées à la bête par exemple à base d'os. »

Les courriers reçus de France racontaient qu'il était maintenant devenu de bon ton de poser ses pieds sur des tapis de fourrure de tigre dont une extrémité portait la tête. Depuis plusieurs années déjà, des tigres étaient exposés au Jardin des Plantes à Paris et étaient devenus, avec d'autres animaux, tout aussi exotiques et la preuve vivante d'une richesse coloniale.

Hubert était assailli par la multitude de questions posées par les enfants et la soirée s'était terminée par la promesse de monter à dos d'éléphant.

« C'est autrement plus excitant que de voir cet animal au zoo ! », avait dit l'aîné de ses petits-fils, et Hubert ne s'était jamais senti aussi bien compris que ce soir-là.

Assis à l'arrière du minicar qui les transportait, Hubert observait chacun à la dérobée. Ils avaient quitté les montagnes où ils étaient partis à la rencontre de ces identités diverses, aux vêtements bigarrés, qui les peuplaient. Ils avaient traversé le Nord-ouest et les hauts plateaux du centre découvrant à perte de vue ses étendues immenses de thé vert.

Ils allaient bientôt rejoindre la ville où ils retrouveraient l'agitation incessante qui y régnait. Pour l'heure, tout était encore paisible. Appréciaient-ils ce moment de la journée si délicat, comme lui l'avait aimé ?

Ils avaient maintenant dépassé le banian et le petit autel dédié au génie de l'arbre, signe précurseur de leur entrée dans le village.

Soudain, au détour d'un chemin, étaient apparues de jeunes Vietnamiennes assises sur leur bicyclette, pédalant avec grâce, à la fois droites et souples à l'image du bambou. Elles étaient toutes de blanc vêtues, la taille pincée dans leur áo dài, cette longue tunique blanche, fendue sur les côtés et portée sur un long pantalon. Elles semblaient voler comme une nuée de colombes. Moment de pure beauté. Probablement s'agissait-il d'une sortie d'école.

Hubert s'était alors souvenu des fêtes et de certaines célébrations avec leurs défilés, de la magnificence des vêtements d'apparat portés par les mandarins.

« Certains étaient habillés de bleu, d'autre de pourpre selon leur hiérarchie, alors que celui de l'empereur s'ornait de l'emblème de sa puissance, le dragon à cinq griffes. »

Quelques instants, ces descriptions colorées avaient fait rêver les occupants de la voiture.

À l'autre bout du pays, Hanoï les attendait.

Hubert expliquait son séjour dans cette ville :

« J'y avais accompagné ma famille, mon oncle ayant été appelé auprès du gouverneur dans le palais, cette résidence commandée par Paul Doumer qui, à l'époque, m'avait paru immense. »

Son cousin, qui était alors professeur au lycée Albert Sarraut, les avait invités à les rejoindre pour une réception dont il ne se rappelait plus l'objet. Hubert, trop jeune, n'avait pu bien sûr y assister. Il était donc resté sous la surveillance indéfectible de Nuoc-Mâm dans la maison de ce même cousin où toute la famille avait été accueillie à l'occasion de ce voyage. Petit garçon, il y avait fait d'ailleurs des séjours fréquents jusqu'à ce que son oncle soit nommé à Hanoï.

Ils habitaient dans le quartier résidentiel près du lac Ho Tay dont Hubert gardait en tête la beauté des rives.

« La superbe maison coloniale qu'on occupait donnait sur une rue bordée de platanes magnifiques, non loin du grand parc. Elle faisait partie d'un ensemble de rues quadrillées riches en édifices préexistants ou nouvellement construits par des colons. »

Hubert avait proposé de partir à la recherche de son ancien domicile. Ils iraient tous ensemble voir s'ils trouvaient les lieux tels que ses souvenirs d'enfant les avaient conservés.

Il leur avait parlé de voir l'Opéra inspiré de celui de Garnier à Paris, de la cathédrale Saint-Joseph, lieu de rencontre à la sortie des messes, de la banque d'Indochine et des soupers organisés par sa tante en l'honneur de son directeur…

Toute la famille, aidée d'un plan et d'un guide, avait fini par la retrouver, cette maison si chère à ses souvenirs. Le parc était toujours là, mais bien moins entretenu que dans ses souvenirs. Ils l'avaient traversé pour rejoindre le perron et atteindre le bureau administratif qui désormais occupait l'entrée.

Ils avaient ignoré l'employée occupée à distribuer des papiers et avaient pénétré dans ce qui était autrefois le grand salon. Celui-ci était divisé en trois parties renfermant des bureaux non cloisonnés. Du décor d'autrefois, seul le parquet brun avait subsisté. Fini les robes légères qui virevoltaient au son de la musique tandis que le petit garçon qu'il était regardait, caché derrière le pilier, s'agiter le monde des grands. Nuoc-Mâm arrivait alors discrètement. Tous deux faisaient semblant d'être surpris de se trouver face à face et le jeu continuait plus loin. En y réfléchissant, Hubert se disait que les compagnons de jeu avaient été rares.

Il pensait, à l'instant de cette visite, que tout au long de sa jeunesse, il avait toujours appris le silence, les pas feutrés, discrets. Un peu plus tard, lorsqu'il fut autorisé à assister au tourbillon des soirées dans ce même salon, il se revoyait, allant de l'un à l'autre avec aisance, mais toujours habitué à une certaine réserve.

Il s'était alors rappelé l'importance des silences, comme les lui avait appris Nuoc-Mâm placé depuis son enfance au service des autres, mais aussi sa tendresse respectueuse et discrète. Son visage aux pommettes marquées, sillonnées par les larmes qui tombaient en silence et mouillaient sa barbichette, Hubert ne les avait pas oubliées non plus. C'était le dernier visage connu qu'il avait vu sur le quai du départ. Il savait dans son cœur qu'il ne le reverrait jamais plus. Nuoc-Mâm ne pouvait abandonner sa communauté, c'était son devoir de lui être attaché, malgré ce qu'il pouvait éprouver pour le petit maître.

Le séjour se terminait.

Les images, jusque-là enfouies, s'étaient superposées comme les temps. Leur richesse, dans ce ballet qui avait quelque chose d'onirique lui avait fait perdre ses repères. Elles s'étaient enfuies, puis brusquement ou subrepticement, ressurgissaient au quotidien, tout au long du séjour dans des allées et venues incessantes.

Cette fois, qui serait sans doute la dernière, il repartait avec le sentiment d'avoir accompli quelque chose comme son devoir, un devoir de transmission d'une histoire dont il n'était qu'un élément.

Malgré le départ et cette nouvelle séparation d'avec ce pays qu'il quittait aujourd'hui par avion, il se sentait heureux. Son fils aîné, qui n'était guère plus expansif que lui, venait au nom de tous lui faire cette déclaration d'une façon solennelle :

« Merci pour tout, ce fut magnifique. »

Derrière ces mots, il savait avoir été rejoint jusqu'au plus profond de lui-même, jusqu'à ce qu'il était, lui, l'Eurasien.

Sûr aussi que tout au long du voyage Lise les avait accompagnés…

Chemins croisés

Interrompant sa lecture, l'adolescente avait posé près d'elle le cahier à la couverture un peu fatiguée. Il sentait encore cette odeur de lilas que sa mère affectionnait tant. Quelques mois étaient passés depuis la disparition de celle que la jeune fille appelait affectueusement « Mamita » quand elle venait se blottir dans ses bras.

C'était seulement aujourd'hui qu'elle avait eu le courage de feuilleter son journal et entrer ainsi dans son intimité.

En souriant, un jour où elles étaient assises ensemble dans le jardin sous le grand chêne, « Mamita » lui avait dit :

« Quand je ne serai plus là, tu pourras le lire. »

Puis, comme si elle avait réfléchi, elle avait ajouté d'un air un peu contrit :

« Tu dois me trouver d'une autre époque, j'écris comme le faisaient ma mère et sans doute ma grand-mère. Je ne peux guère faire autre chose maintenant. »

Et le journal était resté inachevé…

Ce souvenir avait amené quelques larmes dans les yeux bleus.

C'était le regard encore embué que la jeune fille reprenait la lecture des pages suivantes, assise sagement sur la moquette après avoir serré sur son cœur le précieux écrit.

Les premières lignes étiraient une écriture allongée et souple qui déroulait des mots comme on raconte une histoire.

L'adolescente lisait…

« Tout a commencé ou peut-être continué ce soir-là.

Il y a parfois des circonstances étranges ou des coïncidences qui semblent avoir tracé votre chemin indépendamment de votre participation ou de votre volonté.

Afin de l'aider dans la préparation d'un examen, j'avais reçu à mon domicile une étudiante. Nous relisions ensemble avec application quelques passages de sa production. La sonnerie du téléphone dans la pièce à côté n'avait pas réussi à nous distraire de notre entreprise.

Un coup discret à la porte, une petite phrase échangée avec mon mari me laissaient supposer le moment important ou urgent pour qu'il nécessite de m'interrompre dans mon travail.

"Ta sœur est au téléphone et souhaiterait te parler."

Gênée, surprise, interrogative ? Je ne saurais le dire, je quittais la pièce pour cette rencontre téléphonique sans même penser à y surseoir.

Certains y verront le destin, d'autres un passé qui vous rattrape, moi, à cet instant-là, je n'y voyais rien du tout, je n'y comprenais rien !

Pourquoi ce soir-là et pas à un autre moment ?

Pourquoi surtout se précipiter pour écouter quelqu'un que rien ne prédispose à rencontrer ?

Je connaissais cependant depuis longtemps son existence. Elle était née d'une liaison que mon père avait hors mariage, mais nous n'avions jusqu'alors eu aucune relation.

Le matin même, en feuilletant l'annuaire téléphonique à la recherche d'une information, mon mari et moi-même avions lu par hasard le nom d'une abonnée identique à mon nom patronymique qui est assez rare. Déduction faite, nous avions pensé à elle, Nicole.

Étrange ? Très rarement, nous évoquons les histoires de famille par pudeur, par respect, ou simplement parce que ceci est une autre histoire et pas la nôtre… enfin pas tout à fait !

J'entendais une voix tremblante et hachée me dire qu'elle cherchait à me joindre depuis plusieurs jours et était heureuse d'enfin trouver la bonne personne.

Elle souhaitait me rencontrer, elle voulait me "parler" et me proposait un rendez-vous dans un café du centre de la ville !

J'aurais pu refuser, mais je ne l'ai pas fait ! La belle excuse que j'ai donnée à mon mari :

"Je n'ai pu faire autrement, l'étudiante m'attendait, il fallait parer au plus pressé, j'ai donc accepté de la rencontrer sans trop réfléchir !"

Oui, peut-être…

J'avais répondu du bout des lèvres à mon interlocutrice pensant montrer une certaine indifférence, mais un volcan s'était allumé en moi.

Je ne sais plus quels étaient mes sentiments lorsque j'arrivais devant la terrasse de café ensoleillée et peuplée d'une foule disparate.

Indifférence… affichée ou forcée, curiosité, fatalité… autant de mots que je pourrais proposer sans y trouver forcément la réponse même aujourd'hui… ou tous ceux-là à la fois et bien d'autres !

Le soleil m'empêchait un instant de distinguer les clients en bordure de l'entrée quand brusquement une jeune femme s'approcha de moi, s'inquiétant de mon prénom. Devant ma réponse affirmative, elle m'expliquait qu'elle avait abordé deux autres personnes attablées dont l'une, blonde, pouvait être moi-même. Je dois préciser que lors du rendez-vous, nous avions échangé quelques éléments de reconnaissance.

D'un commun accord, nous avions décidé de nous diriger vers l'intérieur plus calme.

Visiblement aussi peu à l'aise l'une que l'autre, nous nous observions à la dérobée le temps de commander un rafraichissement.

Pendant que je regardais autour de moi en tentant de prendre l'air absorbé par le décor et l'entourage, je remarquais deux clientes en train d'observer avec un sourire attendri et de connivence notre rencontre. Nicole avait-elle expliqué le motif à ces personnes lorsqu'elle tentait de mettre un nom sur des visages ?

À cette idée et à cet instant même, je sentais une légère contrariété monter en moi. Cela m'avait presque rassurée sur ma capacité à éprouver quelques sentiments tant je m'étais mise en tête de rester distante.

À cet instant aussi, les yeux perçants de Nicole dont je n'arrivais pas à définir la couleur, noir, bleu foncé, marron, me dévisageaient à la recherche sans doute d'une quelconque ressemblance.

Face à moi, je pouvais voir quelqu'un de mince, pâle, les cheveux relevés en une queue de cheval d'un blond décoloré, une frange longue lui faisait battre les cils.

Un pull blanc un peu trop large accentuait la pâleur de sa carnation. Une chaîne argentée de laquelle pendait un cœur d'un matériau brun, pierre ou plastique, une bague modeste et une alliance mise à l'annulaire étaient les seuls ornements qu'elle portait.

C'est cette alliance qu'elle m'avait tendue assez rapidement comme un cadeau de bienvenue dans son monde, ajoutant que c'était celle de son père. Puis, brusquement, se ravisant, elle avait rectifié "de notre père". Il était donc normal que j'aie quelque chose de lui tout en ajoutant qu'elle ne la quittait pas depuis son décès.

Je remarquais au passage l'usure de la bague qui semblait porter les marques du travail et prenais conscience de l'importance de ce cadeau. Je le repoussais avec peut-être un peu trop de force, presque de violence qui me surprit moi-même, comme si je ne pouvais m'autoriser à l'accepter.

Je crois qu'elle n'avait pas été fâchée de mon refus, elle semblait tenir tellement à l'objet malgré son insistance à me l'offrir !

J'étais à nouveau remplie de sentiments confus.

Quoi, ou qui repoussais-je par ce geste ? Cet objet ayant appartenu à mon père et à travers lui cet homme qui m'avait si vite oubliée ? Ce passé qui revenait en boomerang ? Cette jeune femme qui voulait me considérer comme sa sœur ?

Nous avions le même sang qui coulait dans nos veines, insistait-elle.

Elle parlait d'elle comme si elle voulait que je connaisse tout de son existence.

Les détails s'ajoutaient aux détails, soucieuse de construire ou reconstruire une histoire où nous aurions pu vivre les mêmes choses, créant ainsi un rapprochement qui allait au-delà de l'absence et du temps.

J'avais aussi l'impression que cela la soulageait.

Elle avait un petit sourire au coin des lèvres et le regard baissé chaque fois qu'elle cherchait un nouvel élément à ajouter à son histoire, comme si elle se concentrait pour le trouver.

Elle ressemblait à ces élèves qui vont chercher au plus profond de leur mémoire la leçon enfouie et sont heureux de retrouver une bribe, un mot qui les fait aller de l'avant.

Deux ou trois fois, elle avait interrompu son flot de paroles pour me demander si elle ne tenait pas trop de place par son discours ininterrompu ou si j'avais des enfants comme si cela avait une logique dans la conversation.

La jeune femme avait fait une allusion à la similitude de situation vécue par ma mère et par elle-même, ayant toutes deux été abandonnées par leur conjoint.

Elle semblait au courant de bien des évènements de ma vie, comme si elle avait eu l'occasion d'en connaître une partie. Avait-elle pris des renseignements, comment, auprès de qui ?

Nicole qui ne trouvait pas sa place dans le couple de ses parents s'était mariée jeune avec un pianiste. Tous deux étaient encore élèves au Conservatoire de musique et avaient pris le chemin de Paris sitôt leur formation terminée. Un fils, actuellement âgé de 23 ans, était né de cette union. C'était lui qui l'avait conseillée et avait insisté afin que sa mère tente ce rapprochement. Nicole avait d'ailleurs ajouté un nouvel argument :

"Nous n'avons que dix ans d'écart, plutôt neuf, on pourrait s'entendre, non ?"

Je n'avais pas répondu à cette remarque.

Elle avait alors repris son histoire familiale. Licencié en sciences et poursuivant ses études, son fils ne vivait plus avec elle, ayant pris un studio afin que chacun ait son indépendance.

"Oh, certes", avait-elle dit, "je vis toute seule et m'en trouve fort bien après l'expérience malheureuse avec mon mari !"

Ce dernier la violentait, la battait, lui disant qu'elle était laide, sans grâce, et il avait fini par prendre une compagne lorsqu'elle s'était enfuie de chez elle avec son fils de 7 ans.

"Depuis, ça a été plus ou moins bien… en ce moment, c'est à peu près… en équilibre."

Je ne savais pas ce qu'elle voulait dire par ces paroles. Parlait-elle d'argent, car elle avait ajouté qu'elle donnait des leçons de piano, ou s'agissait-il d'elle-même, de son équilibre personnel ?

Elle semblait tellement démunie et sans défense que j'avais presque eu envie de la protéger, de lui prendre la main.

Nicole, enfant, en fouillant dans les affaires de ses parents, avait découvert une photo sur laquelle elle se trouvait en compagnie de son père, d'un couple plus âgé, et d'une fillette. Elle avait alors demandé qui était ces personnes et l'enfant. Aussitôt, sa mère lui avait arraché le cliché des mains, violemment, lui interdisant d'y retoucher et surtout de reposer cette question. Cela ne la regardait pas !

"Mais je sais maintenant que c'était vous", avait-elle dit avec certitude.

Je n'avais pas répondu encore une fois. Elle était déjà passée à autre chose, sûre de sa remarque.

Elle avait raison, car un jour mes grands-parents m'avaient amenée rencontrer mon père dans l'idée d'un rapprochement familial qui ne s'était jamais fait. Nicole avait 1 ou 2 mois et moi, presque 9 ans. Je possédais cette même photo que j'ai regardée souvent et longtemps avant de l'oublier.

Comme un tapis qui se déroule, je voyais s'étaler une existence de petite fille entre une mère Ténardier et un père plutôt chaleureux avec elle et qui savait si bien la consoler.

Elle n'en finissait pas de rapporter les situations de connivence entre père et fille : les câlins lorsqu'elle était petite fille, les sorties d'école, les devoirs, sa protection contre un mari brutal plus tard.

"Il faut que vous sachiez comment il était ! C'était un père formidable !"

Je découvrais un père très attentionné, soucieux du bien-être de sa famille, loin de celui que certains de ses actes dont j'avais connaissance pouvaient laisser supposer.

L'exposé qui m'était fait avec force détails, dans la situation particulière qui avait été la mienne, pouvait avoir un côté cocasse ou cruel. Je n'éprouvais cependant aucune jalousie pour l'enfance que Nicole avait passée auprès de cet homme qu'elle décrivait comme prévenant et aimant, bien que nos souvenirs soient à l'opposé.

J'effaçais doucement l'image que je m'étais faite, comme si au fond de moi je savais depuis toujours qu'elle était fausse. J'avais tellement eu envie de croire en autre chose. J'apprenais à le connaître et j'étais presque heureuse qu'il ait été ainsi.

Nicole replongeait dans ses souvenirs :

"Mais probablement préférait-il ne pas avoir trop de heurts dans son ménage, car des disputes, il y en avait souvent !", poursuivait-elle.

Un jour, la fillette avait entendu par hasard sa mère dire à son mari :

"Et puis, est-ce que tu sais seulement si Nicole est ta fille ? Moi, je n'en suis même pas sûre."

L'enfant n'avait pas voulu en entendre davantage, mais pour prendre sa défense comme ça, elle était sûre, elle, qu'il était bien son père !

Quand il était absent, si sa mère la frappait pour un oui ou pour un non, disait-elle, alors elle allait se réfugier chez sa voisine. C'était une dame très bien qui l'avait presque élevée : elle avait été sa "nounou" plusieurs années.

Elle n'avait jamais entendu parler que son père eut un autre ménage, mais à force de croiser des informations se doutait bien en grandissant "qu'il y avait un mystère". Elle avait eu d'autres préoccupations qui l'avaient fait laisser cette interrogation sans réponse.

Son père, notre père, avait-elle repris, malade quelques mois, était décédé chez lui. Elle disait avoir perdu avec lui comme une partie d'elle-même.

Puis, trois ans après, c'était au tour de sa mère d'être gravement malade. Elle avait dû être placée dans une maison prenant soin des personnes en fin de vie : elle avait beaucoup souffert.

Nicole tenait absolument à me raconter ses derniers jours car ils me concernaient.

La malade parlait beaucoup de moi, de tout le mal qu'elle avait fait à ma famille et à moi-même. Prise par ses hallucinations, elle me voyait au-dessus de son lit et ne cessait de me demander pardon. Elle se sentait très coupable.

Cette image m'avait mise mal à l'aise. Je plaignais cette femme.

La situation rapportée m'avait aussi renvoyée à une situation étrange que j'avais vécue. Au décès de la malheureuse, j'avais reçu le courrier d'un notaire me convoquant pour un héritage. Cette femme m'avait faite en partie héritière de ses biens, ce que j'avais refusé. Quelques instants, ce souvenir m'avait distraite, oubliant la suite racontée par Nicole. Elle ne s'était aperçue de rien et continuait, ne semblant pas décidée à clore l'inventaire des évènements passés.

Entre-temps, la maison de ses parents restée inhabitée avait été cambriolée deux fois et toutes les belles assiettes de famille que son père tenait d'héritage et affectionnait avaient disparu ! C'était pour Nicole un "crève-cœur", perdant ainsi ses derniers souvenirs matériels !

Je prenais peu à peu conscience, à ce moment-là, qu'il lui importait peu de savoir qui j'étais vraiment, ce que j'avais pu vivre jusqu'alors, ce que je pensais, à moins qu'elle ait préféré l'ignorer et ainsi se protéger. J'étais là pour l'écouter.

Elle était au bord des larmes. Je la sentais m'appeler au secours avec ses yeux profonds comme des abîmes. Quelle étrange situation que de me demander de l'aide, à moi !

J'éprouvais de la compassion pour cette jeune femme, peut-être de la pitié devant cet étalage de malheurs.

En même temps, j'étais de plus en plus sur la défensive, quelque chose en moi criait attention. J'avais le sentiment qu'elle voulait m'entraîner dans sa chute.

Je ne me sentais pas prête à l'accompagner.

Je décidais de mettre fin à l'entretien.

Je revois cette marche vers la voiture, côte à côte.

Je regardais droit devant.

Bien que nous nous soyons dit au revoir, elle persévérait à m'accompagner. Elle marchait rapidement à petits pas à côté de moi. Je pressais le mien, peut-être même étais-je en train de fuir ?

Je me demandais jusqu'où nous marcherions encore ensemble pour rejoindre l'endroit où j'avais garé ma voiture. Je pensais à ces droites parallèles qui ne se rejoignent jamais sinon à l'infini.

Je n'avais osé tourner le regard vers elle qu'une seule fois. Elle donnait l'impression de trotter alors que nous avions à peu près la même taille. Les pommettes de son visage étaient roses. Nicole semblait gênée.

Nous marchions sans paroles, ne sachant comment conclure. À mesure que nous avancions, je la sentais à la fois tendue et fragile, attendant sans doute que je prenne la parole, peut-être ma décision de la revoir. Nous n'avions en effet rien envisagé pour la suite au moment où nous devions nous séparer quelques minutes avant.

Je n'arrivais pas à me décider, pourtant je supposais que cette attente pouvait être cruelle. Je ne crois pas en avoir tiré une quelconque jouissance, c'était plutôt comme si je survolais la scène sans aucun lien avec moi-même.

Arrivée devant la voiture, je lui avais tendu la main dans un au revoir presque muet. Non, pas exactement, je crois bien avoir bafouillé quelque chose de ce genre :

"J'ai mis trop de temps à me reconstruire pour m'engager dans cette relation maintenant."

Je ne voulais ni ne pouvais aller au-delà, c'est-à-dire promettre une nouvelle rencontre.

À la maison, mon mari m'attendait, interrogatif, probablement inquiet de la teneur de l'entrevue. Je savais qu'il me laisserait entièrement juge de décider et qu'il me soutiendrait dans mes choix. J'avais conscience aussi que prolonger cette rencontre pouvait changer beaucoup de choses, que rien ne serait comme avant.

En avais-je envie ?

"Alors ?", avait-il demandé.

Je racontais dans le détail et la chronologie cette rencontre et mes impressions. Au téléphone, Nicole m'avait semblé un peu perturbée et très agitée.

Maintenant, je mettais sa grande volubilité sur le compte de l'émotion et de la peur du vide de notre conversation, mais sans doute aussi un désir de transparence.

Lors de notre rencontre, j'avais vu une personne démunie, fragile, d'une grande sensibilité, à l'existence houleuse que la vie semblait ne pas avoir gâtée jusqu'à ce jour.

Mais était-ce à moi d'inverser le cours des choses ?

Je lui avais parlé comme détachée de la situation, ne sachant si elle m'était indifférente ou si je m'interdisais d'autres sentiments.

"Qu'allais-je faire ?… Quelle suite je comptais donner ?… Pour l'instant… rien."

Je voulais laisser passer un peu de temps, réfléchir ou éviter de réfléchir ? Qui sait ?

Depuis que je l'ai quittée, une impression à la fois de soulagement et d'inachevé me laisse dans une certaine perplexité.

Des sentiments divers m'agitent : soulagement d'une curiosité satisfaite, celle de savoir comment elle est, un prénom qui prend corps, de ce premier contact établi et des réactions qui l'ont accompagné... J'étais allée vers l'inconnu... presque comme un jeu... à tous les coups l'on gagne, comme à la foire aux plaisirs... ou celui du hasard... Qui aurait gagné et quoi ?

Qu'est-ce qui m'avait poussée à accepter cette rencontre qui me laissait désormais comme démunie ? Fallait-il la revoir ?

J'éprouvais comme un sentiment de soulagement d'avoir fait ce que j'avais à faire en la rencontrant. Mais avais-je vraiment à le faire ? Irai-je au-delà ? J'en suis toujours là à m'interroger après un mois, reculant le moment de prendre une décision, repoussant ce choix qui pourrait engager l'avenir. Mais en écrivant aujourd'hui ces quelques lignes... Un début... Une fin ? »

La jeune fille était arrivée au terme des pages manuscrites relatant l'entrevue. En feuilletant plus avant le journal, elle n'avait rien trouvé de plus sur cette rencontre qui semblait sans suite. Elle songeait que la maladie puis le départ de sa mère avaient probablement eux-mêmes apporté une réponse à l'interrogation de « Mamita »...

Chercheur de bonheur

Durant quelques années, lors des vacances, Grand-mère attentionnée et consciente de son rôle, je m'étais soumise à l'inévitable histoire du soir racontée aux petits-enfants perchés sur le bras du fauteuil.

Et il en avait fallu de l'imagination pour les distraire !

Le temps était passé, l'adolescence avait remplacé l'enfance, mais ce soir-là, souvenir de l'évocation de cette période ou regret de la voir disparaître, j'étais confrontée à la vaste question de l'aînée :

« C'était comment la vie quand tu étais jeune ? »

Je m'exécutais donc et, cherchant à me renouveler, je racontais alors l'histoire de Gustave… à peine retouchée et souvent interrompue par mon auditoire selon les divers intérêts qu'elle suscitait.

Je vais tenter, là, de la restituer dans son entier.

« Je venais de terminer la confection d'une succulente soupe à l'intention de mes poupées. J'avais, pour la corser, ajouté un peu de sable et les tendres pousses des sapinettes bordant l'allée. À ce propos, je crois me souvenir que mon grand-père n'apprécia pas du tout, mais pas du tout mes talents de cuisinière quand il vit un peu plus tard les plantes étêtées… mais passons…

Les bras dégoulinants de boue, accrochée au portail du jardin, mon poste d'observation, je grimpais sur la murette qui me séparait de la rue… la rue… Elle avait pour moi un attrait tout particulier. Enfant unique, au lendemain de la guerre, j'y trouvais tout ce que je n'avais pas à la maison, la vie, l'agitation, la variété… la nouveauté. Il faut dire que j'habitais dans un quartier de banlieue bordelaise, pas celui décrit par

Mauriac, mais le coin des besogneux, où tout le monde se connaît, celui des échoppes. Ces maisons caractéristiques de notre ville donnent généralement sur un jardin ou une cour et sont constituées d'un couloir bordé par trois pièces en enfilade, celle du milieu étant sombre.

Dans le monde des riverains du quartier, le fait d'habiter une échoppe double, et qui plus est en pierre, classait ses occupants et les faisait considérer avec un certain respect par ceux qui n'en possédaient qu'une simple.

Il y avait une de ces maisons qui m'intéressait tout particulièrement, à quelques mètres de chez moi, juste en face.

C'était là que vivait Gustave.

Je lis déjà dans vos pensées : c'était son ami d'enfance, ou bien son aîné de quelques années, et la fillette lui trouvait un charme fou, etc., etc.

Non pas ! Vous seriez déçus si vous persistiez dans vos suppositions.

Ce garçon m'intéressait… comme on peut s'intéresser à une "curiosité", c'est-à-dire pour moi à quelque chose qui sortait du quotidien, changeait de ma famille conservatrice.

D'ailleurs, si je me penchais à cet instant par-dessus la grille, c'est parce que j'avais entendu le bruit caractéristique de son side-car.

En effet, Gustave venait d'arriver. Il en descendait et ses jambes légèrement arquées semblaient garder perpétuellement l'empreinte de sa moto.

Plutôt mince, de taille moyenne, légèrement voûté, le visage buriné par l'air de l'été, il ôtait ses épaisses lunettes. Celles-ci laissaient apparaître des yeux bruns mobiles, mais souvent inexpressifs, un peu comme ceux d'un oiseau.

Oui, je crois bien que sa tête me rappelait celle d'un oiseau avec son nez busqué et ses cheveux noirs plaqués, excepté une mèche à la base du cou qui rompait cette plate harmonie, comme une huppe.

Sa démarche aussi évoquait pour moi le sautillement d'un volatile, mais plus que tout encore, profondément et intuitivement, je ressentais la situation familiale instable qu'il vivait.

Ne dit-on pas "être comme un oiseau sur la branche" lorsque l'on vit une situation inconfortable ?

Ce garçon, je devrais plutôt dire cet homme, habitait avec une famille bizarre et n'avait aucun lien de parenté avec les membres de cette véritable tribu. Il y avait Marie, l'aînée despotique, régnante et régente du groupe, séparée de son mari pensionné de guerre. Venait ensuite Mademoiselle Hortense, demoiselle encore vierge malgré ses 45 ans bien sonnés et qui s'en vantait auprès de qui voulait l'entendre.

Le fils de Marie avait vécu quelques temps avec eux. Toujours en quête d'une promotion sociale, il l'avait trouvée en la personne d'une fille de dentiste qu'il avait épousée. C'est ce que j'avais entendu dire autour de moi par les voisins lorsqu'ils se voyaient pour nettoyer le caniveau de la rue après que l'appariteur ait ouvert l'eau des rigoles bordant la rue.

Mes deux amies, de mon âge, complétaient ce groupe familial hors norme. Leurs parents commerçants travaillant loin les avaient confiées à la garde de Marie.

À ceux-ci venaient s'ajouter, certains jours, deux autres sœurs de Marie et d'Hortense et un neveu Hubert, plus ou moins "illuminé" selon le voisinage et étudiant en droit.

Tout ce beau monde d'ascendance aristocratique vivait pauvrement, mais avec ce que l'on peut appeler la folie des grandeurs et le souvenir de fastes passés… qu'ils n'avaient d'ailleurs jamais connus ! Tous étaient dévots à souhait et récitaient forces patenôtres à la moindre occasion.

Gustave était arrivé là par hasard, comme locataire, quelques années auparavant et y était resté, comme ami. Dans quelle mesure ? Ami de qui ? Certains disaient de Marie, sûrement, mais le chuchotaient pour ne pas être entendu des jeunes oreilles.

Nul ne savait vraiment quel lien mystérieux pouvait l'unir à cette famille, à cette femme, et les voisins se posaient mille questions.

"Pourquoi reste-t-il ?"

"N'ont-ils pas commis quelques mauvaises œuvres et ne sont-ils pas maintenant obligés de rester solidaires ?"

Faute d'explications convaincantes, chacun y allait de ses commentaires plus ou moins bienveillants, ce qui avait le mérite, tant que durait le mystère, de donner un sujet de commérage au voisinage.

Moi, je ne me souciais pas de toutes ces suppositions. Gustave m'était sympathique et cela me suffisait.

Une certaine entente était née entre nous et, bien que je sois jeune, il me racontait parfois ses mésaventures comme si j'étais une "grande", ce dont j'étais très fière. En plus, il me parlait toujours gentiment.

J'avais bien tenté de rassembler quelques informations entendues dans les conversations des adultes. J'avais appris qu'il était d'une famille aisée de terriens du Médoc, solidement enracinés dans le pays comme leurs pieds de vigne.

Il avait été élevé dans une pension religieuse de renom à Bordeaux et gardait parfois encore de cette période une certaine aisance et un maintien surprenant lorsqu'il s'inclinait devant une dame.

Ses études de médecine avaient été rapidement interrompues par la guerre. Il s'était alors engagé et avait même fait figure de héros dans le maquis et les forces françaises libres.

Ses faits de guerre lui avaient valu quelques citations bien méritées, de nombreuses blessures pour lesquelles il n'avait rien demandé en retour à la nation, du moins, que beaucoup plus tard.

Gustave avait été trépané et beaucoup mettaient sur le compte de cette intervention ses sautes d'humeur et son caractère parfois ombrageux. Les gens dits "raisonnables" le nommaient "tête brûlée". D'autres, moins nombreux, trouvaient ce jugement excessif. Il était impulsif, c'est vrai, jurait facilement… mais jamais à l'extérieur de son "cercle familial" ! Galant à ses heures, il pouvait être beau parleur et retrouvait parfois la faconde de ses ancêtres gascons pour raconter des histoires.

Sa mère était veuve et elle n'avait que lui comme enfant. Je me souviens, pour l'avoir rencontrée quelquefois, de son visage aux traits semblables à ceux de son fils, de son long tablier noir et même du grand béret landais. Elle le portait comme un homme, penché sur le côté ou pointé en avant du front selon le temps et les circonstances. Elle possédait une importante propriété dans un village, propriété qui peu à peu s'amenuisait au fur et à mesure que les besoins de Marie augmentaient !

Oh, bien sûr, Gustave travaillait, il travaillait dur même pour nourrir toute la famille à charge, mais cela n'était pas suffisant. Tel était le discours du voisin à qui il avait dû faire quelques confidences lors d'une partie de chasse commune.

Les terres de sa mère se vendaient bien, il devait donc avoir très souvent recours à elles. Marie avait des dons d'agent immobilier insoupçonnés et trouvait toujours, comme ça, par hasard… quelqu'un qui… Pendant ce temps, Gustave utilisait, lui, ses talents de chauffeur pour conduire des cars, particulièrement le dimanche et la nuit, cela étant plus rentable.

Dans le but d'augmenter ses revenus, il pouvait aussi être mécanicien et réparait tout ce qu'il trouvait avec ingéniosité. Ainsi, il avait pu acquérir de vieilles voitures, un camion en mauvais état où tout le monde s'entassait à la moindre occasion pour un voyage ou un simple achat.

Marie devait ainsi réaliser un vieux rêve : retrouver une voiture et un chauffeur… à moins qu'elle ne fût d'ascendance capétienne et hérita des goûts des rois fainéants. En montant dans les voitures, elle avait une façon de se draper dans son manteau noir et poussiéreux qui, à défaut de grâce, en imposait par l'air qu'elle déplaçait.

Mais revenons à Gustave et à ses "joujous". Il avait toujours deux ou trois véhicules, non pas en service, mais qu'il démontait, régulièrement, pour réparer le quatrième. Cela donnait lieu à un spectacle affligeant de carcasses montées sur des briques ou sur des crics, le long du trottoir, le stationnement dans les rues n'y étant pas encore réglementé.

Accrochée à ma grille de jardin, j'observais toutes les allées et venues des heures entières. Il arrivait parfois que, par l'intermédiaire de mes deux amies, je sois invitée à participer à une de leurs sorties. Parfois, Marie traversait la rue pour demander l'autorisation à mes parents.

Les sorties, quelles qu'elles soient, courtes ou longues, relevaient toujours du domaine de l'exploit. Moi, je les trouvais merveilleuses lorsque j'avais la chance d'y participer. À chaque déplacement, entassés dans les vieilles voitures, j'avais compris que nous frisions la panne comme d'autres frisent l'attaque d'apoplexie au moindre effort demandé. Enfin, il allait se passer quelque chose d'inhabituel, d'inédit ! Lorsque cela se produisait, c'était pour moi une aventure extraordinaire… Je crois même que je l'espérais un peu.

Un jour, ayant trouvé un emploi chez les Américains, ceux-ci avaient encore de nombreuses bases en France à ce moment-là, Gustave découvrit l'occasion avec un grand O. Une superbe voiture "Oldsmobile" qui n'en finissait pas, d'un beau vert pomme comme le sucre d'orge acheté par ma grand-mère et pleine de pare-chocs brillants ! Une voiture de prince que Gustave faisait fonctionner au gaz… mais nous y reviendrons plus loin, pour l'instant empruntons le vieux camion pour une démarche très particulière.

Comme il avait un cœur toujours prêt à "s'enflammer", Marie pensait faire marier Gustave et l'incitait dans ce sens. Cependant, la chose ne se faisait jamais malgré les nombreuses occasions que j'avais entendues citer lors d'une conversation entre la boulangère venue livrer le pain et la voisine de gauche. Toutes deux soupçonnaient Marie d'avoir "une idée derrière la tête".

Un jour donc, sous prétexte de faire plus ample connaissance avec sa future fiancée, Marie avait fortement suggéré à Gustave qu'il passe le dimanche auprès de la jeune femme…

Et nous étions partis tous ensemble pour un pique-nique, faisant ainsi d'une pierre deux coups. Gustave serait présenté à sa future belle-maman et ferait sa cour. Nous, c'est à dire la famille au grand complet et moi-même invitée, resterions tous dans le parc de la maison de retraite pour vieillards que sa nouvelle conquête tenait avec sa mère.

Je revois ce départ, tassés dans le fond du camion ces dames ventripotentes, majestueuses, trônant sur de vieilles caisses servant de sièges. Hubert, l'air doctoral, le Code civil sous le bras, on ne sait jamais, ça pouvait toujours être utile. Je dois préciser qu'il poursuivait sans succès, mais avec assiduité, depuis plusieurs années, une capacité en droit.

Gustave, un peu plus nerveux que de coutume, conduisait, inquiet, en surveillant le tableau de bord. Il devait craindre, comme à l'ordinaire, la panne d'essence devenue classique. Pour remplir le réservoir, il mendiait son argent à Marie qui le lui remettait avec parcimonie.

Eh bien, non ! Ce fut un bruit bizarre et une fumée noirâtre qui montèrent du moteur et… nous allâmes échouer en cahotant au bord d'un fossé dont l'herbe perlait encore de rosée. Nous étions partis tôt pour profiter au maximum de la journée qui s'annonçait belle et du parc de cette nouvelle Dulcinée.

Et tout le monde de descendre…

À midi, on entendait au loin sonner l'angélus, l'herbe autour de nous avait séché… les gorges aussi.

Sur le front de Gustave perlaient encore quelques gouttes de sueur. Il revissait fiévreusement un boulon après une réparation de fortune. Il avait dû repartir à Bordeaux, en stop, afin de prendre des pièces sur une autre voiture.

Nous étions maintenant à nouveau prêts à l'attaque.

Enfin, nous arrivions très excités au but de notre voyage, pour des raisons différentes, et en l'occurrence à l'entrée de la propriété.

Le camion avait quelques difficultés à tourner dans le chemin pour éviter à la fois le fossé et les piliers de pierre qui supportaient un portail de fer noir largement ouvert.

Les manœuvres assez compliquées avaient dû donner l'éveil dans la maison, car déjà deux ou trois fois, une tête blanche était apparue à une fenêtre, bientôt suivie d'un chignon blond qui se penchait un peu plus.

Quelques secondes plus tard, la jeune femme qui s'était présentée sur le perron de la maison semblait sidérée par le spectacle hallucinant qui s'offrait à elle… et il y avait de quoi…

Le camion, après avoir fait un superbe tour d'honneur dans la cour, était venu se garer à proximité du portail, prêt à repartir selon les éventualités et… les ordres de Marie, mais en attendant laissait échapper le flot de ses occupants en vue d'une restauration bien méritée.

Cependant, j'observais Gustave entrain de lustrer les verres de ses lunettes, remonter son pantalon à l'aide de ses coudes serrés contre la taille et partir en conquête… après être revenu sur ses pas pour aider Hortense. Le bout de jupon de cette dernière, coincé dans la porte abattante, donnait en laissant voir les jambes de la noble demoiselle un avant-goût des visions d'apocalypse. Rubens eût été nettement dépassé dans ses représentations en voyant ce tableau.

À nouveau hésitant, puis ayant pris une grande bouffée d'air, Gustave était parti vers son nouveau destin… jusqu'au soir, 19 heures.

C'est seulement à ce moment-là qu'il avait fait une brève apparition pour venir chercher Marie.

Dès lors, tout se passa très vite. Ils revinrent ensemble, un quart d'heure plus tard.

Les présentations avaient dû être courtes et… l'enthousiasme de Gustave un peu refroidi. Si bien que tout le monde était remonté dans le camion, en silence, les enfants fatigués par leurs ébats, les grands perdus dans leurs pensées.

De cette journée, pourtant mémorable par bien des côtés, j'eus peu d'échos, même pas de la part de mes amies.

Toujours depuis mon poste d'observation, je me bornais simplement à constater le lendemain et les jours suivants que Gustave replongeait, d'abord avec rage, ensuite sans grande conviction mais avec habitude et lassitude, sous les voitures pour manier la clef à molette ou le tournevis.

De mariage, point du tout.

Plus un mot sur Rose, car j'avais appris cependant que la belle répondait au doux prénom de Rose. Son histoire avait vécu ce que vit cette fleur, l'espace d'une journée. Tout ça parce qu'un jour une âme pleine de malice en avait décidé ainsi.

Le pauvre Gustave n'avait-il pas été jusqu'à manquer son entrée, et lorsque je pense à ce voyage, je songe toujours aux vandales ou aux Huns fondant sur la France démunie et surprise.

Pour tromper son ennui, ou lorsque de violentes scènes l'avaient opposé à Marie, il s'en allait dans son pays, sans rien dire à personne et là, il y retrouvait le calme.

Son grand plaisir était de chasser ou de pêcher. Il retrouvait alors un vieil ami de toujours, près de Talbot, un gendarme en retraite. Du fait de ses anciennes fonctions, celui-ci s'était vu nommer "garde-pêche", ce qui lui permettait de se livrer en toute impunité à sa passion favorite, le braconnage.

De ces journées là-bas, avec ce semblant de liberté retrouvée, Gustave revenait transformé, prêt à repartir avec assiduité à la conquête de Marie... ou d'une autre, et à recommencer une cour pressante.

C'est ainsi qu'à l'un de ses retours de chasse, il trouva à la maison Valentine, la fille de leur propriétaire venue encaisser le loyer en remplacement de sa mère souffrante.

Une nouvelle aventure allait commencer sous les meilleurs augures. Venue rapporter un livre à mes amies, j'assistais à ses débuts, sans m'en douter.

Gustave était apparu, magnifique, bardé de fusils et de sacoches dans sa vieille tenue militaire, sa silhouette se découpant à contre-jour dans la lumière du couloir aux carreaux inégaux, les bras chargés de ses victimes. Le temps qu'il les dépose, et Valentine annonçait déjà son départ.

Dans un grand désir d'émancipation, comme il pleuvait, il avait décidé de raccompagner la jeune femme, tout intimidée. Elle venait de s'épancher auprès de Marie, racontant sa séparation d'avec son mari. Elle avait un fils d'une dizaine d'années et travaillait dans un laboratoire.

Son adorable petit chapeau vert pomme, rond, et surmonté d'une plume, lui donnait l'air d'une diane chasseresse. Était-ce la couleur aubergine de son manteau, était-ce l'émoi qu'elle ressentait, Valentine était devenue toute rouge.

Mais elle restait charmante… malgré ses dents un peu en avant comme celles d'un lapin prêt à grignoter. Peut-être cela lui donnait-il même un charme supplémentaire ?

Toujours est-il que, depuis lors, Gustave l'avait accompagnée et la raccompagnait souvent dans la superbe voiture américaine dont je vous ai parlé plus haut, car, Marie, eh oui, l'avait invitée plusieurs fois.

Marie semblait vouloir attirer Valentine. Ne valait-il pas mieux l'avoir près d'elle et ainsi pouvoir surveiller le couple de plus près comme on surveillerait les relations d'un enfant pour qu'il n'aille pas trop loin ?… Avec en plus une pensée qui depuis quelque temps trottait dans sa tête.

La mère de Valentine était de plus en plus malade, ce qui laissait la jeune femme en espérance d'héritage.

Valentine était subjuguée par Gustave qui, en toute innocence et tout bien tout honneur, pensait lui proposer le mariage.

Des sorties communes furent donc organisées en famille, tout le monde allait par exemple au cinéma y compris… les enfants que l'on invitait. Nous ne manquions pas mes amies et moi de surveiller leur émoi. À l'époque, cela nous faisait sourire à la dérobée, surtout lorsque dans la pénombre, ce pauvre Gustave, timidement, essayait de prendre la main moite de Valentine. Celle-ci, d'émotion et de trouble, devait en rajuster ses lunettes pour mieux voir la fin du film.

Marie, lentement, tirait les ficelles de tous ses pantins : ce qu'elle voulait, c'était obtenir à très bas prix la maison qu'elle occupait… ensuite, en second temps, récupérer Gustave, car il fallait bien vivre !… Et peut-être était-elle un peu jalouse ?

Quoiqu'il en soit, elle arrivait toujours à ses fins…

La mère de Valentine mourut après quelques mois de maladie, laissant de ce fait le champ libre à Marie. La maison, elle ne tarda pas à l'avoir… à bon marché bien sûr, pour plusieurs raisons invoquées et entendues de-ci, de-là, lors de commérages bien intentionnés. Le mauvais état des pièces avait été évoqué et ces dames, selon l'avis de certains, ne semblaient pas très portées sur le ménage. De plus, la famille occupait les lieux "du temps de sa pauvre mère", et Valentine allait entrer dans la famille. Alors tout cela pouvait faciliter les choses, ce qui n'avait pas manqué d'être. L'achat avait été conclu.

Par ailleurs, changeant d'attitude comme un caméléon change de couleur selon les circonstances, Marie faisait voir à Gustave les inconvénients qu'il pouvait y avoir à épouser Valentine avec un enfant terrible qui ne l'accepterait pas. Elle faisait mille objections tout en laissant adroitement croire à Gustave qu'il était capable de réfléchir seul.

L'affaire en resta là, car entre-temps, un peu perdue par ce changement d'attitude, Valentine faisait ses confidences à Marie. Insidieusement, celle-ci lui faisait craindre les foudres célestes et les châtiments qui ne manqueraient pas de s'abattre sur elle si, en tant que catholique, elle divorçait pour se remarier… avec cet "exalté".

Exalté, Gustave le fut peut-être, excédé qu'il était par tous ses échecs et la façon dont il était traité, selon le bon plaisir de la reine. Une fois de plus, le rêve s'était arrêté brusquement.

Il se révoltait bien de temps en temps, le pauvre Gustave, mais avec l'impuissance et la violence des timides.

Aussi, un jour, ou plutôt un soir, il était revenu fatigué de son travail "chez les Américains". Pour une peccadille dont je ne me souviens plus, peut-être après un refus de Marie de quelques pièces pourtant si vaillamment gagnées, il avait fait ce qu'il appelait une "scène".

Je dois préciser que, cette fois-là, comme tous les soirs, personne n'avait prévu son souper. Pourtant, c'était l'époque de sa vie où le voisinage disait qu'il gagnait "bien". Son emploi lui procurait de nombreux avantages en nature, celui notamment de rapporter à la maison de gros morceaux de viande, soi-disant pour le chien.

En réalité, toute la famille en profitait.

Il rapportait aussi, bien avant qu'ils ne fassent leur apparition sur les marchés, ces petits cubes qu'il suffit de jeter dans l'eau bouillante pour obtenir un potage.

Mais ce soir-là, il avait été privé de ce qui aurait pu être son repas, simplement parce que les petits enfants de Marie avaient trouvé amusant de jouer au jeu de construction avec ces fameux petits paquets et les avaient copieusement arrosés.

Furieux, il avait décidé alors de frapper un grand coup !

Il avait rassemblé ses vêtements, de vieux cartons, quelques souvenirs au beau milieu de la cour, attrapait un bidon de fioul, mouillait copieusement le tout avec et… avait craqué une allumette. Le feu avait pris lentement et s'était vite propagé à l'ensemble… C'était la tombée de la nuit.

Moi, derrière la grille, attirée par les cris de dispute, je trouvais ce spectacle formidable ! Le Dieu des enfers, le justicier face aux flammes ! En même temps, cette vision me terrifiait.

Si Marie ne changeait pas ses façons d'agir envers lui, il brûlerait tout, y compris la maison, disait-il ! Il gesticulait, criait, tant et si bien que ceci avait eu pour effet de le faire traiter de fou par le voisinage, les gens voulant toujours juger les faits, sans en entendre les raisons.

Marie, conservant son calme olympien, lui ordonnait aussitôt de cesser "ses excentricités". Lui avait fini par promettre tout ce qu'elle voulait. Le pauvre Gustave, le seau à la main, s'agitait dans tous les sens. Il avait éteint le feu, mis tout en ordre et… était sorti en claquant la porte.

Toujours confronté à des situations hors du commun, la plupart du temps, Gustave se contentait de supplier Marie, meme partois à genoux, afin qu'elle soit plus clémente. Alors, dans sa mansuétude, Marie le relevait et… tout recommençait comme avant !

Vous l'aurez compris, Marie s'arrangeait toujours pour que les projets matrimoniaux de Gustave échouent d'une façon ou d'une autre et il y avait de la ressource ! Ce pauvre garçon avait un cœur vaillant à l'ouvrage, défenseur de la veuve et de l'opprimé.

Quelles années s'étaient écoulées. Je n'utilisais plus mon poste d'observation derrière la grille, mais j'avais conservé des relations amicales avec les jeunes filles laissées en pension chez Marie. Nous échangions souvent sur le quotidien. C'est ainsi que j'avais suivi de près la nouvelle aventure de Gustave.

Cette fois-là, Marie avait jugé qu'il était grand temps de le distraire en lui présentant Marceline. Elle était veuve, un peu plus âgée que Gustave, mais d'allure fort jeune, toute frêle, blonde et petite. Ses enfants étaient mariés. Elle était propriétaire d'une humble maisonnette. C'était donc un nouveau parti intéressant… d'autant plus que Marceline, par son aspect fragile, semblait, elle aussi, timide. Elle serait donc de ce fait une proie facile à manœuvrer.

Marie s'était arrangée pour que, à doses calculées, Gustave et Marceline se rencontrent. La chose était d'autant plus facile que la nouvelle élue était la voisine des sœurs de Marie. Il fut convenu que, lorsque ces dames rendraient visite à Marie, Gustave les ramènerait chez elles en voiture aux heures où Marceline faisait ses "courses".

C'est ainsi que Gustave prit goût à ce genre de sortie qu'il détestait auparavant… et se montrait même d'une prévenance à toute épreuve, multipliant les allées et venues.

Quelquefois, il arrivait que Gustave ne suive pas le programme imposé par Marie ! Revenant d'accompagner ces dames, il s'attardait parfois auprès de sa belle, la promenait dans une voiture astiquée chaque jour pour la circonstance.

Un jour, à la grande surprise de tous, il avait décidé de présenter Marceline comme sa future épouse. Marie, bien sûr, n'avait opposé aucun veto, trouvant rapidement avantage à la situation. Marceline était une bonne petite ménagère, savait cuisiner, cousait parfaitement. Elle rendrait donc de multiples services. Elle semblait raisonnable à souhait… puisqu'elle acceptait de vivre en famille. Dans ce cas, peut-être même que si Marceline acceptait de vendre sa maison, l'argent ainsi retiré profiterait au bien-être de tous et… pourrait servir à améliorer le domicile commun à tous.

Cependant, Marceline ne l'entendait pas ainsi. En bonne mère, elle se rebellait, ne voulant pas déshériter ses enfants. Elle leur ferait donation de la maison devant notaire, n'en ayant pas besoin puisqu'elle vivrait avec toute la tribu ! Gustave était parfaitement d'accord sur ce point, l'amour de Marceline lui suffisait.

Ce fut alors à nouveau la tempête pour Gustave. Lui-même et Marceline avaient été mis à la porte pour avoir osé se rebeller.

Marie pensait ainsi que, privé de son havre et de guerre lasse, Gustave lui reviendrait plus repentant que jamais. C'était compter sans l'énergique petite Marceline.

Ce petit bout de femme était habitué à lutter : elle avait dû, très jeune à cause de son veuvage, subvenir aux besoins de ses quatre enfants… alors à deux, quand on s'aime… Et notre homme avait vraiment trouvé quelqu'un qui l'aimait sans arrière-pensée. Marceline était pour lui, toute douceur. C'était touchant de voir ce couple d'un certain âge allant main dans la main, en promenade.

Tant bien que mal, contre vents et marées, ils avaient refait leur nid ailleurs, avec l'aide de quelques amis, des enfants de Marceline et… moi-même, car les années avaient passé !

Une dure période avait suivi avec les soucis de santé de Gustave et le peu d'argent dont ils disposaient. Tous ces évènements, au lieu de les séparer, les rapprochaient davantage, tandis que Marie espérait un retour qui se faisait attendre malgré ses tentatives de rencontre.

Ils restèrent ainsi heureux pendant plusieurs années, ayant effacé à jamais l'ombre de Marie. Celle-ci allait de dépression en dépression, d'espoir en désespoir. »

Ainsi avais-je réussi à terminer l'histoire de Gustave, à la manière des contes pour enfants où les méchants sont punis, ce qui semblait avoir satisfait mon auditoire. Mais j'étais assaillie de questions.

À « Qu'est devenu Gustave ? », j'avais simplement répondu qu'il n'était plus et que c'était avec beaucoup d'amitié que je pensais à lui. Mais, cette phrase m'avait renvoyée au souvenir de son lit d'hôpital où il m'était apparu aussi léger et frêle qu'un oiseau, fidèle à l'image que je m'étais faite de lui lorsque, gamine, je l'observais depuis les grilles du portail.

« Comment tu connaissais les amours de Gustave ? »

« Parce que les grands, les adultes s'intéressent toujours à ce sujet, et que… les enfants écoutent les histoires des grands ! » Ma réponse semblait avoir eu un écho si j'en jugeais par les sourires qui l'avaient accueillie.

« Peut-être qu'il a enfin trouvé sa place ? », avait dit l'aînée de la troupe, l'air rêveur. Cette remarque m'avait alors suggéré une conclusion :

« Certaines âmes bien pensantes, dans le quartier, disaient même qu'à force de s'entendre implorer, Marie, celle du ciel, lui avait tendu les bras. Les sons ne mettent-ils pas longtemps à franchir les distances ? »

Au bout du couloir

Malgré la pluie qui tombe à averses et Youki, le jeune caniche, qui gratte à la porte, Sophie reste là, étendue sur le lit, sans force.

La jeune femme s'enfonce à nouveau dans ce grand trou béant, noir, aux limites de l'inconscience et du sommeil.

Pourtant, elle a pitié de la pauvre bête qui attend dehors, près de la dalle le long de laquelle l'eau s'écoule, coule, coule…

L'édredon soyeux glisse mollement sur sa jambe et tombe sur la descente de lit avec un bruissement qui vient s'ajouter à celui du vent dans les arbres du parc. Youki redouble ses appels, Sophie soulève ses paupières lourdes tandis que la pluie tombe, tombe, monotone.

« Sophie, faites donc entrer ce chien ! », crie une voix irritée, « vous ne voyez pas combien il pleut ? », interroge la voix.

C'est encore elle ! La jeune femme frissonne en entendant cette voix qui résonne douloureusement dans sa tête. C'est celle de sa belle-mère. Malgré l'ordre impératif, Sophie ne bouge pas, elle ne peut pas bouger.

Depuis son retour de la maison de santé où elle a été soignée pour dépression nerveuse, Sophie passe de nombreuses heures allongée, sans énergie, vaincue par ces affreuses petites pilules qu'il faut absorber plusieurs fois par jour en nombre important.

Brusquement, une boule noire et humide jaillit et vient se blottir au pied du lit en s'ébrouant. Voilà presque un an que Serge, son mari, lui a offert Youki afin de la distraire. Le petit chien précède de peu Mme de La Forté qui, jusque-là, s'opposait vainement à son entrée dans la pièce.

La douairière, la soixantaine bien accusée, est une femme longue, maigre, sans forme. Quelques gouttes d'eau ruissellent sur sa joue pâle et ravinée tandis que d'autres vont se perdre dans le pli d'un menton en galoche. Sophie ne voit de sa belle-mère que ses mains crochues déformées par des rhumatismes.

Ces mains, Sophie les avait remarquées lorsque, quelque trois ans plus tôt, Serge l'avait présentée à sa mère. La jeune femme était très sensible à la mobilité et à la forme des mains des personnes rencontrées, comme d'autres s'intéressent au regard. Celles-là lui avaient immédiatement déplu… sans trop savoir pourquoi.

Aujourd'hui, elles lui font peur.

C'est toujours elles qui lui tendent les médicaments, la forcent à se soulever en s'agrippant à son cou, s'accrochent à ses cheveux.

Une nouvelle fois, les mains de Mme de La Forté passent devant son visage, glissent contre son épaule nue. Elles remontent jusqu'à la naissance de son cou pour s'y appesantir un peu plus, longent la nuque et resserrent leur étreinte afin de lui soulever la tête. Sophie frissonne à ce contact.

La jeune femme étouffe un cri : elle pense au reptile s'enroulant autour de sa proie et fait mine de se débattre, mais sa tête retombe lourdement sur l'oreiller.

« Ma petite, vous avez des réactions complètement idiotes et anormales ! Votre état ne semble guère s'améliorer, j'en parlerai à votre mari… pauvre Serge. On devra vous faire interner un jour ou l'autre si vous continuez ainsi… D'autant que vous restez prostrée toute la journée sans réagir ! », énonce-t-elle d'un ton accusateur.

Poursuivant l'inventaire de ses griefs, elle ajoute :

« Je m'approche de vous pour voir si vous dormez et si je vous touche, vous réagissez comme si vous aviez vu le démon ! Pour comble, vous n'avez pas de cœur pour laisser cette pauvre bête à l'extérieur ! »

Redressant sa longue taille, elle dit cruellement :

« Je savais bien que vous seriez incapable de vous en occuper égoïste et paresseuse comme vous êtes ! »

Sophie ne réagissant pas, sa belle-mère insiste encore :

« Mais j'oubliais, vous êtes une malade, malade vous m'entendez ? Un jour vous sombrerez dans la folie », prophétise-t-elle en se penchant vers elle, comme pour la convaincre.

« Mère, je… »

Mme de La Forté n'attend pas la réponse, furieuse, elle sort de la chambre, et se ravisant revient sur ses pas au bout de quelques instants, subitement radoucie.

« Non, je ne dirai rien à Serge pour cette fois, mais pour l'amour du ciel faites un effort ! Regardez-vous dans cette glace ! Oui, j'insiste », lui dit-elle perfidement en lui tendant le miroir.

« Je ne serai pas étonnée qu'un jour ou l'autre votre mari cherche ailleurs ce qu'il ne trouve pas auprès de vous », dit-elle sur un ton de commisération pleurnicharde qui cache mal le venin et la virulence des paroles.

Mme de La Forté disparaît de la chambre en prenant soin d'allumer l'applique près du lit, refuge de Sophie.

Le claquement de la porte d'entrée indique qu'elle a quitté la maison.

Cette porte n'est jamais fermée à clef, elle se ferme automatiquement par un système à ressort. C'est une idée de sa belle-mère afin que Sophie ne s'enferme jamais seule chez elle. En contrepartie, sa belle-mère peut entrer comme bon lui semble. Pour répondre à l'étonnement de certains, elle n'hésite pas à expliquer d'un air entendu :

« Cette malheureuse a besoin de beaucoup de surveillance dans son état. Vous comprenez… heureusement que je suis là… Ah, c'est pour Serge une véritable croix qu'il doit porter avec une telle malade. »

Sophie, peut-être dans un sursaut de fierté et de féminité, allonge le bras et ramène avec peine, près de son visage, le miroir que sa belle-mère lui a brusquement jeté sur le lit au moment de son départ.

Chaque fois que la jeune femme prend ses médicaments, elle passe deux grandes heures complètement épuisée, vidée de toute énergie, puis peu à peu elle émerge de ce brouillard jusqu'à la prise suivante.

Dans la pénombre, elle distingue son visage enflé, boursouflé, sans couleur, des cheveux raides et rebelles, des yeux bruns qui s'embuent de larmes. Son regard se trouble.

Oui, qui reconnaîtrait cette jeune femme alerte, mince et coquette dans cet épouvantail. Sophie, parfois, comme c'est le cas à cet instant même, prend conscience quelques secondes de son profond changement.

Oh certes, elle n'a jamais été d'une gaité débordante, mais savait être agréable, enjouée à l'occasion et profiter de la moindre sortie avec des amis.

Maintenant, elle ne voit plus personne.

Sa belle-mère, bien avant sa cure, disait déjà qu'il ne fallait pas la fatiguer. Même son mari ne revient plus à midi pour le repas sous prétexte qu'il lui faut du repos. Sophie a eu beau timidement s'opposer à sa belle-mère, celle-ci a insisté pour que le jeune homme prenne ses repas à l'extérieur, laissant la jeune femme à sa solitude. Lorsque cela arrive, et c'est de plus en plus fréquent, Mme de La Forté l'annonce à Sophie, s'arrangeant toujours pour servir d'intermédiaire, provoque parfois la situation, laissant planer le doute sur l'absence du jeune homme par des insinuations ambigües.

Peu à peu, cette femme est devenue la messagère redoutée.

Youki, paraissant sentir le désarroi de sa maîtresse, fait mine de monter sur le lit. Sophie le repousse doucement. L'absence d'enfant, vécue difficilement dans le ménage et particulièrement par sa femme, Serge avait pensé que ce petit animal affectueux pourrait quelque peu combler le vide ressenti par elle. Plein de prévenance, le jeune homme avait cherché et cherche toujours à lui être agréable, reconnaît-elle.

Serge et son frère jumeau avaient été adoptés, dès leur plus jeune âge. Contournant quelques aspects législatifs ou des raisons administratives, c'était Géralde, la sœur de Mme de La Forté qui, sur le papier, était la mère adoptive des enfants. En fait, chacune avait choisi un garçon. Serge était devenu le fils de Géralde et Jean, celui de Mme de La Forté. Cependant, celle-ci parlait toujours de « ses fils », sans distinction pour l'entourage.

Géralde, célibataire, vivait chez Mme de La Forté, veuve et déjà mère d'une jeune fille partie étudier puis résider en Angleterre. Par convention entre les deux sœurs, obligation ou faiblesse de Géralde et choix de la part de Mme de La Forté, celle-là avait voix d'autorité sur l'ensemble familial. Un véritable matriarcat avait été instauré, chacun y était soumis.

Les garçons avaient ainsi vécu sans autorité masculine, tiraillés entre les deux sœurs, mais sans grands soucis d'argent, chacune ayant biens personnels ou pensions.

À son désavantage, Serge semblait moins brillant que son frère, plus sensible, mais aussi plus vulnérable. Mme de La Forté n'aimait pas les personnes faibles et savait le leur faire sentir.

Serge et Sophie s'étaient mariés très jeunes, peu de temps après leur rencontre au cours d'une soirée passée chez des amis communs. Tous deux avaient soif de tendresse. Le jeune homme, garçon doux, mais peu volontaire, n'avait jamais vraiment trouvé sa place dans sa famille d'adoption. La jeune femme, dernière enfant d'une fratrie de trois était particulièrement liée à ses frères dont le mariage récent l'avait laissée assez désemparée. Les parents de Sophie étaient des artisans honorablement connus, mais pour Mme de La Forté « d'origine bien simple, hélas », confiait-elle parfois, comme si elle lui avait fait une faveur en l'admettant dans le cercle familial.

L'annonce des jeunes gens de fonder un foyer n'avait pas été accueillie avec le même enthousiasme dans les deux familles. Fille de négociants qu'on pouvait dire aisés, Mme de La Forté avait épousé un monsieur portant une particule et s'en montrait très fière. Pensez-donc, un marquis ! Elle estimait donc qu'un arrière-petit-fils de marquis, même adopté, ne pouvait se mésallier avec une fille de menuisier ! Aussi, l'idée à peine énoncée avait-elle très nettement opposé son veto.

Cependant, Serge, vivement encouragé et soutenu par son frère et de surcroît majeur, était fermement décidé à vivre autre chose !

Ce fut la première et sans doute l'une des dernières résistances qu'il opposa à Mme de La Forté. Comme beaucoup de personnes faibles et soumises, ne pouvant s'opposer par la parole, et n'osant pas exprimer fermement son souhait, il allait agir et ruser. Il se disait que l'honneur de la famille passerait avant tout. Aussi, laisser entendre que Sophie attendait un enfant, fruit de leur amour, lui paraissait un bon stratagème.

La nouvelle avait aussitôt déclenché la foudre de Mme de La Forté et son regret d'adoption d'un enfant si peu reconnaissant !

« Comment pouvait-il lui faire ça, à elle, après tous les sacrifices auxquels elle avait consenti pour lui, pour les deux frères ?! Sans elle, ils seraient peut-être dans la rue. »

Puis, très vite, elle avait pensé à son entourage, aux commérages possibles. Un enfant avant mariage était impensable dans son milieu.

« Qu'allait dire l'abbé ? », cousin de son défunt époux, qui visitait hebdomadairement tout ce petit monde après la messe du dimanche !

Elle ne pouvait décemment pas lui en parler. Personne ne devait se douter. Elle avait décidé de faire face à l'urgence, « garder bonne figure à tout prix ! ». C'était ce qui aurait pu être la devise du Marquis. Ne plus penser au tendre regard que Jeanne des Chappes posait sur Serge lorsqu'ils se rencontraient et dont elle avait été témoin... ou, tout au moins, s'en souvenir plus tard.

« Elle, elle eût été un bon parti. Ah, ça oui ! », confiait-elle à Géralde qui opinait de la tête d'un air entendu.

L'union de Serge et Sophie fut donc admise très difficilement. Une condition expresse avait été formulée par Mme de La Forté : les deux frères se marieraient le même jour. Le jumeau était lui-même fiancé, fort heureusement, à une jeune fille « bien sous tous rapports ». Nouveau caprice ou volonté d'avoir encore quelque maîtrise sur les évènements ? Nul ne connaissait la raison de ce choix.

Ce fut pour Sophie, une journée merveilleuse, pleine de soleil, de joie et d'amis. Seule ombre à ce bonheur, le baiser que Mme de La Forté avait posé du bout des lèvres sur le front de sa bru après la cérémonie. Il y avait eu, aussi, ces paroles prononcées à voix basse que Sophie n'avait pas tout à fait comprises, et qui l'angoissaient lorsqu'elle y repensait.

« Vous avez gagné ma petite, tant pis pour vous », à moins que ce ne soit « Tant mieux pour vous », elle ne savait pas très bien.

Toute à sa joie du moment, elle avait rapidement accueilli la brassée de fleurs qu'on venait de lui apporter et couru vers d'autres baisers.

Les parents de Sophie possédaient un petit pavillon de banlieue laissé vacant par des locataires. Le jeune couple y abriterait son bonheur tout neuf. Prise par l'urgence du mariage, Mme de La Forté avait laissé s'éloigner les nouveaux mariés avec la ferme intention « de remettre de l'ordre dans tout ça », dès que possible.

Elle n'était jamais très longtemps à court d'idées d'autant qu'une nouvelle contrariété était apparue. Sophie, encouragée par son père avait émis l'idée de continuer encore quelques semaines son emploi dans un magasin de prêt-à-porter où elle mettait en application ses études de commerce.

« Créer un conflit dans l'immédiat serait une mauvaise stratégie », avait-elle glissé à Géralde, sans se soucier d'ailleurs de son avis.

Serge, lui, reprendrait son emploi en tant que salarié de Mme de La Forté.

Malgré sa particule et son sentiment d'appartenance à la noblesse, faire fructifier les rentes laissées par son défunt mari n'était en rien assimilable à un travail, assurait-elle. Aussi avait-elle acheté la licence d'une auto-école. Une huitaine de voitures désormais sillonnaient la ville. Une affaire qui roulait. Ses fils y étaient employés au même titre que cinq autres personnes. Bien qu'officiellement, pour la clientèle, ils aient la direction des bureaux, officieusement, Mme de La Forté, avait la mainmise sur tout. Les jumeaux, très proches, heureux d'être ensemble, avaient eu la faiblesse de se satisfaire de cette situation.

Ils avaient suivi une scolarité épisodique selon le bon vouloir de Mme de La Forté et son jugement sur les capacités des professeurs à mener à bien leur travail de pédagogues. Bien que ne possédant guère de diplômes, les garçons avaient cependant bénéficié d'une certaine éducation, avaient eu des cours particuliers à domicile et jouissaient d'une image très appréciée par la clientèle.

Les premiers temps du mariage de Serge et Sophie se passaient joyeux. Mais Mme de La Forté, jalouse de ce bonheur dont elle se trouvait exclue, veillait. Elle cherchait à s'attacher à nouveau son fils, ce qu'elle ne mit pas longtemps à faire.

Résistant difficilement aux volontés de Mme de La Forté, Serge se laissait prendre à ses grimaces : malade, seule, abandonnée, ses fils étaient des ingrats et ne méritaient pas qu'elle les ait « recueillis », entendaient-ils souvent. Le jeune homme culpabilisait à mesure que les jérémiades, au quotidien, prenaient de l'ampleur.

Le temps passant, Mme de La Forté, après avoir douté, comprenait qu'elle avait été trompée. Elle avait eu beau surveiller les formes de sa bru, il fallait se rendre à l'évidence : aucune naissance n'était attendue. Après une altercation, très violente de sa part, elle avait obtenu la vérité de la bouche de Serge.

Le fait demandait vengeance, mais une vengeance calculée : Serge était corvéable à merci et son aide lui était précieuse, aussi, c'était sur Sophie que porteraient sa colère et sa hargne. La jeune femme était la perversité personnifiée et « une moins que rien » qui serait punie par Dieu pour avoir menti !

Souhaitant reconstituer son entourage comme au temps du célibat de ses fils, elle avait décidé que les deux jeunes ménages habiteraient près d'elle. Pour Jean, c'était déjà fait. Dès son mariage, il avait occupé le pavillon dans la cour de la propriété. Une naissance était annoncée chez lui, lorsqu'il avait été décidé que Serge et Sophie logeraient dans l'aile droite de la demeure de Mme de La Forté, inoccupée depuis longtemps.

Cette solution avait été acceptée par le couple en attendant que leur propre pavillon soit construit, ce qui, aux dires du constructeur, ne prendrait que quelques mois. Sa mère avait persuadé Serge du bien-fondé de ce choix, mettant en avant le fait que Sophie se rapprocherait ainsi de son lieu de travail. La jeune femme avait vu là des relations moins tendues entre elle et sa belle-mère et un souci de bienveillance à son égard, car Mme de La Forté avait su présenter la chose.

Cependant, c'était à partir de ce moment-là que, peu à peu, Sophie s'était sentie comme une mouche prise dans une toile d'araignée et que l'état de pacifisme qui semblait vouloir régner entre elles deux s'était dégradé.

Sophie soulève faiblement sa tête fatiguée.

Elle est sûre, malgré le bruit monotone de la pluie, d'avoir entendu quelque chose d'anormal se superposer au rythme continu de l'eau, maintenant qu'elle émerge de sa période léthargique. C'est probablement ce qui la fait se tenir sur ses gardes, crispée, comme un animal à l'affut.

Derrière la fenêtre, deux ombres se glissent. Une main crochue s'appuie sur le rebord de la fenêtre, des murmures fusent, la pluie a cessé.

« Elle est complètement folle, folle », puis plus rien.

Pourtant elle sent encore un regard posé sur elle qui appuie longuement, si longuement qu'elle a l'impression d'étouffer.

Non, elle ne va pas recommencer à douter. Elle ne sait plus où se situer, entre hallucination ou réalité. Serait-elle vraiment la malade que lui décrit sa belle-mère ou la pousserait-on à le devenir ? Que dirait Serge s'il savait ses craintes et osera-t-elle lui en parler ?

Sa main moite s'agrippe à la couverture, il faut qu'elle se lève, elle ne peut plus rester là étendue sans défense. Elle a envie de hurler.

Un cri rauque sort de sa bouche pâteuse et meurt plaintivement. La jeune femme s'effondre à nouveau sur le lit, anéantie par une peur qui, quelques instants, avait ressurgi.

Youki pose son museau humide sur le bras de sa maîtresse et heurte au passage la table de nuit. Sous le choc, le vase de cristal qu'elle supportait tombe et le col se brise légèrement.

Sophie pleure doucement. La crise d'angoisse est passée, elle se calme un peu. Lentement, elle reprend ses esprits.

De sa main pendante, elle effleure les morceaux de verre sur le tapis tentant de les saisir.

Elle se rappelle maintenant le jour où elle a reçu ce vase, un cadeau offert par ses meilleures amies à l'occasion du mariage.

C'était ce même jour que la photo qui lui fait face avait été prise. Derrière cette image du bonheur que renvoyait le couple photographié, raquette à la main, se cachait un désastre qu'il ignorait encore. Il avait été décidé que les jeunes gens, en compagnie de très bons amis, disputeraient une partie de tennis. Malencontreusement, Sophie avait été légèrement retardée sur son lieu de travail. Sa belle-mère présente en toute circonstance, apercevant le groupe d'amis discutant avec Serge, leur avait proposé de patienter dans son propre salon. Enjouée, elle avait excusé sa belle-fille :

« Sans doute est-elle prise par son nouvel emploi. Son cousin, très influent à la Banque de France, lui a proposé, ici, un poste en or. »

Mme de La Forté lorsqu'elle parlait de « ce cousin » avec l'abbé, jugeait que :

« Cet homme, haut placé à Paris, avait fait des études exceptionnelles, surtout en venant d'une famille si modeste ».

La retombée intéressante qui en découlait pour le prestige de la sienne avait eu pour effet de ralentir ses réactions d'opposition à tout travail de sa belle-fille… au moins pour quelque temps.

En soirée, à leur retour, les jeunes gens avaient été interpelés par Mme de La Forté. Passant devant le bureau pour se rendre dans la partie de la maison qui leur était réservée, ils n'avaient pu l'éviter. Quand bien même ils auraient voulu le faire, leur mère, comme un cerbère, les attendait, fermement décidée à mettre son projet à exécution le plut tôt possible.

« Cette situation n'a que trop duré ! Chez nous, les femmes n'ont jamais travaillé. Voyez votre belle-sœur, elle s'occupe de son ménage et de son fils et c'est son rôle ! Vous n'êtes jamais libre lorsque votre mari l'est ! »

En vérité, Sophie avait maintenant compris que Mme de La Forté ne se souciait guère des autres et de leurs désirs, mais que seule sa volonté de toute puissance comptait. Personne dans son entourage ne se serait aventuré à le lui dire et encore moins elle. Serge subissait le despotisme de Mme de La Forté, et la jeune femme, par amour, le subissait pour Serge.

Elle était loin de se douter cependant que sa belle-mère ne souhaitait qu'une chose, son départ de la famille. Toutes les occasions pour l'en détacher étaient bonnes, car Sophie était devenue trop encombrante.

Quoiqu'il en soit, cette femme lui faisait peur, lui fait toujours peur, sans arriver à définir l'objet de ce sentiment.

À cet instant, Sophie, dans un brouillard cotonneux, se souvient de phrases échangées au moment de ce triste retour. Elle entend la voix hésitante de Serge lui dire :

« Mère m'avait déjà parlé de cette éventualité… », très vite interrompu par celle-ci. Se tournant vers Sophie, prenant la parole, elle avait précisé l'air plein de sous-entendus et d'une voix autoritaire :

« Il était d'ailleurs de mon avis. »

Puis, elle avait ajouté :

« Ce n'est pas comme si votre mari n'avait pas les moyens de subvenir à vos besoins… comme chez certains. »

L'allusion n'avait pas trompé Sophie. Elle avait de suite pensé à ses frères.

Un instant, pourtant, la jeune femme avait été séduite par l'idée de femme au foyer. Bon gré, mal gré, cherchant à tout concilier et remplie de l'espérance de jours meilleurs, tentant malgré tout de forcer le destin personnifié par Mme de La Forté, timidement, elle avait avancé :

« Puisque c'est ainsi, je pourrais peut-être participer à la comptabilité de l'école et rester au bureau pour aider le secrétariat… parfois, bien sûr. »

Être privée de relations extérieures l'inquiétait déjà. Elle se croyait battue d'avance, mais avait malgré tout tenté sa chance. Sabine, son amie lui disait toujours :

« Prends sur toi, défends-toi ! »

Elle était très fière de sa tentative, mais quasiment sûre de son échec.

Pourtant, si cette idée était accueillie avec la plus grande des réticences, la solution semblait meilleure à Mme de La Forté que celle suivie jusque-là. Et puis, pour l'instant, elle avait des choses à régler qui lui semblaient être plus intéressantes et urgentes que le caprice de cet être terne qu'était sa bru.

Sophie avait pris l'habitude des brusques revirements de sa belle-mère lorsque les évènements ne servaient plus ses intérêts. Elle avait craint la suite, mais l'important c'était la joie manifestée par Serge lors de cette décision.

Et puis, quelques instants, elle s'était imaginé pouponner, c'était son plus cher désir, dans le petit logement qui bientôt, espérait-elle, serait le sien.

La solution proposée avait duré un mois très court, puis, Mme de La Forté en avait décidé la fin, prétextant que Sophie devait maintenant songer à aménager le pavillon enfin terminé. Durant cette période, peu à peu, sa belle-mère prenait l'habitude d'utiliser la complaisance de Serge, reconnaissant. Elle le prenait pour son chauffeur à la moindre occasion et au gré de sa fantaisie, matin comme soir.

Bientôt, le ménage ne connaissait plus d'intimité, Mme de La Forté entrant intempestivement, donnant des ordres pour l'achèvement des travaux, dictant ses choix de tapisserie, de couleurs.

Sophie se sentait de plus en plus dépossédée de tout : son travail, sa maison, son intimité et, malheureusement, aucun enfant ne venait illuminer ses jours moroses.

L'idée confuse de sa belle-mère lui jetant un sort lui avait traversé l'esprit. Ou bien... la punition de Dieu annoncée lors de la tromperie, prétexte de son mariage, se réalisait-elle ?

Ces pensées peu à peu avaient fait leur chemin, dépassant les craintes pour devenir des obsessions au fur et à mesure que le temps passait. Elle avait beau subir nombre d'examens, aucun ne lui laissait l'espoir d'être mère. Son mari était de plus en plus absent, pris par son travail ou ses occupations de chauffeur attitré.

Sophie se retrouvait isolée dans sa belle-famille, dans cet univers clos, ce qui était encore plus terrible à supporter.

Seule sa chambre devenait peu à peu son havre de paix.

Elle avait fait une « légère dépression » soignée à la maison.

Puis le médecin avait conseillé un séjour en maison de santé. Croyant fermement un temps que son vœu d'être mère se réalisait, elle avait été très déçue pour la ixième fois que les analyses viennent infirmer son désir.

Sophie devenait morose, mélancolique.

Les sarcasmes de sa belle-mère et de la sœur de celle-ci se faisaient plus nombreux.

« Elle n'avait même pas été capable de lui donner un petit fils ! »

Machinalement, Sophie ramasse quelques bouts du vase brisé pour les rassembler, mais son geste lui demandant beaucoup d'efforts, elle s'arrête là. Elle les tient encore dans sa main blessée : une petite goutte de sang comme une perle tombe sur le drap de lit. Le tissu semble vouloir la conserver en surface un instant puis comme un vampire l'absorbe. Quelques autres viennent s'ajouter constituant une tache vive.

Sophie regarde ce spectacle, fascinée. Une idée suicidaire la prend toute entière. Sa pensée se replie sur elle-même jusqu'à ne plus avoir d'objet et quelques secondes plus tard, se perdre dans l'infini de ses fantasmes.

Elle pense à la mort comme elle n'y a jamais pensé, s'enfonce dans cette idée à la fois terrifiante et fascinante. Peut-être au bout y a-t-il enfin la paix, la paix avec soi-même, avec les autres. Elle se noie dans cette mort imaginaire.

Désir de mort ou perte du désir de vie ? Elle a le sentiment qu'à cet instant, elle pourrait faire un geste extrême. Il suffirait de passer le bout de verre coupant sur son poignet et s'endormir pour toujours, non pour jouir de sa liberté de mourir, mais parce qu'elle ne trouve plus la liberté de vivre.

Vivre, mourir, deux petits mots si simples à prononcer et qui contiennent toute l'ambivalence humaine. Il faudrait peu de chose pour que sa pensée se transforme en acte… Et si…

Soudain, Youki se lève d'un bon joyeux et aboie violemment. Il a entendu le pas de son maître. Sophie sursaute, elle regarde sa main… la coupure de son doigt a cessé de saigner.

Serge est là, sa silhouette mince se détache dans l'embrasure de la porte. Il s'étonne que sa femme reste ainsi avec la lumière allumée.

« Cela ne te gêne pas ? », dit-il en se dirigeant tendrement vers elle.

La jeune femme rougit en pensant à la tache rouge qui faisait sa fascination quelques secondes plus tôt.

Les idées qui un moment l'avaient envahie lui font maintenant honte. Avec une énergie qu'elle n'avait plus depuis longtemps, elle fait glisser une revue sur la petite auréole foncée qui macule le tissu rose, afin de la cacher.

Deux bras l'entourent et la caressent et elle se sent heureuse malgré tout !

« Que c'est bon de vivre et de te revoir ! », dit-elle en se blottissant contre Serge.

Surpris, il ne saisit pas très bien le sens de toutes ces paroles, mais profite avec joie de cette attitude. Sophie lui paraît plus vive qu'à son ordinaire, voyant là le signe d'une amorce de rétablissement.

Sophie sait, elle, qu'à partir de cet instant, elle a fait un pas vers la guérison, que désormais elle ira mieux. Ce sera peut-être long, mais elle vient de comprendre qu'elle aime trop la vie pour accepter de la perdre même en pensée. Elle se souvient du Docteur Lambert un homme d'un certain âge aux yeux bruns très doux, très bons. Elle le revoit l'accompagnant sur le pas de la porte de la clinique et ses paroles résonnent encore à ses oreilles :

« Souvenez-vous, Sophie, que vous seule pouvez vous guérir. Vous en avez la force et la vitalité. J'ai confiance en vous, un jour un petit déclic se fera. Alors, vous en sortirez, car vous serez la plus forte ! »

Pendant ce temps, dans le salon, Mme de La Forté, assise sur un fauteuil, s'applique à défaire un tricot. En face d'elle, sa sœur écrasant de tout son poids la chauffeuse sur laquelle elle est assise, enroule méthodiquement la laine défaite.

Ni l'une ni l'autre ne songent à regarder la télévision qui pourtant laisse passer son flot d'images publicitaires interrompues par le sourire charmeur de la speakerine.

Il y a à peine quelques minutes qu'elles sont installées là. Peu de temps avant, elles se tenaient derrière la fenêtre épiant Sophie. Les deux sœurs se supportent, mais se détestent foncièrement. Pourtant, l'une par méchanceté, l'autre pour rester dans les bonnes grâces de la première, savent s'associer dans leur œuvre destructrice.

Aucune des deux n'a pardonné à Sophie son entrée dans la famille, Mme de La Forté à cause de ce qu'elle estimait être une mésalliance, sa sœur parce qu'elle lui a volé l'affection de « son fils ». Elle aussi avait trouvé son bouc émissaire.

Toutes deux assoiffées de vengeance manigancent une nouvelle fois, mais elles ignorent encore qu'elles ont perdu la bataille, là-bas, au bout du couloir.

Connivences

Le mois précédent, Anne avait commencé à prospecter et couru quelques agences immobilières afin de repérer des habitations susceptibles de plaire à son amie Christine. Celle-ci envisageait un proche retour avec sa famille et comptait bien sur Anne pour faire un premier tri. Elle la savait imbattable pour cette démarche et elle faisait confiance à ses choix, ayant des goûts semblables.

Les deux jeunes femmes ne s'étaient pas revues depuis près de 5 ans, mais le courrier, le téléphone ou internet avaient été leurs puissants alliés pendant cette période où leur amitié ne s'était jamais démentie. Christine avait dû rejoindre son mari en déplacement aux États-Unis. Il avait maintenant terminé sa mission et elle avait regagné la France pour à nouveau s'installer à Bordeaux. En attendant de faire une acquisition correspondant aux souhaits de tous, le couple et ses enfants avaient pris une location trouvée par Anne.

Les deux amies à nouveau réunies avaient décidé de consacrer cette matinée à la visite d'une rue que Christine connaissait bien pour y avoir vécu. Sitôt qu'elles en avaient atteint les premiers numéros, la jeune femme constatait rapidement que les promoteurs avaient mis du désordre dans ses souvenirs. Elle avait lâché le bras de son amie pour mettre sa main devant la bouche comme pour retenir un « Oh » étonné.

« Je t'avais prévenue », lui faisait remarquer son amie amusée et elles avaient continué leurs prospections avant de revenir épuisées chez Anne.

Pas de maris, pas d'enfants pour la journée, elles se retrouvaient comme lorsqu'elles étaient adolescentes et proches voisines dans ce même quartier.

Elles étaient heureuses, heureuses de cette amitié, de cette réunion.

Les souvenirs fusaient, chacune y allait de son commentaire :

« Tu te souviens du garçon blond qui faisait semblant de ne pas me voir mais qui me suivait pour savoir où j'habitais ? »

« Il était châtain. Il habite toujours dans le coin, je pensais à toi chaque fois que je l'apercevais. Il est marié maintenant. »

« Et Mme Machin, la voisine, qu'on avait surnommée ainsi parce qu'elle disait toujours "machin" quand elle ne trouvait plus ses mots, qu'est-ce qu'elle est devenue ? »

Anne posait à son tour des questions, mais complices, c'était surtout les souvenirs communs qu'elles réveillaient. Ce rappel des histoires partagées les reliait encore plus. Christine était ravie et ne cessait de dire à Anne :

« Combien c'est super de se retrouver ! »

Le repas avait été léger, plein de parfums et de surprises comme Anne savait les faire. Ensemble elles avaient rangé la cuisine et, se regardant, elles étaient parties d'un grand éclat de rire, ravies de ce moment passé ensemble.

Un moment tout simple.

Assises face à face, elles terminaient leur café dans le salon. Christine avait eu droit à toute la visite de la maison du bas en haut et inversement. Elle avait très sincèrement admiré l'agencement du mobilier et l'ambiance chaleureuse qui se dégageait des lieux. Elle connaissait le goût prononcé de son amie et de son mari pour les choses anciennes et constatait les nouveaux achats.

Anne était une incorrigible bavarde et gaie comme un pinson. Elle avait toujours quelque histoire drôle à raconter et lorsque Christine avait désigné du doigt une tisanière, elle lui avait dit :

« Oh, il faut que je te raconte quelque chose, je t'en avais parlé, mais j'avais complètement oublié de te raconter la suite !... Enfin, la suite, si l'on peut dire ! »

Et elle s'était lancée dans son récit avec un plaisir manifeste expliquant que ce dimanche-là, son mari Bob et elle-même avaient décidé de faire une promenade en voiture profitant ainsi du temps printanier. Malgré leurs douze ans de mariage, ils aimaient bien se réserver quelques moments en amoureux. Les enfants étant chez leur grand-mère, c'était l'occasion rêvée.

« Arrivés dans la charmante ville de Libourne, en ce calme après-midi dominical, nous avions été surpris par l'agitation inhabituelle qui régnait en bordure du quai juste sous les platanes. Les allées et venues de quelques personnes, des portières de voitures qui claquaient nous avaient intrigués. Pourquoi ne pas décider un arrêt ? Et c'est ce que nous avons fait.

En approchant un peu plus près, nos regards avaient été attirés par la plaque dorée d'un commissaire-priseur qui brillait de mille feux sous le soleil.

Abaissant les yeux, nous avions vite compris que nous faisions face à une salle des ventes. Sur le montant de la porte ouverte, la liste des objets mis aux enchères : meubles divers, commode Louis XVI, tableaux, laques de Coromandel, bijoux, tapis, faïences... un rêve à vous tenir éveillés ! Tu nous connais ! On s'est regardés : depuis toujours, nous étions tentés de franchir une porte de ce genre et on ne l'avait encore jamais fait. Peut-être était-ce le jour de se laisser tenter ?

Cet après-midi ressemblait presque à un jour de vacances où se mêlaient soleil et insouciance ! Alors tu comprends !... »

Christine les imaginait bien, échangeant un regard, les yeux pleins de malice, et c'est main dans la main que, d'un commun accord, ils avaient sans doute pénétré dans les lieux. Elle savait Anne suffisamment convaincante pour entraîner Bob comme elle le faisait lorsqu'elles étaient déléguées de classe.

« Tant pis pour le soleil, là c'était la pénombre qui nous avait surpris. Après quelques hésitations, nous avions décidé d'avancer à mesure que certains quitteraient la salle, peut-être lassés par l'attente, car la salle était remplie de monde.

Je peux te dire que, pour la première expérience, cette salle gardait encore tout son mystère et devait le conserver longtemps ! Pendant que nous avancions doucement dans la foule comme on rampe en louvoyant, gagnant quelques places, à mots couverts, nous avions énoncé un pacte :

« Nous regardons, nous n'achetons pas !

Là était la règle posée, impérative ! Je ne sais plus très bien qui de nous deux l'avait énoncée. »

Christine connaissant bien son amie n'avait pas manqué de lui dire :

« Je parierais que ce n'était pas toi », ce qui à nouveau les avait fait rire.

Quoiqu'il en soit, les arguments d'une telle décision avaient bien sûr suivi.

« Nous n'avons rien vu auparavant, nous n'avons besoin de rien, tout ça dit en grand conciliabule… tu peux bien te douter… autant de garde-fous plus raisonnables les uns que les autres, enfin nous avions réussi à trouver un siège bancal », racontait Anne. Toute au souvenir de son excitation du moment, elle poursuivait.

« La fièvre des prix annoncés montait de plus en plus et nous saoulait un peu. C'est à ce moment-là qu'il faudrait invoquer Sainte Prudence, si elle existe !

On baignait dans un mélange d'odeurs variées, de cire, de lieux fermés et humides, de vieilles choses auquel s'additionnaient le parfum de ces dames acheteuses et celui du tabac.

Tout cela avait quelque chose de grisant !

Et ces articles merveilleux qui défilaient, défilaient sous nos yeux tandis que nous réussissions à nous faufiler jusqu'au premier rang, le banc venant d'être abandonné.

Le spectacle était pour nous ! Le spectacle pouvait commencer ! »

Anne mimait la scène et Christine, bon public, éclatait de rire. C'était si bon de se retrouver dans ce moment d'insouciance et son amie avait gardé ses dons d'imitatrice comme elle savait le faire dans la cour de récréation autrefois.

Elle avait l'impression de ne jamais l'avoir quittée.

« Tassé sur lui-même et sur le siège qu'il occupait derrière une sorte de pupitre retenu sans doute au cours d'une vente, Maître Rambeau jetait un regard circulaire autour de lui.

La salle était pleine de monde venu pour la circonstance ou pour tuer le temps, qu'importe, l'auditoire était là ! Après chaque présentation d'objet, le maître jaugeait d'un air connaisseur et rusé, méthodiquement, l'une après l'autre, les personnes semblant intéressées.

J'ai eu l'occasion plus tard de le rencontrer et de le voir d'un peu plus près : ses paupières plissées cachaient des yeux petits, frangés de cils blonds et droits qui m'avaient fait penser à ceux de la tête de cochon exposée chez Célérier, tu te rappelles le charcutier où nos mères allaient faire les achats ? »

Christine s'était esclaffée en pensant au bonhomme.

« Quoiqu'il en soit, était-ce la réalité ou une impression, j'avais de suite éprouvé de la méfiance et le trouvais plutôt antipathique. Des lunettes rondes posées négligemment sur l'extrémité du nez favorisaient la gymnastique oculaire qu'il devait faire. Chaque fois, il soulevait son double menton débordant sur un col de chemise mal repassé et sur une cravate posée de travers. Le teint rouge et couperosé ne faisait pas mentir la proximité d'une région viticole réputée et toute son attitude laissait supposer qu'il avait fait un bon repas. Sa main potelée émergeait d'une manche trop courte et frappait de temps en temps avec un marteau, laissant tomber une sentence irrévocable.

J'étais penchée vers Bob et lui avais murmuré dans le creux de l'oreille :

"Il est franchement antipathique !…"

J'avais toujours imaginé les commissaires-priseurs tirés à quatre épingles. Ce personnage me paraissait décevant.

"Il est vrai que l'exception ne fait pas la règle !", m'avait répondu Bob d'un air moqueur. »

Anne savait qu'il se méfiait de ses jugements hâtifs, mais elle se disait, à titre de consolation, que l'expérience avait prouvé qu'ils étaient souvent justes !

« C'est ce qu'on appelle l'intuition féminine ! », se défendait-elle parfois.

Puis elle poursuivait ses explications après avoir pris Christine à témoin.

« Ah, je te retrouve bien là ! », avait dit cette dernière.

Anne continuait. À côté d'elle, sous un monceau de fourrures venu sans doute d'une autre planète par ce bel après-midi, une main aux ongles vernis faisait tourner avec ostentation une bague autour de son annulaire. À chaque mouvement un éclat brillant traversait le regard de la jeune femme avec provocation. C'était le moment où Maître Rambeau allait sortir les bijoux exposés sous verre.

Un frisson de coquetterie semblait traverser les dames présentes à ce moment-là et elle avait pensé que certaines retrouvaient alors des âmes de princesses comme lorsqu'elles étaient enfants, d'autres s'approprieraient des bijoux qui deviendraient pour les amis, héritage de famille.

Impatiemment, ils avaient attendu que cette partie de la vente s'achève.

C'était avec satisfaction qu'ils avaient vu l'un des employés de la salle déposer avec précaution sur le bureau les merveilleuses faïences. Elles avaient sans doute été un élément déclencheur dans leur décision d'assister à la vente. Tous deux affectionnaient particulièrement ces objets et le travail artistique qu'ils supposaient. Anne avait déjà une petite collection personnelle à laquelle ils tenaient beaucoup.

Tandis que Maître Rambeau s'agitait, depuis un grand moment, ils admiraient à loisir la vaisselle placée devant eux et tout particulièrement une ravissante tisanière, à la forme rare et originale.

« Spécialement fabriquée pour un domaine, donc un modèle exclusif », insistait un peu plus tard le maître, « une pure œuvre du début du XIXe. »

Bob, se tournant vers elle, l'avait questionnée lui demandant si elle la trouvait belle. Devant sa réponse émerveillée, il s'était lancé, montait l'enchère et… hop, la tisanière était à eux !

« On devrait toujours se méfier du feu des enchères, il est communicatif ! »

Avant même qu'elle eût fini de réfléchir et d'énoncer cette puissante pensée pleine de sagesse, rouge d'émotion devant la hardiesse de son compagnon, celui-ci lui disait doucement à l'oreille :

« Bon anniversaire, ma chérie ! »

Elle avait oublié que c'était le lendemain. Ce rappel avait fait fondre ses reproches sur le point d'être dits.

Le temps passant, Maître Rambeau parlait de clore la séance.

« Si tu avais vu, aussitôt une certaine agitation s'était fait sentir dans la salle, car il restait encore plein de choses intéressantes à acquérir.

Par-ci, par-là, on entendait appeler les deux employés qui ne savaient plus qui satisfaire pour mettre l'objet convoité en priorité et le présenter au maître. Celui-ci tapait, tapait dans l'affolement général. Les uns se levaient pour aller payer leurs achats, les autres pour mieux voir. Enfin les derniers essayaient à nouveau de faire passer quelque chose sur le bureau de Maître Rambeau, ne voulant pas manquer la chance qu'ils tentaient de forcer. Ceux-là n'osaient commencer la mise à prix trop bas de peur que le Maître ne se vexe.

Il prenait de temps en temps un ton ou un air boudeur et contrarié. Chacun tremblait de le voir clore sa séance, mais c'était sans doute à ce moment-là qu'il faisait ses meilleures affaires ! Il faisait mine de se lever, se remettait à sa place et tapait, tapait ! »

« C'est du grand guignol ! Filons maintenant avant la grande affluence », avait dit Bob.

Et c'était avec d'infinies précautions que le couple était parti chercher son précieux bien pour l'installer sur le siège arrière de la voiture. Tous deux avaient déjà prévu de le mettre au salon à leur retour : une telle trouvaille, un tel modèle unique se devait d'être à la place d'honneur.

Bien mise en évidence et la voyant si souvent par la suite, chacun d'eux aurait pu dessiner la tisanière dans ses moindres détails, affirmait Anne.

Christine s'était levée et, avec curiosité, s'était approchée de la fameuse tisanière qu'Anne avait désignée d'un geste de la tête. Puis elle avait retourné l'objet sous toutes ses faces, admirative, avant de le reposer avec précaution. Elle interrogeait son amie, se demandant s'ils avaient renouvelé leurs achats, car elle avait aperçu sur le mur une superbe assiette décorative.

Anne avait répondu que ce devait être le début de leurs acquisitions et leur première folie en salle des ventes. En effet, ayant appris qu'il y avait une séance de ce genre à peu près tous les mois, ils avaient renouvelé leur expérience.

Cependant s'ils allaient à Libourne toujours avec autant de plaisir, le plus souvent « pour le plaisir des yeux », ils en revenaient de plus en plus intrigués : ils retrouvaient plusieurs objets, croyaient-ils, qui se vendaient d'une fois sur l'autre.

D'origine terrienne Bob avait hérité de ses ancêtres un caractère légèrement méfiant. Cela lui avait donc paru bizarre d'autant que dans l'assistance, avec une certaine habitude, il avait remarqué un fait curieux qui se renouvelait. Un homme plutôt plantureux faisait monter les enchères au moment où l'on pouvait s'y attendre le moins et c'était ces mêmes objets qui se retrouvaient les fois suivantes.

« Et alors, qu'est-ce que vous avez fait ? », demandait Christine, impatiente de savoir la suite, « car te connaissant comme je te connais, il y a sûrement eu une suite. Tu me dirais le contraire que je ne le croirai pas, je te devine, ma belle. »

Un dimanche, de retour de la salle des ventes, le couple avait fait quelques achats et, avant d'installer les objets, Anne s'était lancée dans le nettoyage de leurs acquisitions.

Bob avait remporté de justesse l'enchère et obtenu quelques assiettes anciennes et elle avait un peu forcé l'enchère pour avoir un sucrier de Sèvres dont la forme l'amusait. Elle l'avait remporté de haute lutte contre le gros bonhomme, les deux restant seuls en ligne.

« J'ai passé tout ça à l'eau savonneuse et insisté autour de la signature de « mon Sèvres » qui semblait crasseux à cet endroit. À ma grande surprise, la signature cédait sous l'insistance de mon doigt ! Scandalisée et il faut bien le dire un peu vexée, j'ai aussitôt montré le sucrier à Bob qui attendait près de moi pressé d'admirer les objets tout propres.

Furieux, il était parti chercher le bon remis par le greffier au moment du paiement. Et devine… Sur le papier ne figurait qu'un numéro correspondant à chaque objet rien d'autre n'était spécifié. Il n'y avait donc aucune preuve qu'on avait acheté un véritable Sèvres ! »

Remis de leur surprise et après beaucoup de discussions, ils avaient préféré accorder le bénéfice du doute à Maître Rambeau quant au sujet de son honnêteté. Il ne pouvait pas être au courant d'une telle fumisterie. Cela leur avait paru impensable pour un homme assermenté.

« On avait passé alors 2 ou 3 mois sans revenir à Libourne pris par des occupations multiples et pour éviter d'autres tentations, peut-être un peu vexés malgré tout, moi du moins, car tu connais Bob, il est moqueur. Il ne manquait pas de vanter mes talents d'acheteuse ! »

Les deux jeunes femmes avaient ri de l'aventure. Christine en savait quelques grandes lignes à travers leurs échanges de courriers, mais surtout elle imaginait la tête de Bob. Elle attendait la suite promise par Anne et celle-ci ne s'était pas fait prier.

Devant déménager dans leur nouvelle maison où Anne accueillait Christine, la nécessité d'avoir un complément de mobilier s'était imposée au couple. L'affiche de Maître Rambeau leur semblait ce jour-là correspondre à leurs désirs et ils avaient décidé une nouvelle fois de tenter l'aventure.

Une petite bibliothèque Louis XVI ancienne et en merisier serait un joli complément pour la chambre de leur fils aîné. Les visites se faisant la veille et le jour même, ils avaient choisi cette dernière possibilité et étaient arrivés plus tôt pour voir le meuble de près. Les ventes du dimanche étaient très pratiques pour le couple qui travaillait et avaient tendance à devenir leur loisir, « accros » qu'ils étaient !

« C'est le meuble dont je t'ai parlé tout à l'heure et que tu trouvais sympa et pratique. Lui aussi il a son histoire ! Attends, tu prends un peu plus de café, non ? Oui, je te disais pour ce fameux meuble ! On le trouvait vraiment très joli, en bon état, équilibré, "d'une centaine d'années" avait affirmé le maître qu'on avait réussi à distraire quelques minutes de ses éventuels acheteurs… auxquels il ne manquait pas de faire moult ronds de jambe pour leur être agréable !

Il n'y avait qu'une ombre au tableau : il manquait la clef de la petite bibliothèque.

"Qu'à cela ne tienne", avait affirmé le commissaire d'un air à la fois entendu et rassurant, "le garçon se chargera de vous la donner, pour ce qui est du meuble, c'est une bonne affaire… à faire !" Les étagères apparentes derrière les vitres étaient propres, tendues d'un tissu rouge damassé.

"Bien, bien", insistait-il. »

Comme si l'histoire se déroulait dans l'instant, Anne avait ajouté :

« On lui faisait confiance, nous, pauvres néophytes. Pour cette vente, il y avait peu de monde, celle-ci correspondant à un salon des antiquaires dans une ville proche. On s'était donc rapidement retrouvés propriétaires du meuble bien que le maître insistât plusieurs fois pour faire monter les enchères.

"La bibliothèque vaut mieux que cela, elle est ancienne ! Allez, etc.", imitait Anne, si bien que nous avions eu l'impression d'avoir fait la meilleure affaire de la journée puisque continuait le commissaire : "Vous n'en payez pas la moitié !"

Chacun, d'ailleurs, devait avoir la même impression chaque fois qu'il repartait avec son trophée après knock-out de son voisin. Mais qu'en était-il de notre bibliothèque ?

Au moment d'en prendre livraison, la clef était retrouvée. Il fallait dégager les lieux rapidement et nous pouvions tout à loisir contempler le meuble, l'extérieur d'abord, puis l'intérieur lorsque nous serions à la maison.

Sitôt arrivés, sitôt fait !

Les portes s'ouvraient parfaitement et… dans le bas du meuble, il y avait encore quelques copeaux de bois frais, la teinte vieillie était mal passée. Seule une partie extérieure était ancienne, sans doute d'époque, comme disait le maître, mais laquelle ? Le reste était pratiquement neuf ! »

Une fois de plus le maître s'était joué d'eux et sans aucune preuve, à tel point qu'ils commençaient à mettre en doute ce que pourtant ils avaient été deux à entendre.

« Mais de guerre lasse après de multiples suppositions et comme on justifie toujours ses actes, nous en étions arrivés à la conclusion que, ma foi, le meuble n'était pas plus cher qu'un neuf et surtout qu'il correspondait à ce que nous cherchions, ce qui était finalement l'essentiel ! »

Christine avait fait un :

« Ah, c'est bien de toi, de retomber sur des pattes comme les chats ».

Anne, assez satisfaite de l'effet produit, avait ajouté :

« Tiens-toi bien, ce n'est pas tout ! »

Il y avait à peu près un an qu'ils avaient fait leur premier achat. Toutes ces aventures les avaient rendus prudents et ils avaient décidé d'être plus vigilants à l'avenir. Mais le coup de grâce leur fut donné un samedi après-midi où ils étaient venus voir les objets à l'avance.

Face à eux, posée sur un guéridon, exactement la réplique de leur tisanière ! L'auteur avait un style si particulier qu'ils n'avaient pas tardé à reconnaître un arrivage de porcelaines et faïences diverses signées différemment. Elles étaient toutes destinées à des domaines curieusement situés dans le centre de la France, c'est-à-dire loin de leur domicile !

S'en était trop : en eux l'esprit de Sherlock et Watson se réveillait d'autant que, comme par magie, leur intérêt pour la faïence et la porcelaine fondait comme neige au soleil…

C'est à partir de ce jour-là qu'ils avaient sans doute décidé de mener leur enquête. Probablement aussi avec la curieuse sensation que les victimes, ce ne serait plus eux.

C'est ainsi que le lendemain, ils s'étaient installés une fois de plus en face et au plus près du commissaire que désormais Anne trouvait franchement antipathique !

« Maître Rambeau sur son estrade perché tenait en sa main un marteau, Lafontaine assis à notre place aurait sans doute commencé sa fable ainsi et l'eut terminée par ses mots pleins de sagesse et de morale : Abandonnez votre candeur, observez d'un œil critique, soyez prudents et l'expérience fera le reste ! »

Telle était la conclusion à laquelle en était arrivée Anne. Mais, l'histoire ne s'arrêtait pas là.

« Ce qui est extraordinaire, c'est la suite ! », avait ajouté Anne d'un air de conspirateur.

« Vas-y, raconte », l'avait encouragée Christine, curieuse.

Installés à nouveau dans la salle, ils avaient jeté un regard circulaire autour d'eux. Certains visages leur étaient familiers. Il y avait ceux qui se fournissaient en tapis fait main et d'origine garantie (!), quelques brocanteurs intéressés par les fins de séances. Soudain, au second rang, tout proche d'eux, ils avaient aperçu le marchand de meubles de leur quartier. Anne le connaissait pour avoir visité plusieurs fois son magasin.

« C'est toujours le barbu ? », avait demandé Christine, « celui qui s'intéressait à ma sœur à la sortie du lycée ? »

« Tout juste ! Son père avait débuté comme menuisier et au moment de mon histoire, il était propriétaire d'une grande surface de 2 500 m^2 sur 2 étages, on passera devant tout à l'heure en se promenant ! C'était considérable ! Tu vas voir le changement ! », continuait Anne contente de voir que Christine avait gardé de nombreux souvenirs malgré le temps passé.

« Je me souviens, le magasin s'appelait pompeusement le *Grand comptoir du mobilier*. Le voisinage, très soupçonneux, racontait que cet homme faisait passer pendant la guerre la ligne de démarcation à certains compatriotes. L'un d'eux lui aurait "laissé" un magot. Le terme de "laissé" pouvant être entendu et interprété comme on voulait », racontait Christine avec plaisir.

« Depuis, au cours des ans, il avait acheté, agrandi et annexé à nouveau les terrains alentour », reprenait Anne.

Christine lui avait coupé la parole :

« Attends, je me souviens. Certains même l'appelaient "le juif" d'une façon péjorative et la dénomination s'était transformée en "Wandering Jew" par Henry, le copain de Pierre qui se vantait d'être le meilleur en anglais. »

« C'est tout à fait ça. Quoiqu'il en soit, le marchand était très intéressé par un meuble Louis XIII ! C'était un buffet aux montants et aux traverses torsadés, cité "d'époque", avec des cubes aux angles vifs abattus, de lignes droites et raides. »

Anne le trouvait très pur et très beau. Elle se prenait à l'imaginer trônant dans sa salle de séjour à la place d'honneur.

Elle pensait à l'effet génial placé sur son carrelage à damiers noir et blanc. Brusquement, la somme astronomique qu'il venait d'atteindre l'avait ramenée à la triste réalité, le marchand de meubles avait fait monter, monter les enchères ! Il avait fait un brusque saut de 200 euros stoppant net l'envie de continuer à son concurrent. La joute qui s'était installée entre les deux hommes à coup de sourcils levés ou de gestes furtifs de la main avait cessé. Plus personne n'avait l'air de comprendre dans la salle. Le silence s'était installé quelques instants.

« Adieu, veaux, vaches, cochon, couvée », s'était-elle dit tout en sachant qu'une telle somme eut été impensable pour son budget.

Poussant son compagnon du coude, elle lui avait dit :

« Ça alors, tu ne trouves pas paradoxal et curieux qu'un marchand de meubles neufs se précipite sur les meubles anciens avec autant d'enthousiasme si je puis dire ? »

Il avait émis un « bof » pour toute réponse, ce qui l'avait agacée au plus haut point. Elle avait insisté et sentait bien que sa question l'avait intrigué, car quelques secondes plus tard, il lui donnait une nouvelle réponse :

« Il apprécie d'autant plus la solidité des meubles anciens que les siens ne valent rien, peut-être ! » Puis une réponse plus cartésienne avait suivi :

« C'est certainement un connaisseur ! »

La suite de la vente se passa sans incident notoire et les faïences se vendaient bien, elles aussi, mais cette fois elles étaient issues d'une collection très riche et… trouvaient bien sûr preneurs… « Et à nous de sourire ! »

Poussée par Christine qui prenait un plaisir évident à écouter son amie, Anne n'en finissait pas de raconter son histoire.

« Quelque temps s'était écoulé après ces faits », lui expliquait-elle, « et ce matin-là, nous avions un programme très chargé. »

Le samedi, jour de repos si l'on peut dire, était réservé comme pour la majorité des travailleurs à faire leurs achats ou courses diverses. Anne et Bob avaient deux projets, toujours dans le but de finir l'aménagement de leur nouvelle résidence. Il s'agissait de passer chez l'ébéniste voir où en était la réparation d'un secrétaire donné par la famille, et acheter au *Grand comptoir du mobilier* qui désormais portait bien son nom un lit simple repéré les jours précédents.

Ils avaient donc commencé par le premier.

« Alors Monsieur Duret, vous avez vu l'histoire des Louis XIII sur le journal ces jours-ci ? », avait interrogé Bob, manière de dire quelque chose.

« La question s'adressant à un ébéniste pouvait paraître de circonstance pour meubler la conversation ! Il faut dire que cette histoire intéressait un peu tout le monde puisqu'elle se passait dans notre ville. La police enquêtait sur une affaire de drogue : elle avait découvert de la cocaïne dans la paroi d'un meuble Louis XIII acheté dans une salle des ventes avec certificat d'authenticité et saisi à la douane. Il était en partance pour l'étranger. Aucun suspect sérieux n'avait encore été vraiment découvert, avait dit l'article, enfin ce qu'on voulait bien en dire. Seul un petit malfrat était sous les verrous, arrêté sur les boulevards de la ville pour excès de vitesse, mais il s'agissait d'un véritable réseau et l'enquête se poursuivait ! », racontait Anne toujours avec ses mimiques qui amusaient tant Christine.

« Ce n'est pas vous qui avez fait le coup au moins », avait dit Bob, « vous êtes bien placé pour ça, non ? »

« M'en parlez pas, c'est pas compliqué, ces meubles s'y prêtent bien avec leurs montants épais. Ça n'empêche qu'ils doivent pas être tranquilles maintenant. »

Ce petit intermède les avait amusés. Une demi-heure après ils en plaisantaient encore en arrêtant la voiture devant le *Grand comptoir du mobilier*.

Contrairement à l'ordinaire, il n'y avait personne pour les accueillir. Ils en avaient profité pour faire librement leurs commentaires.

« Entre nous soit dit », précisait Anne à l'adresse de Christine, « il n'y a rien de plus désagréable que d'être suivi par des vendeurs trop entreprenants. »

« J'ai horreur de ça », lui avait répondu son amie.

Et Anne avait repris :

« Au fond du magasin, un groupe d'hommes en costumes noirs ou presque, tu vois, genre play-boys, discutaient fermement assis sur des fauteuils d'où ils disparaissaient presque. Tous semblaient très absorbés et ne s'intéressaient guère à notre petite famille. Ah, j'avais oublié de te dire que ce jour-là, on avait été obligés d'amener le petit dernier. Ma mère ne pouvait pas s'en occuper. »

Ils s'étaient alors hasardés entre les files de meubles et commençaient par le premier étage. Leur fils de 3 ans avait lâché la main de sa mère et elle, toute à la contemplation d'un lit Régence, il faut bien le reconnaître, l'avait oublié l'espace de quelques instants.

Il n'en fallait pas plus pour que le petit polisson parte dans l'arrière-fond de la boutique encombrée de cartons et de tissus. Lorsqu'elle s'en était aperçue, il grimpait sur un canapé, cherchant à attraper un lampadaire rond et rouge en criant :

« Maman, le ballon, le ballon ! »

Juste au moment où elle le saisissait dans ses bras pour le faire descendre, Anne avait vu, se reflétant dans un grand miroir, un meuble.

« Tu ne devineras jamais quoi ! MON FAMEUX buffet Louis XIII qui avait atterri là ! »

Elle s'était retournée heureuse de lui jeter un dernier regard. Puis surprise, interloquée, avançant légèrement, ce n'était pas « son » buffet qu'elle voyait, mais deux buffets semblables, l'un derrière l'autre. Sur l'un deux, il manquait une porte à demi empaquetée et posée à ses pieds.

« Je me disais que j'avais la berlue. Ce n'était pas possible ! », avait-elle dit.

Christine écoutait étonnée et avide de savoir la suite :

« Et alors ? »

Les deux meubles semblaient avoir traversé les âges avec autant de vaillance l'un que l'autre. Bob aurait été près d'elle, elle lui aurait sûrement dit :

« Pince-moi, je dois rêver ! »

Mais là, seule, le gamin gesticulant dans ses bras, elle devait se rendre à l'évidence sans faire de commentaires. Cela n'avait pas dû être facile pour elle avait aussitôt pensé Christine, tant elle aurait pu prévoir les réactions de son amie et son bavardage.

Perplexe, Anne, elle ne savait pourquoi, était sortie de la pièce sur la pointe des pieds avec l'impression très nette d'avoir commis une indiscrétion et d'être en faute.

« Déjà un vendeur s'approchait et me demandait avec une certaine brusquerie :

"Vous cherchez quelque chose ?"

Euh, nous… nous regardons », avait-elle dit sottement comme si ce n'était pas évident.

« Oui, je vois bien, mais à part ça ? »

« Nous sommes intéressés par des lits de style », avait-elle répondu en se ressaisissant.

« Alors c'est un peu plus loin, mon collègue va vous montrer », avait-il désigné du doigt un autre play-boy tout de sombre vêtu.

C'était ainsi qu'elle avait rejoint son mari en train d'appuyer ses deux poings avec force sur un sommier pour en essayer la souplesse. Anne en avait profité pour lui remettre l'enfant de plus en plus excité par les lumières clignotantes de l'étalage.

« Avant de sortir, il m'avait dit :
"Vois-tu ce que je vois au fond du magasin ? Étonnant, non ?"

Mais, je ne voyais rien ! Lui disait avoir aperçu Maître Rambeau gesticulant avec forces.

"Oui, euh, je n'ai pas vu." J'étais septique. Tu sais avec ses lunettes, il pouvait ne pas avoir bien vu de loin. Et puis deux évènements particuliers à la fois, ça faisait beaucoup. »

Cependant, elle lui avait fait part un peu plus tard de la découverte de « son » buffet et de son double. Très vite, ils avaient changé de conversation, absorbés par des questions de choix de tapisseries.

Ce même jour, rentrant du judo, l'aîné de leurs fils, Xavier leur avait dit :

« Devinez qui je viens de voir. Le monsieur de la salle des ventes qui montait dans sa voiture devant le comptoir du meuble. Il habite là ?»

« Oui, peut-être habite-t-il par-là », avait-elle répondu d'un air distrait, et la chose en était restée là.

« Je savais qu'il était bien capable de reconnaître Mr Rambeau », confirmait Anne. « Tu connais Bob. Sous prétexte que l'éducation des belles choses se fait le plus tôt possible, il avait autorisé Xavier à nous accompagner à la salle des ventes. On lui avait expliqué comment ça se passait et, curieux, il avait insisté pour venir une fois. Il n'avait pas les mêmes intérêts que nous, bien sûr, mais il avait pris autant de plaisir que nous-mêmes. Chaque achat était considéré comme un match, comptant les points, se plaçant supporter de l'un ou de l'autre selon son cœur, l'arbitre étant toujours Maître Rambeau ! C'était tout juste si après le métier d'architecte, d'explorateur, il n'envisageait pas celui de commissaire-priseur ! Enfin, je reconnais qu'il est assez physionomiste, un peu comme moi », avait-elle ajouté modestement !

Bob avait donc raison, le maître sortait bien du *Grand comptoir du meuble*.

« Quelle étrange suite de coïncidences ! », s'était dit un peu plus tard Anne, en repensant à tous ces faits successifs : la découverte dans l'arrière-boutique, ce commissaire-priseur dont l'honnêteté faisait quelques doutes, ce marchand de meubles vite enrichi et cette histoire sur le journal !...

Bien sûr, connaissant Anne comme elle la connaissait, Christine se disait qu'elle n'avait pas dû en rester là, c'était une évidence ! Elle aurait certainement fait la même chose, placée dans la même situation.

Profitant de son jour de repos supplémentaire, il n'en fallait pas plus pour que le lundi matin suivant, Anne se rende au magasin dès l'ouverture.

Christine l'imaginait bien se retrouvant comme par hasard vers le fond du magasin de l'étage, juste là où elle avait vu le meuble. Son amie, pensait-elle, ne pouvait pas s'être arrêtée devant tant d'interrogations. Elle avait dû investiguer plus avant.

Elles auraient été ensemble, c'est ce qu'elles auraient fait.

« Je parie que tu n'avais rien dit à Bob ? »

« Non, bien sûr, il est trop sérieux pour approuver ce genre de chose ! Tu vas voir ce que j'ai fait. Je voulais comprendre, je ne savais pas quoi, mais j'étais peut-être sur une piste extraordinaire ! Prise d'une idée de génie pour me débarrasser du vendeur encombrant et trop conscient de son rôle, j'avais demandé la permission d'utiliser les toilettes. Je les avais repérées le samedi. »

La porte de l'arrière-boutique était légèrement entrouverte, mais pas suffisamment pour voir à l'intérieur, aussi avait-elle profité de l'inattention du vendeur pour donner au passage un coup dans le bas de la porte avec son sac. Elle s'était ouverte sans bruit.

La place des deux buffets était vide.

Elle était bien avancée maintenant ! Et même plutôt déçue !

Christine pouvait anticiper le questionnement d'Anne, c'était comme lorsqu'elles étaient ensemble à solutionner un problème de maths, son amie était d'une persévérance exemplaire, et tellement prévisible !

Anne continuait à exposer ses états d'âme du moment. Elle en était arrivée à la période des réflexions et qu'avait-elle compté trouver ? Elle en revenait avec un souci supplémentaire, car elle n'aimait pas avoir des doutes ! Surtout ne pas raconter à son mari la promenade du matin, il se serait bien moqué d'elle. Elle était cependant intimement persuadée qu'il y avait un lien entre tous ces faits, mais elle ne savait pas lequel. Attendre… Quoi ? Peut-être le journal pour un complément d'information.

Perplexe elle était, perplexe elle demeurait. Elle regardait fiévreusement tous les matins son quotidien. Plus personne ne parlait de la suite donnée à l'affaire des Louis XIII.

« Sur la page des ventes au tribunal ? », interrogeait Christine qui semblait de plus en plus intéressée par les propos d'Anne.

« Rien de particulier si ce n'est que celles-ci se faisaient toujours à Libourne par Maître Lourmet, successeur de Maître Rambeau qui avait dû quitter sa charge pour raisons de santé.

C'était ce qui se disait dans la petite ville de Libourne le dimanche après-midi… »

La réponse d'Anne prouvait que ses investigations avaient malgré tout dû se poursuivre discrètement et elle reconnaissait qu'elle avait pourtant attendu la fin de l'histoire avec impatience sans résultat.

« Peut-être la vérité était-elle derrière la porte du meuble, à demi empaquetée ? », avait suggéré Christine d'un air mystérieux et interrogatif, « Tu devrais écrire cette histoire, c'est trop drôle. »

Trouvant l'idée amusante, Anne, en souriant et sur le même ton, concluait :

« Tu vois pas que ce soit la trame du best-seller de l'année ! »

Cette boutade les avait amusées, elles en avaient ri de bon cœur, profitant de ce moment de rencontre avec une joie manifeste.

Anne était ravie d'avoir partagé avec son amie la dernière phase de « son affaire des Louis XIII », comme elle l'appelait, puisque désormais Christine était seule à connaître son escapade chez le marchand de meubles. Celle-ci en avait conclu :

« Ce sera notre secret, comme autrefois ! »

Elles en avaient eu tellement en commun, et puis c'était une façon de celer à nouveau leur amitié et leurs retrouvailles.

« Croix de bois, croix de fer ! », s'étaient-elles souvenues. Et en riant, comme deux gamines, elles avaient tapé dans leurs mains pour conclure leur accord.

Puis, Christine et Anne s'étaient mises à parler d'autre chose, elles avaient tant à se dire, tant de projets en tête, assises épaule contre épaule, comme autrefois… Elles avaient regardé un tas de photos, ce qui un peu plus tard avait eu pour conséquence de les amener dans le sous-sol de la maison à la recherche d'un costume de carnaval reconnu sur l'une de ces photos.

Brusquement, Christine, qui n'était pas non plus la dernière à avoir de l'imagination, avait arrêté net le rangement de vieilles robes que toutes deux portaient autrefois pour se déguiser. Elle avait interrogé Anne comme si la conversation sur l'histoire rapportée par son amie n'avait jamais été interrompue.

« C'était quand cette histoire des Louis XIII ? »

« Oh, il y a peut-être 2 mois avant ton retour, pourquoi ? »

« J'ai une idée, on va aller faire un tour ensemble chez le "WJ", voir s'il n'y a pas quelque chose de bizarre, on ne sait jamais… »

Et elles retrouvaient cette connivence amicale qui leur avait tant fait défaut pendant l'absence de Christine, espérant bien partir pour une nouvelle aventure…

Mutation

Au cours des heures précédentes, Camille était encore installé sur le banc de l'université, assistant comme tous les lundis matin au cours de biologie. Le professeur, face au grand tableau vert de l'amphi, avait écrit l'interprétation d'Hippocrate et sa vision du déroulé d'une maladie.

Jusque-là, avec application, Camille avait noté ce qui allait être développé : état de santé, incubation de la maladie, paroxysme, intervention thérapeutique et suites. Puis il avait suivi avec une attention toute relative les éclaircissements que le professeur avait jugés utiles de faire.

Mais son esprit vagabondait.

Le jeune homme avait même fini par laisser de côté les explications données sur « les suites partagées entre l'éventualité de la résolution de la maladie ou la mort possible » dans lesquelles il ne se retrouvait plus… Il n'entendait que des phrases dont le sens lui échappait.

Camille avait alors cessé d'écouter ce qui était dit.

Ses problèmes, ce matin-là, prenaient une telle place, l'envahissaient tout entier. Seuls certains mots pouvaient résonner en lui : « troubles et tensions », « rupture d'équilibre », « transformations », « mutation ». D'ailleurs, s'il devait retenir un seul mot de tout ce vocabulaire étalé, c'était bien le dernier entendu, celui de « crise ». Oui, celui-là lui ressemblait.

Camille se vivait en situation de crise, une crise qui aurait été permanente depuis déjà plusieurs années. Mais le propre d'une crise n'est-il pas de disparaître rapidement, semblable à une irruption transitoire ? Il s'agissait plutôt pour lui d'un état de mal-être envahissant et tenace.

La fin du cours était arrivée sans qu'il s'en aperçoive. Le coup de coude de son voisin d'amphi doublé de son appel à revenir sur terre l'avait fait sortir de ses sombres pensées.

Le cours de kinésithérapie achevé, le chemin du retour lentement parcouru, Camille retrouvait enfin sa chambre où il se sentait à l'abri de tout.

Jetant du coin de l'œil un regard sur l'image que lui renvoyait le miroir du placard, le jeune homme avait haussé les épaules, désabusé et, triste, s'en était éloigné.

Dix-huit ans… 19 dans quelques jours ! « Le bel âge », lui dit-on quand il donne le sien.

« Le bel âge » ? Mais qu'est-ce que cela veut dire ?

Des mots, une remarque qui ne disent quelque chose qu'aux imbéciles ou aux vieux qui idéalisent toujours, pour mieux le regretter, un passé enfui trop vite !

Il en a assez, assez de tout ce désaccord avec tous, avec lui-même surtout. Machinalement, Camille déboutonne son imperméable à la coupe classique et avec lassitude le laisse tomber en boule sur une chaise. Là, le vêtement vient rejoindre une pile de livres en équilibre instable. La pile vacille quelques instants, à droite, à gauche et glisse sur la moquette verte.

C'est un peu à l'image de Camille, il hésite à droite, à gauche, trouvera-t-il son équilibre ou bien glissera-t-il lentement vers… il ne sait quoi…

Pour l'instant, le néant, le trou, ne sachant plus ce qui est possible ou impossible, ni même qui il est et ce qu'il deviendra.

De son pied droit, finement chaussé d'un mocassin noir, Camille repousse les livres d'anatomie pour les rassembler à nouveau.

Son visage aux cheveux blonds, longs et bouclés, est mobile. Il exprime une certaine fatigue. Son corps, moulé dans un jean et à peine formé par l'adolescence, se penche avec contrainte pour ramasser ce que sa mère appelle du « désordre ».

Camille appréhende les reproches que celle-ci pourrait lui faire, redoutant d'être pris en défaut par cet être qu'il trouve d'exception et ne saurait la contrarier. Un modèle pour lui, si belle, si… féminine, mais qui depuis déjà un certain temps semble ne plus se soucier des désordres apparents.

En bas, le téléphone sonne, sonne… et sonnera longtemps.
C'est sûrement Jacques. Il devait l'appeler. Tant pis pour lui ! Camille n'a pas envie de sortir ce soir. Jacques est un copain de fac, il est toujours disposé à voir des films d'épouvante et le dernier sorti est paraît-il « terrrible ». Il n'a qu'à y aller tout seul !
Camille ne descendra pas répondre, d'ailleurs, il ne souhaite ni entendre ni parler à qui que ce soit en ce moment.
Ignorant le lit bateau, il s'assoit quelques instants parmi les livres posés à même le sol, puis s'allonge mollement sur la moquette.
Étendant le bras au-dessus de lui, Camille cherche à tâtons, sans se soulever, le paquet de cigarettes qui doit être resté près du briquet sur le petit guéridon. Sa main manque renverser la lampe, rattrape de justesse le cadre qui contient la photographie d'une superbe femme dont la silhouette s'apparente à celle d'un mannequin.
Après l'avoir allumée, lentement, très lentement, il tire sur sa cigarette, le regard perdu au loin dans les bouquets de fleurs de la tapisserie.
Un léger nuage de fumée brouille sa vue et l'oblige à fermer les paupières.

Bientôt une torpeur qu'il souhaiterait apaisante l'envahit, mais c'est un demi-sommeil agité qui le rejoint. Son front se creuse de deux fines rides à la naissance du nez, son corps semble tendu, presque dans une attitude de défense.

Depuis des mois, peut-être des années, ses rêves ou plutôt ses cauchemars reproduisent les mêmes images, suscitent les mêmes interrogations.

Il voudrait les voir disparaître, les supprimer de sa vie, de ses nuits, de ses pensées. Lorsqu'il s'éveille, c'est chaque fois pareil : il y repense encore et toujours. Et comme chaque fois, à son réveil, il retrouve son angoisse.

Imaginaire... réalité... il ne sait plus très bien parfois.

Camille est mal dans son corps, mal dans sa tête.

Comme des fils, intemporel et temps s'entremêlent. Réalité, désir... conscient, inconscient, tout cela est devenu tellement compliqué pour lui et le devient de plus en plus.

Allez savoir pourquoi, à la veille de trouver peut-être réponse à ses interrogations, ces images le submergent, l'envahissent autant.

Il s'y noie à nouveau.

Qui pourrait prêter une oreille compatissante, un regard attentif pour comprendre ce qu'il vit ou l'empêche de vivre ? Ses parents seraient les premiers concernés. Il sait qu'ils l'aiment... à leur manière, mais la discorde qu'il sent poindre entre eux depuis déjà des mois les rend peu disponibles.

Son père, avec qui plus jeune il avait partagé longtemps des jeux et une certaine complicité, depuis quelques semaines, semble perdre pied. L'autre jour, à table, alors qu'ils prenaient leur repas en tête à tête, à demi en silence, l'absence de sa mère étant devenue presque habitude, il avait observé son visage à la dérobée. Il lui avait paru fatigué, quelque peu vieilli et si las. Peut-être même, le malheureux, forçait-il un peu sur l'alcool ?

L'espace de trois ou quatre secondes, avec une certaine tendresse, Camille avait posé sa main sur celle de celui qui l'appelait souvent « mon petit » et savait le consoler de ses chagrins d'enfant. À cette époque, l'enveloppant de ses petits bras à hauteur de ses jambes, Camille, lui répondait « mon grand papa », sans doute à cause de sa grande taille, mais aussi de son affection pour lui. Le jeune homme se souvient, quelque peu ému.

« Grand »… comme on souhaite son père quand on a trois ans, lorsque l'on commence à lever les yeux vers le monde des adultes.

« Grand »… comme on souhaite son père quand on a dix ans, c'est-à-dire… plus fort que tous les pères, celui que l'on personnalise dans le gendarme qui fait frémir toutes les cours de récréation.

« Grand », enfin, comme on souhaite son père quand on est adolescent, en un mot, un modèle !

De ce modèle, il veut bien accepter ses qualités, mais désormais refuse d'accepter d'être du même genre pour revendiquer celui d'une femme, il réclame le droit de s'habiller comme une fille, de vivre comme une fille.

Il n'est pas non plus envisageable d'évoquer avec sa mère son questionnement trans-identitaire, pas plus que de partager avec elle ce vécu d'isolement psychologique qui l'étouffe. Elle est devenue lointaine comme si elle n'était plus concernée par sa famille, ne s'intéresse plus aux résultats des études de Camille dont elle se montrait auparavant si fière.

Après s'être redressé et avoir fait quelques pas dans la chambre de long en large, d'une façon distraite, Camille est maintenant à demi-assis sur le bord du lit. Il allume une nouvelle cigarette d'un geste machinal. Il repense à cette soirée où, l'un de ses cours ayant été supprimé à l'école, il était rentré plus tôt que d'habitude. Sitôt qu'il avait pénétré dans le salon, sa mère l'avait rejoint et poussé vers le siège où se tenait son père, quelque peu affalé.

« Tiens, vois cette épave sur son fauteuil ! Il est en pleurs comme un enfant plein de repentir après une réprimande ! »

Oh, combien il aurait préféré ignorer cette image et les mots qui avaient suivi, mais il n'avait pu s'empêcher d'admirer la grâce de sa mère avançant dans la pièce, trainant derrière elle son odeur épicée et son déshabillé léger, droite et froide comme une prêtresse officiant devant le peuple. Elle était impressionnante ! Une déesse… même lorsque les ailes de son nez frémissaient annonçant les grands orages familiaux comme à ce moment-là.

« Viens, allons, approche et regarde-le », avait-elle insisté.

C'était la première fois qu'il voyait son père dans cet état et entendait une telle violence dans les propos de sa mère. Se retournant vers son mari, elle lui avait jeté à la face, comme une gifle :

« Tu n'es qu'un pauvre type ! ».

Sa mère avait continué avec la force de celui qui va vaincre l'ennemi et s'apprête à porter le coup final :

« Ici, tu ne comptes plus… Demande à Camille. »

À cet instant, pris à témoin, le jeune homme se demandait si ce père n'avait jamais existé pour susciter une telle manifestation de la part de sa mère, cependant il n'avait rien dit. Les rencontres entre ses parents étaient de plus en plus tendues. Mais que se passait-il pour en arriver à de tels comportements ?

Camille n'avait rien vu venir, trop préoccupé par ses difficultés, ce savoir subjectif qui habitait son corps. Cela le culpabilisait.

Il était retourné dans sa chambre pour ne pas entendre le malheureux homme essayant vainement de demander pardon.

Oui, vraiment, il avait été stupide, mais il était jaloux de tous ces hommes qui tournaient autour d'elle, de ce soi-disant collègue en voiture sport qui la raccompagnait depuis qu'elle avait décrété que conduire l'ennuyait. Bien sûr qu'il avait forcé sur la dose de whisky pour avoir le courage de lui parler.

« Je t'en prie, essaie de me comprendre une fois, une fois seulement », avait-il supplié.

Et Camille n'avait plus rien entendu.

Sans doute sa mère était-elle partie, abandonnant le malheureux à sa peine, pressée de rejoindre l'extérieur.

Hochant les épaules, Camille se disait que dans l'état présent il était donc impossible de se confier à l'un ou l'autre de ses parents. Et quand bien même il y serait parvenu, cela serait certainement objet de discorde entre eux. Il imaginait alors père et mère remettre en question leur éducation à la recherche d'explications sur ce qu'était devenu leur fils. À qui serait la faute ? Comme si son existence, si lui était une faute… Ils ne le reconnaitraient plus. Alors ce semblant d'entente que le couple conservait pour les regards extérieurs volerait en éclats, n'attendant peut-être qu'une occasion pour le faire. Peut-être même s'accuseraient-ils l'un l'autre de désirs parentaux inconscients qui auraient eu une influence sur le comportement de leur enfant, sur la genèse de son identité ?

Et ça, il ne le veut pas, il ne veut pas être la cause d'une rupture, car alors pour lui tout s'effondrerait. Même faux, il a encore besoin de repères. Pourtant, oh oui, de toutes ses forces, il aurait tellement voulu qu'ils sachent son désir d'être une femme à part entière.

« Changer de sexe », évoquer cette idée dans une conversation, même avec des personnes aussi averties que le groupe de jeunes médecins avec qui il discute souvent chez « Alexandre », attablés autour d'un café, ne peut être que du domaine de la fiction, voire celui de la mythologie à travers la métamorphose de Tirésias.

De suite, les grands mots ! Ceux qui y pensent ne peuvent être que des gens atteints de maladies physiques ou de psychopathologies et même bons pour les traitements psychiatriques. Avec tous leurs savoirs, sont-ils capables d'imaginer cette effroyable dichotomie : avoir une identité masculine et se sentir au plus profond de soi, femme… sans l'être.

Cette définition de son ressenti vaut ce qu'elle vaut, c'est la traduction de ce qu'il éprouve, même si elle est imparfaite, car mettre des mots est difficile.

Bah ! Camille se lève, la bouche sèche et se dirige vers le lavabo.

La glace lui renvoie un pauvre visage malheureux, désespéré, mais cette image n'est que pour lui, pour lui seul. Même sa mère n'a jamais été sa confidente. Il est seul, sans frère, ni sœur, ni vrais amis d'ailleurs… que du copinage. À la fac, dans son groupe, on le trouve gentil, on l'aime bien, à l'exception de deux ou trois étudiants qui le connaissent peu et rient de sa voix fluette. Ceux-là, bien sûr, ne comprennent rien.

Il est « mimi » pour tout le monde, même pour les rares membres qui constituent sa famille ou les amis de sa mère.

Camille s'approche un peu plus près du miroir comme pour voir au-delà de la surface de verre. Puis, soudain, il expire fortement, profondément, jusqu'à ce qu'une buée dense dissimule son reflet.

Il n'aime pas ce qu'il y voit, il n'aime pas ce qu'il est…

D'un geste machinal, le jeune homme remplit son verre à dents de l'eau froide du robinet et boit à petites gorgées.

La nuit va bientôt tomber.

« Quelle heure peut-il être ? »

Il se sent seul, plus seul qu'à l'ordinaire, et ce soir il devra assumer le choix de sa solitude car ses parents sont absents.

Son père est en déplacement pour deux jours et sa mère, sans doute occupée à « vivre sa vie » avec indépendance, rentre de plus en plus tard ou pas du tout.

Pour Camille, c'est la plus belle des femmes, grande, mince pour ses quarante ans, blonde, toujours vive. Elle dirige tout, et depuis la dispute entre ses parents, le jeune homme se demande si jusqu'ici elle n'a pas pris toutes les initiatives à la maison comme au bureau de publicité où elle travaille. Sa mère a toujours été quelqu'un de fort, une « maîtresse-femme ». C'était ainsi que le concierge l'avait décrite au facteur lorsqu'elle était passée près d'eux. Camille, penché au-dessus du balcon, avait entendu leur conversation et en avait éprouvé une certaine fierté.

Ces dernières images lui faisaient penser aux propos rapportés par sa grand-mère maternelle autrefois. À cinq ans, Camille se pavanait dans toute la maison, reproduisant fidèlement la démarche de sa mère et prenait des airs de circonstance en disant :

« Je voudrais… être la plus belle comme maman. »

Plus tard, il avait ajouté : « Je voudrais être une femme comme ma mère ». Dès les premières années de son enfance, ses imitations, sa façon toute féminine de se comporter divertissait son entourage.

« À son âge, c'était normal qu'il s'amuse », disait-on, surtout cette grand-mère qui malheureusement était partie trop tôt. Elle disait en riant :

« Il adore se déguiser en princesse, se maquiller. »

Il portait des bijoux empruntés comme les parfums à sa mère, ce qui lui valait quelques réprimandes, et délaissait les camions offerts par son oncle pour jouer avec les poupées qu'il avait fabriquées.

On disait de lui :

« Il est aussi fin qu'une fille avec ses bouclettes », ou « on le prendrait pour une petite fille, tellement il est mignon », et cela ravissait sa grand-mère lorsqu'elle se promenait avec lui.

Si cette attitude du garçonnet avait amusé au début, elle avait ensuite fait sourire du bout des lèvres, et maintenant inquiétait certaines des relations familiales qui n'osaient rien dire, seuls ces parents ne voyaient rien…

Sentant les regards interrogatifs de quelques-uns et le sentiment de désapprobation d'autres, un peu plus tard, il avait continué rien que pour lui, empruntant les vêtements de sa mère, à la dérobée et en son absence.

Il avait alors le sentiment d'être bien, de se sentir plus à l'aise, presque épanoui.

Mais qui est-il vraiment ? Un autre ? Une autre ?...

Soudain, le rappel de ses souvenirs renvoie Camille à sa rencontre prévue le lendemain. Son cœur bat très fort. Voilà dix semaines qu'il a pris ce rendez-vous avec le Docteur Mercier.

Il veut lui entendre dire que cela est possible.

Saura-t-il lui exprimer ce qu'il ressent ? Comment va-t-il s'y prendre ? Il a tourné ses phrases dans tous les sens depuis des jours et des jours, mais ne sait plus, finalement, comment dire son désir et ses peurs.

Va-t-il comprendre ou renvoyer Camille à son désespoir ? Peut-être l'adressera-t-il à un psychiatre, le qualifiant de « fou » comme le fait Jacques, lui dira qu'il ne connaît rien de la vie, qu'il lui faut réfléchir, que son jeune âge…

Peut-être, même, ne va-t-il pas l'écouter ?

Camille a attendu sa majorité pour oser parler, comme si cette idée de majorité l'aidait un peu à se poser dans ce monde d'adultes et pouvait le rendre plus crédible aux yeux des autres.

Il tente d'argumenter pour lui, pour son futur interlocuteur. Vis-à-vis de la loi, Camille est responsable de lui-même, de son propre corps. Il a appris ça à la fac.

Cependant pour lui, ce n'est qu'un beau principe énoncé, une fumisterie, une supercherie ! Camille se sent tellement dépendant de tout son entourage, de tous, impuissant ! Le monde des adultes, le monde tout court est si intolérant, si jugeant, si clivant, homme, femme…

Camille a conscience que le regard des autres peut être terrifiant, des mots sont plaqués, sortir du rang devient un drame pour celui qui le tente.

Il est en conflit avec lui-même avant sans doute d'entrer en conflit avec les autres. Quel regard portera-t-on sur lui ? Il ne sait plus très bien, mais il en veut soudain à la terre entière.

Il y a déjà plusieurs mois, Camille a lu dans une revue une chose qui lui a donné de l'espoir. Un reporter d'un journal de Tunis avait réalisé son rêve : au bout de huit ans après de multiples absorptions d'hormones féminines, une intervention chirurgicale, des modifications esthétiques… il était devenu une femme ! C'était ce à quoi Camille aspirait le plus au monde, devenir une femme.

Depuis, il avait eu recours à cette mine d'or qu'est Internet car s'informer, lorsqu'on ne peut se confier à personne, est difficile. Même son copain Jacques avec qui il avait des discussions assez libres aurait trouvé son idée insensée s'il lui en avait fait part !

Personne à qui parler, se confier, c'est terrible, angoissant…

« Pourquoi tous les citoyens mêmes les moins fortunés n'auraient-ils pas le droit, la possibilité d'exprimer physiquement leurs aspirations profondes ? », interroge-t-il en gesticulant, soudain furieux, semblant s'adresser à un auditoire qui lui ferait face.

Camille a bien conscience que si ces interventions sont peu répandues dans le pays, elles sont aussi couteuses et pour lui, une véritable fortune, impensable actuellement

Faudra-t-il attendre d'avoir quelques économies pour se payer le voyage de Casablanca, celui de New York ou ailleurs ?

Camille observe à nouveau l'image qui lui fait face dans le miroir.

Pourquoi aussi lui avoir donné ce prénom qui ne sert même pas à le déterminer en tant qu'homme ou femme ? Il se demande qui a bien pu le choisir.

Tout est interrogation.

Sans ordre, les questions se bousculent dans sa tête.

Quand aura-t-il le droit d'exister ?

« Être une femme », dit-il à voix haute comme pour avoir un écho à ce choix et se sentir moins seul.

Depuis son plus jeune âge, corps de petit garçon et songe de princesse, puis corps d'adolescent et rêve de jeune fille, Camille rêvait.

Pour l'instant, Camille n'est qu'un garçon… un pauvre garçon malheureux.

C'est là sa réalité ! Il ne s'accepte pas, il en vient à détester son apparence. Depuis qu'il est enfant, il a le sentiment d'avoir un corps qui ne lui appartient pas.

Que lui réservera l'avenir ? Pourra-t-il entrer dans un parcours de réassignation et voir changer son état civil ?

Tentation

Ce jour-là s'étalent en troisième page du journal des commentaires sur le futur recensement de la population. Jacqueline, qui s'est octroyé quelques minutes de repos, pose les papiers froissés sur le buffet, mi-choquée, mi-méprisante. L'Institut national des statistiques y présente ses pourcentages, dont celui des femmes dites au foyer, classées dans la catégorie des « non-actifs ». C'est ce dernier terme qui la fait réagir :

« Ah, je voudrais les y voir avec tout ce qu'on doit faire chez soi ! Parlons-en d'inactivité ! », maugrée-t-elle, songeant aux occupations multiples et diverses qui remplissent si intensément son emploi du temps.

À tel point que, quelques secondes plus tard, poursuivant son monologue et surtout ses réflexions, Jacqueline constate qu'il lui arrive parfois de se sentir comme submergée, étouffée. Pourtant, malgré cela, parfois aussi un sentiment de vide l'habite.

« Allez-y comprendre quelque chose », se dit-elle, puis regardant du coin de l'œil la chaise où s'entasse le linge qui attend d'être repassé :

« C'est quand même un comble avec un tel programme. C'est pas le moment de se laisser aller et d'avoir du vague à l'âme. »

Pourtant, c'est justement lors de l'un de ces moments plus ou moins cafardeux que la machine à laver le linge a choisi de tomber en panne, deux jours avant ! Depuis, comme laver à la main n'a rien de très réjouissant, le moral de Jacqueline est au plus bas, bien que la venue du réparateur soit annoncée pour l'après-midi.

« C'est toujours la même chose, ces appareils achetés trop bon marché ont toujours des problèmes !... C'est pas pour rien qu'ils font des prix. Je le dis souvent à Pierre, avec son habitude de vouloir faire des économies, c'est toujours moi qui suis ennuyée après. »

Puis, tout en continuant à s'activer devant la table de travail de la cuisine, elle dit d'un ton accusateur et sans doute un peu exagéré, reconnaît-elle :

« D'ailleurs, il n'est jamais là quand il faut. »

« Et les enfants qui ont sali leurs vêtements au dernier match de rugby… quel sale jeu, se traîner dans la boue comme ils le font ! », ronchonne-t-elle.

« Zut ! », le couteau a dérapé faisant une entaille profonde dans le pouce.

« Décidément, c'est trop bête, aujourd'hui tout va mal… même le temps qui s'en mêle. »

Dehors, le vent s'engouffre entre les blocs de la cité et agite les rideaux lamifiés, faisant un bruit agaçant qui se répercute d'étage en étage.

Soudain, la sonnette de la porte du palier retentit. Jacqueline attrape rapidement le torchon suspendu près de l'évier, et l'air méfiant s'avance, tenant son pouce entouré.

Elle jette un coup d'œil à travers le judas. On ne sait jamais. Il y a tellement de quémandeurs dans ces grands ensembles et on lit tellement d'affaires inquiétantes dans les journaux, qu'elle préfère voir à qui elle s'adresse.

D'ailleurs, qui se soucierait d'elle si elle avait besoin d'aide ? Les locataires d'en face sont absents pour la journée… et ils se saluent à peine, ceux du haut sont partis depuis hier, après expulsion, des ivrognes qui ne payaient pas leur loyer. Ah bien sûr, il y avait bien les enfants qui lui faisaient de la peine lorsqu'ils sont partis… mais « on ne peut pas s'apitoyer éternellement sur tout le monde », comme lui dit la dame en dessous de chez elle. C'est la seule personne à qui elle parle et, depuis quelques jours, cette voisine est partie chez sa mère malade.

La blouse blanche de l'homme en face d'elle et le macaron épinglé sur sa poitrine portant l'inscription « Service de dépannage » la rassurent.

Jacqueline le fait entrer :

« Venez, c'est par ici, dans la salle de bain. »

« Ne vous inquiétez pas, ma petite dame, on va arranger ça rapidement. »

En effet, quelques minutes plus tard, la réparation est terminée. Comme diagnostiqué par l'homme à la blouse blanche :

« C'était juste un fil débranché à l'intérieur. »

Entre-temps, Jacqueline a posé son torchon sur le bord de la baignoire et se débat maintenant avec le sparadrap pour entourer son doigt entaillé.

« Attendez, je vais vous aider… Donnez-moi les ciseaux », dit une voix derrière elle.

« Oh… mais non, je vais y arriver toute seule… »

« Si, si, laissez-moi faire. »

Un tour, deux tours faits avec la petite bande de tissu rose, les ciseaux s'agitent et le pansement est prestement achevé, mais avec quelle douceur !

« Voilà, ça y est ma petite dame, à deux c'est bien plus facile », lui dit le réparateur en tenant sa main quelques secondes de plus qu'il n'est nécessaire.

Jacqueline le regarde. Soudain, elle a un peu honte de ses mains abîmées qui sentent la persillade et l'oignon frais ! Elle est troublée par ce regard sombre et brillant. La jeune femme rougit.

En face d'elle, la lèvre ombrée d'une fine moustache se soulève sur des dents bien plantées pour se fixer en un sourire enjôleur. Comme s'il avait deviné l'émoi de Jacqueline, l'homme à la blouse blanche, tout en continuant à retenir sa main dans la sienne, lui dit :

« Pauvres petites mains, pourtant si mignonnes, elles travaillent beaucoup. »

Jacqueline s'éloigne un peu, touchée par la justesse de ces propos, mais consciente d'un certain danger : quelque chose en elle lui crie « casse-cou, casse-cou ». Elle se ressaisit rapidement.

La jeune femme raccompagne l'homme à la blouse blanche, non sans avoir payé une note que Pierre trouvera sûrement disproportionnée par rapport au travail fourni.

« Ouf ! C'est fini », dit-elle, mais elle serait bien incapable, si quelqu'un le lui demandait, de dire ce qui est terminé. Peut-être la réparation, peut-être cette présence ? Qui sait ?

Jacqueline est un peu déçue, sans trop savoir pourquoi… En refermant la porte, elle regarde sa main bandée avec une certaine complaisance, peu habituelle, et constate en pensant au réparateur :

« Lui, au moins, il est gentil, c'est pas Pierre qui les remarquerait mes mains ».

En descendant l'escalier pour rejoindre l'ascenseur, l'homme sifflote, un demi-sourire au coin des lèvres, en se disant :

« J'aurais pu profiter de son trouble, je l'ai sentie un instant si démunie… Elles sont toutes pareilles. Toutes ces femmes seules la journée sont des proies faciles, j'en ai fait le constat plus d'une fois… cependant celle-là paraît honnête… »

C'est pourquoi il a hésité. Pourtant il est beau parleur et les boniments, ça le connaît.

Aujourd'hui, les enfants sont repartis de bonne heure, c'est mercredi : ils ont entraînement de rugby.

Jacqueline s'apprête à reprendre son tricot : avec deux pull-overs, elle en fait un, les enfants grandissent si vite. Le dernier va avoir 12 ans et il est aussi haut que son cousin qui en a 14. À cette pensée, elle sourit. Jacqueline les aime bien ses garçons avec leurs airs à la fois brusques et protecteurs quand leur père n'est pas là.

Un coup de sonnette grinçant la tire de sa rêverie.

« Qui peut bien venir maintenant, je n'attends personne. »

« Mais, c'est le réparateur », dit-elle surprise en regardant par l'œilleton avec prudence, puis ouvre la porte l'air interrogateur.

« Bonjour Madame. Comme je passais par-là, je vais deux étages plus haut, j'en ai profité… je viens voir si la machine a bien tenu… comme elle est vielle et qu'elle vibre beaucoup… »

« Ça alors, vous tombez bien, justement la petite lumière rouge de sécurité ne s'allume plus. Je ne vous aurais pas fait déranger pour ça, mais… puisque vous vous proposez si aimablement. »

L'homme à la blouse blanche a l'air un peu soulagé par l'accueil qui lui est fait. En quelques secondes la petite lumière rouge clignote à nouveau semblable à un clin d'œil malicieux. Le réparateur refuse cette fois d'être payé.

Jacqueline, pleine de reconnaissance, lui propose de prendre « un petit vin-cuit… ou un café ». Il a été si obligeant et ça le réchauffera, car dehors, il fait vraiment très froid. Tout en servant le vin liquoreux choisi, elle se surprend à apprécier cette visite inattendue qui coupe un peu la solitude de cette journée.

Tous deux s'assoient face à face. Jacqueline, sur le bord de la chaise, intimidée, parle de tout et de rien, répond gentiment.

Lui a aperçu le tricot abandonné sur la table de formica rouge. Histoire de dire quelque chose, il s'intéresse alors à sa famille. Très vite, les propos échangés ont quelque résonnance en lui et il se surprend à parler de la sienne. Aussitôt, il éprouve le besoin de faire des comparaisons avec ce qu'il vit et quelques confidences.

Jacqueline comprend que sous « ses airs un peu dégourdis », et elle ajouterait presque… « sûr de lui », cet homme est malheureux. Il parle de sa femme qui l'a laissé « tomber » avec ses deux gosses. C'est sa belle-mère qui les garde la semaine et lui, le dimanche.

Jacqueline écoute, compatissante. Quelques minutes passent ainsi jusqu'à ce que le réparateur réalise qu'il s'est attardé plus qu'il n'aurait voulu ou peut-être fallu :

« D'autres clients m'attendent. »

Il la quitte brusquement et Jacqueline le pense « un peu gêné » d'avoir parlé si librement.

« C'est idiot », se dit-elle, mais elle a comme le sentiment qu'un léger lien de confiance et… peut-être d'amitié naissante les unit lorsqu'ils se quittent. C'est comme s'ils se connaissaient depuis longtemps.

Depuis ce jour-là, l'homme à la blouse blanche est revenu quatre ou cinq fois et Jacqueline l'a gentiment reçu. Il lui a même rendu service en lui portant et offrant un tuyau souple de raccord pour la gazinière qu'elle devait changer. C'est cette notion de service qu'elle évoque, préférant la retenir. Elle s'empêche ainsi de trop penser, mais au fond, elle sent bien que tout ça pourrait poser mille questions à plus lucide qu'elle.

Elle reconnaît s'être livrée à quelques confidences sur sa vie devenue quelque peu monotone, exprimant son ressenti : elle est « celle qui attend toujours »… Elle ne vit que pour, ou par les venues rapides des enfants qui entrent et sortent toujours en coup de vent : c'est l'école, le sport, les copains du club de jeunes. Il y a aussi le retour de son mari, chaque fin de semaine… quand ce n'est pas tous les quinze jours lorsque son patron lui demande de rester sur le chantier.

Comme Jacqueline avait envie d'avoir quelque chose à elle, un petit « jardin secret », elle s'est bien gardée de parler à son mari de ces rencontres qu'elle a envie de qualifier d'amicales. Au début, elle s'était dit :

« Quelle sotte tu fais, on croirait une toute jeune fille pour souhaiter ainsi cacher ces rencontres ! »

Un peu plus tard :

« Après tout, pourquoi pas, je ne fais de mal à personne. »

Et puis, elle ne sait pas tout ce que fait Pierre quand il est loin d'elle !

« D'ailleurs, il n'a pas envie d'en parler. Il dit que, d'un côté il y a le travail des gens, de l'autre, la maison. Il ne veut pas entendre parler des chantiers quand il est chez lui », a-t-elle expliqué à Jean.

Jean, c'est le réparateur. Il est si gentil, lui rend toujours quelque service, s'intéresse à ce qu'elle fait, à elle… Cependant, depuis qu'elle lui a proposé, l'autre jour, de prendre quelque chose, à nouveau un café, il lui a répondu :

« Si je devais prendre quelque chose dans la maison, ce serait bien vous. »

Dès lors, tout a changé entre eux et elle ne sait plus très bien si elle le regrette ou pas.

Cette sorte d'amitié, d'accord tacite inavoué a été rompu. Ils croyaient, sans se le dire, pouvoir rester comme ça, longtemps, camarades, amis.

Peut-être était-elle la seule à le croire, dans le fond ?

Un simple mot a suffi pour tout faire chavirer.

Maintenant, il est trop tard pour reculer. Ne lui a-t-il pas dit qu'il l'aime, qu'il ne souhaite qu'une chose, refaire sa vie avec elle ?

Bien sûr qu'elle a joué un jeu dangereux. Peut-être pour se prouver qu'elle existe encore, qu'elle peut aussi et encore être désirable.

« Mais pourquoi Pierre ne remarque-t-il jamais rien ! C'est de sa faute, après tout », accuse-t-elle comme pour se dédouaner et avec une certaine mauvaise foi.

Maintenant encore et depuis plusieurs jours, Jean la harcèle, la supplie de le suivre. Chaque fois, Jacqueline se promet de ne pas ouvrir sa porte et chaque fois, elle ne peut résister. Partir lui paraît cependant impensable.

Jean lui explique que la vie ne les a pas gâtés jusqu'à présent, mais que maintenant elle leur offre une chance d'être heureux tous les deux et l'un par l'autre.

Peu à peu, Jacqueline sent son secret l'étouffer davantage au fur et à mesure que le temps passe. Pourtant, elle ne laisse rien paraître à ses enfants, à son mari. Elle préfère qu'ils ne sachent pas, pas encore. Elle ne veut pas leur faire de mal… et puis est-elle vraiment sûre de ses sentiments envers Jean ?

Et les jours passent ainsi, torturants.

Demain, c'est mardi, Jean doit revenir. De plus en plus pressant, il veut une réponse ferme dans les huit jours.

D'ici là, la jeune femme devra affronter Pierre.

Jacqueline, debout contre la vitre, tire le petit rideau à carreaux rouge et blanc de la cuisine. Pas une âme qui vive dans ce désert de blocs, ce décor inhumain de béton.

Chaque fenêtre est celle d'une prison où peut-être d'autres femmes comme elles attendent aussi un « réparateur », quelqu'un qui viendra rompre cette monotonie, cette solitude répétée à des centaines d'exemplaires, quelqu'un qui s'intéressera à elles, leur donnera vie, leur fera vivre un beau rêve.

Mais Jacqueline sait que le réveil est… un véritable cauchemar !

Soudain, cette situation lui devient insupportable. Elle voudrait quelqu'un qui l'écoute, comme ça, gratuitement, une oreille, oh, seulement une oreille qui ne lui demanderait rien en échange.

« Par pitié, quelqu'un à qui me confier », supplie-t-elle, mais autour d'elle personne pour répondre à son appel.

Il y a la Tante Amélie, bien que n'ayant aucune parenté avec elle, la vieille dame est une amie fidèle… cependant elle vit si loin… lui écrire ? À quoi bon ?… Autrefois, à la campagne, là où Jacqueline avait passé son enfance, on allait consulter les anciens : ils passaient pour être sages et pleins d'expérience. À présent, à quoi cela servirait-il, ils sont eux-mêmes perdus dans un monde qui n'a plus besoin d'eux, songe-t-elle au bord des larmes.

Jacqueline pense alors à cette émission sur une antenne de radio, à cette femme apaisante qui sait si bien écouter et comprendre à demi-mots les cas douloureux qui lui sont exposés.

Elle jette un coup d'œil à sa montre conservée depuis sa première communion. C'est justement l'heure de l'émission. Jacqueline a oublié son nom, mais un jour, au hasard, elle a noté le téléphone. La jeune femme avait été tentée, une fois, de demander conseil pour son fils aîné qui, à l'époque, avait quelques difficultés à suivre en classe.

À ce moment-là, elle n'avait pas osé, mais maintenant…

Jacqueline fouille dans la boite métallique réservée autrefois aux biscuits. Elle a pris l'habitude d'y ranger les papiers importants et en quelques secondes retrouve la feuille griffonnée en hâte.

Elle enfile vivement son manteau et se glisse rapidement dans l'ascenseur, comme si elle a peur que quelqu'un la rappelle.

Elle va profiter du téléphone « qu'ils » ont installé dans l'allée principale, face au terrain de jeux.

Personne ne saura.

Dans la cage de verre et d'aluminium, Jacqueline compose le numéro, le cœur battant. Un petit bruit bizarre… un peu de « friture », puis le standard lui indique qu'elle est en ligne. Elle peut parler et… elle parle, elle parle…

La jeune femme dit avec pudeur combien elle souffre. La voix la questionne. Peu à peu Jacqueline se calme. La voix pose à sa place les questions qu'elle, Jacqueline n'osait pas poser ou se poser.

« Est-elle bien sûre des intentions de cet homme ? »

« En a-t-elle parlé à son mari ? Depuis quand ne dialogue-t-elle plus avec lui ? »

« Pourquoi a-t-elle besoin de cette sorte de permission que lui donnerait la voix pour franchir ce passage ? »

« Qu'est-ce qui la retient ? », etc.

La jeune femme a toujours détesté attirer l'attention sur elle. Elle sait qu'elle mobilise l'antenne, mais tant pis, il faut qu'elle voie plus clair en elle… et vite.

Oh, si seulement son mari l'aidait… mais elle n'osera jamais lui raconter… et les enfants, elle sait qu'ils ont encore besoin d'elle.

Pendant ce temps, Pierre, dans son bleu de travail, la cigarette aux lèvres, essaie avec application de raccorder des tuyaux de chauffage central. La goutte au nez, les oreilles et les mains glacées, il a embauché déjà depuis deux bonnes heures.

Elles lui seront payées en heures supplémentaires. Aussi, il préfère se dépêcher.

Il est employé dans une entreprise de sanitaire depuis cinq ans et, s'il a choisi de faire des déplacements, c'est pour gagner un peu plus. Cependant, cela l'oblige à s'absenter de la maison presque toute la semaine… pour encore quelques mois, le temps de se faire une « petite cagnotte », dit-il à son collègue.

L'entreprise Durand pose le sanitaire dans des grands ensembles, tous pareils à celui où Jacqueline l'attend là-bas à une centaine de kilomètres de lui.

Sa femme, il l'a bien installée dans le T4 qu'ils ont en location : frigidaire, machine à laver… Il est même fier de dire aux copains qu'elle ne travaille pas. Oh, ce n'est pas sans faire de sacrifices, mais tant pis, il faut savoir choisir… et elle doit être heureuse là-bas, au chaud, surtout avec un sale temps comme aujourd'hui.

Pierre ajuste ses lunettes avant de prendre le poste de soudure. Il a été blessé par une étincelle sur un autre chantier, depuis il se méfie.

Ça ne serait vraiment pas le moment qu'il tombe malade avec ce que verse la Sécurité sociale comme indemnités journalières ! Il ne serait pas prêt de lui acheter la rôtissoire à sa Jacqueline.

Bien sûr elle n'en sait rien, c'est une surprise qu'il veut lui faire pour leurs quinze ans de mariage. Ah, elle sera bien étonnée de voir qu'il y a pensé, lui qui n'a pas la mémoire des dates, comme lui dit sa femme !

À côté de lui, le transistor du petit ouvrier égraine sa musique.

« Ces jeunes ne savent pas travailler sans entendre du jazz ou des machins de ce genre », remarque-t-il pour lui-même et, s'adressant au petit ouvrier :

« Les marteaux piqueurs ne font pas assez de bruit, tu crois, à côté ? »

Heureusement que les fondations du futur centre social sont bientôt terminées, pense-t-il, le calme au moins de ce côté-là devrait suivre.

« Tiens, voilà l'émission des pleureuses ! », comme il l'appelle, entendant la musique qui annonce le début du programme radio.

« Ces femmes, elles réfléchissent beaucoup trop et se compliquent toujours la vie ! »

Pierre s'arrête l'air surpris, puis interloqué : une espèce de main crispée lui serre la poitrine. Cette voix…

« On dirait celle de Jacqueline », dit-il tout bas pour lui-même et tend un peu plus l'oreille.

« Non, c'est complètement idiot. Pourquoi Jacqueline ? Elle est tranquille là-bas… Le téléphone déforme les voix, c'est bien connu », continue-t-il pour se tranquilliser.

Mais dans cette pièce vide, faite de plaques de béton préfabriquées, la voix résonne, résonne… jusque dans son cœur. C'est pas sa Jacqueline qui aurait fait ça, elle, elle lui aurait dit quelque chose sûrement depuis le temps que dure l'aventure des deux autres… même en imaginant le pire…

Qu'est-ce qu'elle répond ? Son mari ne l'écoute plus… Elle fait partie des meubles qu'il aime retrouver bien astiqués et en ordre quand il revient !

« Drôles de gens, ceux-là ! » prononce-t-il doucement.

Pierre se rapproche un peu plus du transistor. Dans la pièce à côté, le petit ouvrier se penche contre le chambranle de la porte, et montrant l'appareil de sa main noircie :

« Tourne le bouton, y en assez de ces histoires, mets-nous un peu de musique, plutôt que ces imbécilités. »

Pierre n'a pas bougé, il écoute toujours. Au bout du fil, l'auditrice est prête à pleurer lorsque la petite musique annonce la fin de l'émission.

Jacqueline, bien sûr ce n'est pas elle, mais si elle se trouvait dans la même situation, comment réagirait-elle, comment réagirait-il, lui ? Il n'a même jamais envisagé, pas même un seul instant, que sa femme puisse le quitter un jour.

Brusquement, à cette idée, tout son univers si patiemment construit se démolit. Comme lorsqu'on regarde dans un miroir déformant, tout prend alors des dimensions différentes.

Soudain, il a une envie furieuse de se retrouver autour de la table familiale avec sa femme, avec ses enfants. Les repas ont toujours été pour lui le symbole de la sécurité, de la réunion familiale, du partage.

À cette heure, il voudrait être à la maison. Tiens, c'est drôle, il dit toujours la maison, pourtant c'est le bloc B, étage 5, escalier 2, appartement 548. Jacqueline, elle, quand elle parle de leur « chez eux », dit toujours « l'appartement », « à la cité ceci, au bloc cela ».

Pierre, par ce petit fait, se rend compte que sa femme et lui ont souvent une vision différente des choses. Mais jusqu'où va cette différence ? Depuis combien de temps ? Comment cela est-il arrivé ?

Le petit ouvrier s'approche de Pierre et lui tape sur l'épaule : « Décidément, mon vieux, tu vieillis, tu vas pas te laisser influencer par les meufs, non, maintenant ? »

Ce soir, c'est vendredi.

Il a conduit rapidement. Il est pressé de retrouver sa famille, sa femme. Cette émission, l'autre jour, lui a laissé une drôle d'impression…

Pierre freine brusquement et s'arrête devant la boutique du fleuriste, face au supermarché qui a déjà fermé ses portes. Voyons, il y a bien longtemps qu'il n'a pas acheté des fleurs, « ça remonte à quand ? », dit-il tout haut. En cherchant bien… c'était… mais oui… c'était pour la naissance de leur fils aîné… pour le premier enfant, ils voulaient tant que ce soit un garçon.

C'est à la fois si loin et si près… mais pas trop d'attendrissement. Quelle chance que le magasin ferme plus tard chaque veille de week-end !

Il saute de la voiture et choisit un gros bouquet d'œillets de Nice, des rouges de préférence pour Jacqueline. C'est presque une folie cet achat, il aurait pu se contenter d'une douzaine, tant pis, ne parlons plus budget. Il s'arrangera à faire un travail supplémentaire, pour ça le patron est très compréhensif.

Et puis ce soir, ce n'est pas un soir comme les autres.

En quête

Bordeaux avait été libéré le 4 août 1944, 2 mois et demi après le débarquement en Normandie. Les troupes allemandes avaient anéanti les activités maritimes en détruisant les installations portuaires, le fleuve comme une coulée de lave s'était embrasé.

Le siège et la bataille du Médoc étaient terminés quelques mois plus tard au prix de nombreuses vies, on parlait de victoire. Partout, les mines explosaient avec le départ des Allemands, le nombre de morts croissait, mais la guerre était finie !

On avait dit à la fillette que désormais il ne serait plus nécessaire de se cacher sous la grande table de la salle à manger comme lorsque les sirènes retentissaient.

De même, on ne courrait plus vers l'abri du parc des religieuses, au bout de la rue, en voyant le ciel s'illuminer la nuit ou se noircir le jour tandis que le bruit des avions se faisait plus pressant.

Fini les cris de la voisine, que l'on disait « poitrinaire », qui hurlait de frayeur lorsque les bombes étaient tombées sur sa maison.

Elle ne croiserait plus le soldat blond si gentil qui répétait dans un français parfait qu'il avait laissé une petite fille en Allemagne qui lui ressemblait.

Elle ne se cacherait plus dans les plis de la grande jupe noire de son aïeule espagnole en passant devant le bar du père Peyret. Elle lui disait, sans grande conviction, « vilena » lorsqu'elle refusait de répondre aux soldats en uniforme vert et aux bottes bien cirées qui voulaient lui donner des bonbons, sentaient la bière, et s'exprimaient fort.

Elle n'entendrait plus cette voix nasillarde qui sortait de dessous la couverture où le poste était caché lorsque Grand-Père disait « les voilà », et qu'il fallait cacher la lumière des ouvertures par des assemblages de bois très sophistiqués.

Elle n'entendrait plus dans la panique générale : « sauvez-vous, la jalle est en feu, le quartier va brûler ! » comme le jour où tous les voisins collectaient le précieux carburant épandu en amont dans le ruisseau parallèle à la rue. Beaucoup s'étaient laissés encercler dans cette eau enflammée comme un magma fluide et visqueux tandis que les autres fuyaient dans la panique généralisée.

Désormais, les familles, prévenues ou pas, attendaient impatiemment le retour de leurs soldats ou de leurs prisonniers.

On lui avait dit beaucoup de choses, mais, ce qu'elle avait surtout retenu, c'était Son retour de captivité. Enfin, c'était ce que disaient les grands et qu'elle avait répété à son petit voisin Christian.

Était-ce si loin ce lieu pour que son père se soit absenté si longtemps, tellement longtemps que d'une année sur l'autre les deux carrés de chocolat du Père Noël fondaient ou moisissaient régulièrement car il ne fallait pas y toucher ! C'était pour Lui qu'elle gardait le précieux cadeau et au prix de quels sacrifices, car les chocolats étaient plutôt rares et ils paraissaient si tentants, surtout ceux avec le sucre rose sur le dessus ! Elle les avait découverts dans les petits sabots de bois que Maman avait bordés de peau de lapin afin de les rendre plus chauds.

Lui, elle ne le connaissait pas encore et pourtant, elle l'aurait reconnu entre mille. Elle regardait si souvent sa photo exposée sur la cheminée de la salle à manger, contre les chandeliers de bronze, celle où il portait sa raquette de tennis.

Il y avait aussi celle du mariage qu'elle admirait plus souvent, d'abord parce qu'ils étaient très beaux papa et maman, et pour une raison pratique : il ne fallait pas monter sur la chaise pour la voir !

Surtout, elle cachait dans une boite à biscuits un peu rouillée, celle des « trésors », Sa photo d'identité, celle où Il était en militaire.

Ainsi, elle pouvait facilement Lui parler, voir si, comme on le lui disait, elle Lui ressemblait.

Le soir, elle faisait sagement sa prière avec Maman pour qu'Il revienne vite.

Son père était parti « à la guerre » un peu avant sa naissance. Fait prisonnier, son retour tardait.

Un soir d'un été qui se prolongeait, la fillette jouait avec ses petits amis sur le trottoir tandis que Grand-Père s'était attardé devant le portail, discutant avec les voisins. Il venait d'arroser la rangée de topinambours qui restaient encore debout dans le jardin. Elle n'aimait pas trop le goût de ces légumes, mais se forçait à les manger « pour grandir », comme on lui avait promis, et il ne fallait pas non plus les gaspiller quand on avait la chance d'en avoir pour se nourrir.

Le quartier était calme, la rue de terre battue peu passante.

Soudain, un car militaire était apparu au coin de la rue. Un car qui avait semblé immense à l'enfant étonnée par le bruit qu'il faisait et la fumée qu'il transportait avec lui.

Le monstre couleur « kaki » s'était arrêté quelques maisons plus haut. À travers les vitres, des hommes curieux regardaient à l'extérieur, semblaient plaisanter, se saluaient, applaudissaient l'homme qui en descendait.

Avant même que quiconque ait réagi, la fillette avait traversé sur le trottoir d'en face et se jetait dans les bras de l'homme en criant :

« C'est Lui ! C'est Lui ! » Ça ne pouvait être que Lui !

Le brigadier-chef du 171.RALPA de l'artillerie, deux fois prisonnier de guerre à Langres, puis en Allemagne, était de retour dans ses foyers, après cinq années d'absence.

Il riait, pleurait, serrait la fillette sur son cœur, alors que le reste de la famille accourait tandis que le car repartait vers d'autres bonheurs.

C'était la première rencontre du père et de l'enfant.

Elle n'avait d'yeux que pour son Héros. Chacun lui posait mille questions.

Elle ne devait garder de cette soirée qui s'était prolongée tard dans la nuit que le souvenir de cette poitrine accueillante lorsqu'elle était perchée sur les genoux de son père. Il sentait bien un peu la sueur après ce long voyage, ses joues piquaient bien un peu, mais que c'était bon d'être là ! Et elle riait, riait, heureuse…

Il portait une montre en argent avec un bracelet de cuir brun abîmé qu'il disait avoir réussi à conserver. Par dessus, une gourmette, avec un numéro matricule, accrochait régulièrement les cheveux de la fillette lorsqu'il lui caressait la tête, mais qu'importait !

Les mois qui avaient suivi furent moins enchanteurs !

La reprise d'une vie au quotidien semblait difficile. La fillette entendait les conversations des adultes, la famille, les voisins, les amis, enfin tous ceux qui avaient eu un soldat à la guerre. Ils disaient d'une voix prophétique :

« Il faut comprendre, ils ne sont plus les mêmes, la guerre les a perturbés, changés, il faudra du temps ! »

Et le temps passait.

Elle essayait bien de comprendre, de tout comprendre, mais c'était difficile.

Grand-Père se fâchait après Son héros qui semblait hésiter à reprendre le travail de comptable qu'il lui avait réservé à la banque dont il était le directeur. Grand-Mère, qui avait une véritable passion pour son fils, disait qu'il devait rattraper le temps perdu, qu'il avait bien le temps, qu'il devait s'amuser !

Dédée, la voisine avec ses 18 ans pensait la même chose, puisqu'elle venait souvent le chercher et Il ne voulait plus jouer avec la fillette.

Maman était triste, très triste. Elle voulait travailler, mais Grand-Mère lui disait que sa place était au foyer, qu'elle devait s'occuper de son mari… ou le laisser « profiter », son discours variant avec les évènements.

Son héros s'absentait de plus en plus, retrouvant quelques amies connues avant la guerre et la fillette avait du chagrin, sentant bien qu'il se passait des choses qu'on ne voulait pas qu'elle sache.

Parfois, timidement, Maman rappelait à son époux l'existence de l'enfant et son rôle de père.

Cela avait valu à la fillette la grande joie d'un après-midi au cinéma. Certes, c'était pour elle la première fois qu'elle pénétrait dans un tel lieu, un monde de merveilles qu'elle croyait réservé aux « grandes personnes », mais plus encore, Il avait accepté d'être seul avec elle. Elle avait vécu cet évènement comme un honneur d'avoir été choisie ce jour-là. On jouait Blanche Neige et les 7 nains.

Il avait accepté de l'y conduire. Leurs pas étaient difficiles à ajuster lorsqu'ils marchaient côte à côte, peut-être était-il aussi pressé de repartir ? Difficile aussi d'ajuster leurs attitudes, pour eux qui se connaissaient si peu.

Ce jour-là, la fillette portait une petite jupe. Maman, qui cousait avec grand talent depuis son passage à l'ouvroir, l'avait faite dans un tissu bleu marine obtenu en échange de quelques légumes l'an passé. L'enfant se trouvait belle, car Maman l'avait autorisée à porter sa médaille de baptême, un petit ange assis le visage appuyé sur sa main.

Il lui avait dit en la voyant :

« On dirait une demoiselle ».

Elle avait pris ça pour un compliment et était fière de l'attention qu'il lui avait portée.

À l'entracte, Il l'avait laissée sagement assise… pour aller fumer ? Vers la fin du film, elle avait senti un léger picotement devenir plus intense et fini par faire quelques gouttes sur le siège. Trop tard !

Ne pas le déranger, ne pas l'importuner, rester tranquille se disait-elle, selon les recommandations de Maman. Il ne s'était aperçu de rien, et Il semblait même très intéressé par le film.

Alors elle avait eu peur, soudain, qu'à force d'être trop sage, Il oublie sa présence. Elle avait avancé sa petite main vers la sienne, cette belle main blanche de pianiste comme disait Grand-Mère. Surpris, Il avait d'abord fait mine de la retirer, un peu agacé puis, se ravisant, avait accepté celle de l'enfant pour quelques instants.

Ce moment simple, peut-être en apparence un peu banal, était un bonheur suprême et devait rester pour l'enfant un merveilleux souvenir.

Les occasions de tendresse avaient toujours été rares avec Lui. Elles le devenaient de plus en plus et la fillette avait tellement envie qu'Il l'aimât !

Elle était à l'affût de ces milliers de petites choses, détails pour les adultes qui, à elle, lui demandaient beaucoup d'imagination. Comment se rendre agréable, comment se rendre « aimable » au sens premier du terme ?

Depuis qu'Il était revenu, on avait installé le lit de la fillette dans la chambre des grands-parents. Celle de ses parents restait désormais fermée souvent tard dans la matinée.

« Il se repose, lui disait-on, sa nuit a été courte ».

Maman, elle, s'activait depuis longtemps, rinçant le linge de la lessive dans le grand bassin cimenté près du puits dans le jardin ou activait la pompe. Parfois, elle faisait plusieurs kilomètres à bicyclette pour trouver une volaille chez un fermier dans la proche banlieue.

Ce matin-là, Il s'était levé d'excellente humeur et avait laissé la porte de sa chambre ouverte. Il y avait plusieurs jours qu'Il s'absentait. La fillette l'avait aperçu devant le lavabo. En gilet de peau, Il sifflotait, le visage couvert d'une mousse blanche à raser qui enflait sous l'effet du blaireau.

Elle le regardait de tous ses yeux brillants, puis, sans bruit s'était rapprochée.

Il l'avait laissé faire.

Une odeur douce, un peu passée l'entourait. Il s'appliquait maintenant à faire glisser régulièrement son rasoir noir à grande lame. Pourvu qu'il ne se blesse pas !

La fillette tirait la langue, elle aussi avec application en suivant avec attention chacun de ses gestes. Ce devait être si difficile de suivre doucement la ligne du cou !

Ses mains, comme à l'ordinaire, étaient fines et soignées. À l'un de ses poignets, une montre neuve avait remplacé celle du jour de son retour. La veille, Grand-Mère avait dit qu'Il avait reçu un cadeau.

Il avait jeté un regard en biais dans la glace au-dessus du lavabo, mi-amusé, mi-irrité, en direction de la fillette.

L'instant d'après, Il pensait visiblement à autre chose et ignorait sa présence… comme si l'enfant qui espérait un peu d'attention n'avait pas existé.

La petite fille, sans bruit, s'était éclipsée n'attendant plus rien.

Ce fut le seul moment d'intimité de la journée, car quelques minutes après, Il repartait à nouveau, fidèle à ses rendez-vous, infidèle à sa femme.

Les jours et les semaines passaient…

Il avait fait une tentative de reprise de son travail à la banque, peut-être un mois, mais très vite il y avait semé le désordre et la perturbation, plaisantant d'un peu trop près avec les employées.

Grand-Père s'était à nouveau fâché très fort, il Lui avait dit qu'il était temps qu'Il se conduise en homme et prenne ses responsabilités. Grand-Mère semblait soutenir la conduite de son fils qui lui disait être incompris et mal aimé. Elle accusait Grand-Père de dureté, lui de faiblesse. Maman pleurait de plus en plus souvent en se cachant. Elle correspondait le plus possible avec ses frères et sœurs restés au loin, surtout avec celui qui était prêtre, cherchant une solution et elle priait.

La fillette s'était glissée dans l'allée du jardin qui sentait déjà le printemps.

C'était d'ailleurs le jour du printemps. Il faisait beau. Cachée derrière la sapinette, le cœur battant, elle observait, silencieuse…

Depuis la veille, elle avait bien pressenti que quelque chose d'inhabituel se passait.

Et… elle L'avait vu, Son héros, par la porte du garage laissée entrouverte. Il avait contourné la belle 604 Peugeot couleur aubergine qui y avait stationné durant la guerre sous une grosse toile. Il retirait maintenant deux lourdes valises de derrière un tas de bois et un sac d'un fût métallique. Grand-Père y avait caché, sous du sable, quelques bonnes bouteilles d'avant la guerre bues pour célébrer le retour de son héros.

Soucieux de s'éclipser rapidement, sans un regard en arrière, Il était parti. En grandes enjambées, un peu courbé sous le poids des bagages, Il avait franchi les quelques mètres qui le séparaient de la rue.

La fillette était restée là, sans rien dire, sans faire un geste, quelques minutes. Peut-être qu'au fond d'elle-même, elle savait le retour impossible.

Alors, lentement, elle était sortie de sa cachette et avait fait semblant de jouer avec le poupon de celluloïd de la même manière qu'elle faisait de la « vraie fausse soupe ». D'ailleurs, tout le monde faisait « semblant » depuis longtemps déjà, surtout quand elle était là, « ils » se taisaient. Il arrivait aussi qu'« ils » oublient sa présence.

Elle ferait comme les grands, comme eux, elle se tairait, elle ne dirait « rien ». Elle observait.

La matinée avait suivi son cours, tranquillement, jusqu'au moment où Grand-Mère, la première, avait découvert la lettre qui lui était adressée. Une fois de plus, son fils l'avait choisie comme interlocutrice et médiatrice.

Il disait ne plus pouvoir supporter l'incompréhension des « autres », sous-entendu le reste de la famille, l'intransigeance de son père, sa femme qu'il avait épousée sans amour pour mettre un terme à sa vie de garçon et sa « sainte famille » trop « bigote » qui voulait le raisonner.

Il partait « vivre sa vie ». Il avait trouvé le bonheur !

C'était ce que Grand-Mère lisait et relisait à Grand-Père lorsqu'il était rentré de la banque à midi. Il y avait eu des cris, des pleurs.

La fillette s'était avancée dans la pénombre du couloir, silencieuse, essuyant ses mains potelées sur sa robe rose parsemée d'œillets bleus. Elle n'avait pas tout bien saisi, mais sentait ce moment peut-être plus grave que les autres. Elle était ressortie, petite ombre furtive, pour se réfugier dans les fusains près de la maison, sous le grand sapin où elle « habitait, pour de rire ».

De là, elle pouvait encore entendre Grand-Mère qui avait du mal à exprimer son étonnement et sa douleur. Son fils, son fils chéri à qui elle avait tout donné était parti, Il l'avait quittée, elle, sa mère qui l'aimait tant. Une blessure profonde venait de s'ouvrir à jamais et devait la conduire à la boisson.

Grand-Père, tout en essayant de la calmer, lui rappelait qu'Il avait aussi quitté le domicile conjugal, abandonnant femme et enfant. Seule sa douleur de mère comptait et les griefs pleuvaient. Elle en voulait au monde entier, à cette « saleté de guerre », à sa belle-fille qui n'avait pas su retenir son mari ! Puis, plus rien… la porte d'entrée s'était fermée quelques instants plus tard comme pour garder le secret de ce qu'ils venaient d'apprendre.

Semblable au déroulement d'une pièce de théâtre et par ordre d'entrée en scène, la mère de l'enfant était de retour, le drame se construisait. Le cabas chargé de légumes frais, elle venait de chez le maraîcher, car ces produits restaient encore rares sur le marché. Sans doute avait-elle fait un détour chez les amis Peyrefort pour leur en porter, service qu'elle faisait gentiment compte tenu de leur âge. À son tour, elle était entrée dans la maison. Une nouvelle fois, la porte s'était refermée… un moment qui avait paru interminable à la fillette.

Puis, s'apercevant de son absence ou s'en inquiétant, on l'avait appelée : « Aline, Aline ! » Elle avait mis du temps à répondre, tapie sous son arbre, consciente de la gravité du moment, et par crainte de ce qui se déroulait à l'intérieur.

Le silence était revenu. Le couvert avait été mis dans la grande cuisine qui servait de salle à manger lorsqu'il n'y avait pas d'invités, comme si de rien n'était. Chacun y avait sa place, seule celle de son père restait désespérément vide, mais c'était si fréquent ! Cette mise en scène devait se reproduire plusieurs jours en attendant le retour de l'enfant prodigue, car Grand-Mère y tenait, y croyait. Puis un jour l'assiette avait disparu.

Quoiqu'il en soit, ce jour-là, Grand-Mère très vite avait quitté sa place pour rejoindre sa chambre. Grand-Père faisait semblant de manger et s'apprêtait à rejoindre son travail. Maman avalant ses larmes tentait de faire manger l'enfant.

Sans mesurer toute l'étendue du problème, la fillette avait, elle aussi, laissé son assiette de côté. Non, merci, elle n'avait pas faim. Mais elle avait demandé à s'asseoir sur les genoux de sa mère qui avait accepté presque machinalement.

Ce premier soir d'absence, elle avait demandé à nouveau d'être prise sur les genoux. C'est dans la grande cuisine qu'elle s'était endormie dans les bras de sa mère, face au couloir menant au jardin et, au-delà, qui se prolongeait sur la rue.

La porte d'entrée était restée entrouverte car la température était clémente. L'enfant avait demandé :

« Papa va revenir ? », comme si elle voulait entendre une réponse rassurante, mais elle avait bien compris qu'il n'en serait rien. Sa mère lui avait dit :

« Oui, sans doute », avec quelques hésitations dans la voix.

Cette porte entrouverte était, là, comme une invitation, et à force de scruter la rue, l'enfant avait fermé ses paupières fatiguées et s'était endormie. Elle avait 5 ans et demi.

À nouveau, le temps s'était écoulé, presque deux ans…

Il était revenu voir ses parents. Sans doute, Sa venue faisait-elle suite à des échanges de courriers avec eux, ou tout au moins avec sa mère, après un long silence. La perspective de transactions et une aide pécuniaire pour l'achat d'un camion routier en étaient la raison, et peut-être aussi le désir de reprendre des relations plus normales.

Grand-Mère avait probablement su trouver les bons arguments pour que Grand-Père accepte cette entrevue.

Maman, depuis le départ de son mari, avait souhaité quitter ses beaux-parents et vivre avec la fillette, ne voulant en rien, disait-elle, être une gêne pour eux. Ils refusaient avec force cette solution.

Grand-Père était un homme d'honneur, d'une grande droiture, et réprouvait la conduite de son fils. Grand-Mère ne pouvait un instant envisager d'être séparée de la fillette, éventuellement elle l'aurait admis de sa belle-fille. Peut-être qu'ainsi leur fils se serait rapproché d'eux, pensait-elle.

Maman avait beaucoup hésité, souvent hésité, prise entre le désir de leur être agréable, celui de ne pas priver son enfant d'un cadre aimant, et pourquoi pas… espérer le retour de son volage de mari. Se refusant à être à la charge de ses beaux-parents, elle avait trouvé, en attendant mieux, un emploi dans une usine de chaussures, car les activités économiques reprenaient doucement.

Elle travaillait ce jour-là.

Le champ était donc libre pour l'entrevue.

Maman avait accepté que la fillette soit présente pour faire plaisir à cette dernière, histoire aussi de rappeler à son mari l'existence de l'enfant. Grand-Mère avait même tenu à « débarbouiller » elle-même la fillette. Elle avait enroulé, en forme de huppe, une mèche de ses cheveux sur un ruban afin qu'elle soit plus « mignonne » et à la mode.

Tout était prêt, même le jardin était fleuri, les myosotis en nombre recouvraient le bord des allées.

La fillette avait peur.

Enfin elle allait Le revoir, peut-être même qu'Il resterait !

Son cœur battait, battait si fort ! Mais comment Lui dire son désir d'être prise dans Ses bras, d'être enfin remarquée, aimée, elle qui avait été si souvent oubliée ! Allait-elle courir vers lui ? Elle craignait un refus de sa part ! Comment si prendre, c'était très compliqué tout ça pour elle !

Alors elle avait trouvé un stratagème : planter sur la bordure de l'allée des marguerites données la veille par la voisine Madame Laborde, comme ça, lorsqu'Il emprunterait le chemin, Il ne pourrait pas manquer de la voir !... et puis cela aiderait Grand-Père !

C'était ce qu'elle avait fait en veillant à ne pas se salir.

Elle avait eu très envie de courir au-devant de Lui, de l'appeler :

« Papa ! Papa ! », en se précipitant dans ses bras.

Mais elle était restée là, accroupie, glacée, les pieds dans la terre, sans mouvements, attendant peut-être une invitation à le faire.

À peine un sourire, un effleurement rapide sur la tête et une phrase du type :

« Tu as grandi », lorsqu'Il était passé près de l'enfant.

Quand Il était ressorti de la maison, tendu, la fillette attendait entre le figuier et le prunier, près de la balançoire fabriquée par Grand-Père. En tirant la porte derrière lui, Il avait dit :

« Si je ne viens ici que pour des reproches, vous ne me verrez plus ! »

À peine un coup d'œil, comme s'il se rappelait soudain la présence de l'enfant, Il lui avait lancé :

« Ça va pousser, je crois que tu as les doigts verts ! »

Puis, Il était parti rejoindre cette grande femme blond-platine aperçue près du portail sur la rue. Elle avait reconnu celle qui était derrière un guichet à la banque de Grand-Père parce qu'elle avait un œil un peu de travers !

Alors la fillette s'était assise sur le siège de la balançoire et, lentement, accrochée aux cordes, elle s'était balancée, balancée. Prise par le rythme berceur, elle avait avalé ses larmes, profondément blessée. Elle allait toujours plus haut dans le ciel, oubliant pour un temps sa peine.

Il arrivait parfois que les tentatives de rapprochement de Grand-Mère aboutissent... peut-être deux ou trois fois, en cachette de Grand-Père. Il devait parfois rester à la banque pour certains règlements bancaires, ayant pris en charge la vente de billets de la Loterie nationale ou ceux pour les corridas du Bouscat.

Tandis que son mari rencontrait sa mère chez elle, Maman, ce jour-là, avait amené la fillette faire un pique-nique dans un petit espace public, près de la maison de « la tondue ». Sa propriétaire avait eu la tête tondue quelques années plus tôt sur la place de l'église, ayant cohabité avec les Allemands.

Grand-Père admettait de moins en moins l'attitude de son fils. La compagne de ce celui-ci, salariée de la banque, lui envoyait des courriers lui reprochant son intransigeance au travail, vis-à-vis d'elle, ou mettait le doute dans l'esprit de Grand-Mère sur la conduite de son époux.

Tout était bon pour semer la discorde.

Maman voulait faire des études d'assistante sociale, soutenue par sa famille et son beau-père.

Son mari refusait catégoriquement de verser une pension alimentaire, pour son enfant et elle-même. Il estimait qu'elle usurpait une place qui ne lui revenait pas et abusait de ses parents.

Malgré l'insistance de son beau-père, elle avait renoncé à ses projets pour entrer dans une maison fabricant des tricots de luxe. Elle y faisait de la couture au rendement. Il lui arrivait de porter du travail à la maison, faisant des « épaulettes » tard le soir, pour augmenter sa modeste paie, tenant à payer sa participation au ménage. Plus tard, elle était devenue vérificatrice.

À nouveau, les années avaient passé.

Ce cher fils ne comprenait pas l'attachement de ses parents à la fillette. On le disait jaloux de l'enfant. Il voulait que la mère et l'enfant soient renvoyées. Ce serait la seule preuve d'amour de ses parents envers lui, eux qui n'avaient qu'un fils unique ! C'était la condition d'une amélioration de leurs relations.

Chacun était resté sur ses positions. Grand-Père trouvait inadmissible ce chantage, bien qu'il ait aidé à financer de nouvelles installations professionnelles et payé quelques dettes, las des supplications de son épouse. Puis Grand-Mère était morte, emportée disaient certains par le chagrin. Elle n'avait vécu que dans l'attente du retour de ce fils qui ne cessait de se manifester par de nombreuses lettres et mettait son amour de mère à la torture. Quelque temps avant son décès, elle avait appris par l'intermédiaire d'une cousine qu'un autre enfant était arrivé dans le nouveau foyer de son fils.

La fillette avait maintenant 11 ans et devait faire sa communion solennelle selon la tradition familiale. Elle s'était mise en tête de faire savoir l'évènement à son père. C'était pour elle un moment important de sa vie qu'elle voulait faire partager.

On allait faire une fête rien que pour elle.

Maman avait accepté qu'elle Lui écrive, souhaitant toujours un rapprochement entre eux. La fillette avait écrit une courte lettre, appliquée, corrigée par Maman, un mois avant le grand jour.

Allait-Il venir ? Ne serait-ce que devant la porte de l'église, priait l'enfant ! Peut-être qu'un miracle se réaliserait, c'était ce qu'elle croyait convenir pour une telle circonstance. Et elle y croyait fort !

Plus les jours passaient, plus l'impatience grandissait, plus elle espérait une surprise !

La réponse était arrivée la veille de la communion sous forme d'une simple enveloppe au nom de la fillette dans laquelle la sienne avait été pliée, sans un mot.

Maman avait bien essayé d'expliquer, d'excuser comme à son habitude, pour ne pas peiner l'enfant. Mais le courrier reçu avait fait plus de mal que l'absence !

La fillette avait grandi et s'était transformée en une jeune fille sage et réservée.

Grand-Père, qui entre-temps avait pris sa retraite, tenait à ce que sa petite-fille reçoive une bonne éducation. Elle était élève et en demi-pension dans une école religieuse et il suivait avec beaucoup d'intérêt ses études, l'aidait dans ses devoirs. Une tendre complicité les unissait sans démonstration excessive.

Pour se rendre au pensionnat, elle devait emprunter le bus.

C'était là qu'à nouveau elle s'était trouvée en la présence de son père, car son couple avait rejoint Bordeaux après quelques années passées sur la côte Basque, à Saint-Jean-de-Luz.

Sagement et poliment, elle venait de céder sa place à une personne âgée. Elle n'aurait su faire mentir l'uniforme bleu marine et le sigle de l'école porté sur son béret, pas plus que les bons principes qu'on lui avait enseignés.

En se retournant, à sa grande surprise, elle « les » avait vus.

Montés dans le bus, Lui et son amie s'installaient maintenant sur le siège laissé libre, face à elle. Le cœur de l'adolescente tapait fort dans sa poitrine et sa gorge se serrait.

Malgré les années, ils s'étaient reconnus. Cependant, le couple faisait semblant de ne pas la voir. Parfois, ils la regardaient à la dérobée ou d'un air narquois, parlant entre eux.

Son cœur battait de plus en plus fort, l'adolescente avait décidé de passer à l'attaque !

Restée debout, le chauffeur freinant parfois brusquement, elle se rapprochait du couple, jusqu'à parfois effleurer les genoux de son père avec son cartable.

Il ne pouvait pas ne pas réagir !

Malgré cette provocation déguisée, rien ne s'était produit.

Alors, soudain, tout s'était joué dans le regard qu'ils avaient échangé. Pour la première fois, elle L'avait regardé droit dans les yeux, tous deux avaient soutenu le regard de l'autre avec insistance. Il avait dû lire, dans le sien, tant de fierté et une pointe de mépris voulu qu'il avait baissé la tête.

C'était ce qu'elle souhaitait et croyait avoir transmis.

Pourquoi avait-elle agi ainsi, elle qui n'en pouvait plus d'entendre les battements de son cœur taper si fort dans ses oreilles ? Elle aurait tant aimé au moins une miette de sourire.

Elle avait voulu lui dire, désormais, tu ne me feras plus mal, je suis forte !

À cet instant, elle avait pensé que tous ces inconnus qui l'entouraient ne pouvaient soupçonner le lien qui, en même temps, les unissait et les séparait. Qui Il était, qui elle était. Cela la remplissait à la fois de tristesse, comme si chacun avait dû savoir, mais aussi d'une sorte de… satisfaction, de joie aussi, de… revanche. En même temps, l'ignorance de tous ces gens faisait ce qui rapprochait, ce qui unissait ce père et sa fille. C'était en quelque sorte leur secret.

Très vite après, le couple était descendu du car, s'éloignant bras dessus, bras dessous, lui lançant un regard moqueur à travers la vitre. Affichant son unité, il laissait l'adolescente avec le trouble de son audace, mais aussi de son chagrin et de son impuissance pour rejoindre le bar dont il s'était porté acquéreur.

Un nouveau déménagement, et le couple avait disparu quelques années. Cependant, il restait présent dans les esprits et dans les faits à travers les demandes réitérées de divorce envoyées à Maman via les hommes de loi. Celle-ci était restée fidèle à son époux, mais avait fini par céder avec l'assentiment de son frère curé. Sans doute avait-elle le sentiment de commettre une faute, car, dans sa famille, un divorce était impensable, mais peut-être aussi de signer un non-retour définitif.

Grand-Père avait disparu, faisant de sa petite-fille sa légataire, mais n'avait pu complètement déshériter son fils. S'en étaient suivi beaucoup de tracasseries durant de nombreux mois, quelques chassés-croisés chez les notaires, quelques arrangements coûteux pour la mère et la fille. Maman craignait que son ex-mari ne soit trop défavorisé par rapport aux biens de sa famille. Lui, qui d'ailleurs ne s'était jamais soucié de la sienne, s'encombrait de moins de scrupules.

Puis tout s'était calmé, chacun continuant son bonhomme de chemin.

À nouveau, le destin du père et celui de sa fille s'étaient croisés un après-midi.

L'adolescente avait fait place à une jeune femme. À son tour mère de famille, elle faisait des achats dans un supermarché, poussant son caddie en se frayant un passage parmi les acheteurs.

Brusquement, Il était apparu faisant de même, cette fois, seul !

Il avait vieilli, blanchi, mais se tenait toujours aussi droit et fier.

La jeune femme, la surprise passée, très vite avait réagi. Ne lui avait-on pas souvent répété qu'Il se laissait entraîner par sa compagne, qu'elle dirigeait le ménage ? L'opportunité de Le rencontrer en son absence se présentait.

L'occasion était inespérée !

Et puis maintenant elle se sentait capable d'assumer cette rencontre. Mais comment entrer en relation ? Ils avaient tellement peu appris à se parler !

En moins de temps qu'il ne fallait pour le dire, les deux caddies s'étaient heurtés !

Un léger sourire amusé était apparu sur Son visage.

Allait-il aller au-delà ?

Était-ce une invitation pour qu'elle s'enhardisse, ce regard où elle avait cru lire comme de la tendresse ?

Un fol espoir, une bulle de bonheur avaient submergé la jeune femme.

L'instant d'après, Il était rejoint par sa compagne et ignorait sa fille.

Deux ou trois fois, elle l'avait aperçu dans ce même lieu, toujours accompagné, toujours indifférent. Lors de la dernière rencontre, une canne le soutenait, sa jambe gauche traînait un peu.

Elle avait eu très envie de le prendre dans ses bras… de le protéger ! Chacun avait passé son chemin. Et à nouveau, dans les regards échangés, elle avait cru lire quelque chose qui ressemblait à de la tendresse.

Par quel effet, disons du hasard, la jeune femme avait ce jour-là ouvert le journal à la rubrique nécrologique, elle qui habituellement portait peu d'intérêt à ce quotidien ?

C'est là qu'elle avait appris Son décès.

Étrange impression et soudaine tristesse qui vous envahissent pour se transformer en une sorte de néant où vous pénétrez lentement au fur et à mesure que l'idée de l'irréparable prend toute sa dimension, là, à cet instant de prise de conscience. Ce père, toujours absent par choix d'une autre vie, avait pourtant été si présent dans ses pensées !

Elle savait, depuis quelques jours par cousine Carmen, qu'un accident de santé l'avait immobilisé et privé de parole. Seuls ses yeux pouvaient parler, avait-elle dit.

Aussi loin que la jeune femme remonte dans le temps, elle n'avait connu d'eux que fuite ou moquerie. Jamais, lorsque leurs regards s'étaient croisés, elle n'avait vu dans leur profondeur sombre quelque chose l'incitant à aller vers Lui. Pourtant, peut-être qu'à leur dernière rencontre…

Malgré ses tentatives pour chercher à Le joindre, pour casser cette barrière qui les séparait, ils ne s'étaient jamais vraiment rencontrés.

Elle L'aimait, celui qui fut son Héros…

Elle était restée quelques moments, là, le journal à la main, blessée dans son âme et presque dans son corps tant elle se sentait proche de lui.

En ce début d'après-midi, elle avait refait pour Lui le chemin qu'Il avait parcouru quinze ans avant lorsqu'il avait accompagné son père à sa dernière demeure. Comme Lui, elle n'avait pas osé avancer dans la foule des amis près de l'autel. Elle était restée au fond de l'église, telle une étrangère. Mais n'était-ce pas ainsi qu'Il avait voulu la considérer ?

Tout restait dans l'ordre jusque-là.

Le prêtre avait donné sa bénédiction. Tous ses amis anciens combattants, comme un seul homme, s'étaient retournés. Puis la foule s'était avancée, suivant le catafalque.

Elle s'était tenue au fond de l'église, voyant à travers ses larmes des ombres noires Le suivre. Elle craignait de croiser les regards de sa femme et de son fils. Qu'y trouverait-elle ? Dans l'une, peut-être de la haine, dans l'autre sans doute l'indifférence de celui qui ne sait pas. Mais sûrement le même chagrin, alors à quoi bon ?

Bientôt, la porte s'était refermée sur quelques murmures et le bruissement de fleurs déplacées et emportées laissant derrière elles une odeur forte de lys. Un grand moment elle avait attendu, dans la pénombre fraîche, cherchant l'apaisement.

Elle n'était pas allée non plus dans la grande allée bordée de cyprès qui longe la chapelle, caveau de famille.

Quel drôle de terme ! En fait, c'était peut-être là le seul endroit où, enfin, ils formeraient une vraie famille, avait-elle pensé en s'éloignant des lieux.

Patience

Les derniers regards échangés, une main tendue effleurée, quelques cris d'enfants déjà un peu lointains, des « au revoir » qui n'en finissaient pas et les portes des parloirs s'étaient refermées.

Chacun retournait d'où il était venu, les uns vers leurs cellules, les autres vers l'extérieur, au-delà des murs de cette prison qui conservaient une partie de leur vie.

Moments intenses et difficiles pour chacun.

Pourtant, bien que la grisaille aperçue à travers les barreaux assombrisse déjà l'horizon, aujourd'hui était, pour Sabri, un jour merveilleux.

Sa mère lui avait rendu visite comme beaucoup de ces mères ou de ces femmes fidèles que les distances kilométriques n'effraient pas malgré, parfois, de maigres budgets.

Elle revenait du bled pour lui porter son soutien, celui de la famille, oncle et tantes, cousins, cousines, à travers un sourire chargé du soleil de là-bas.

Pour la circonstance, elle avait obtenu un double parloir et lui avait fait la surprise de sa venue. C'était la fête des Mères.

Elle avait posé face à lui un livre qu'elle avait dû partager en plusieurs morceaux avant de se présenter « à la fouille » et pour répondre aux mesures de sécurité des lieux. La couverture cartonnée avait été abandonnée avant même de passer sous le portique et le contrôle, mais qu'importait. Sur la première page, on pouvait lire le titre en gros caractères :

« Ne sois pas triste ».

Cette courte phrase, qu'illustraient plus loin des passages du Coran, résumait à elle seule tout l'appui familial à travers des mots simples de tous les jours qu'on n'ose plus dire quand on se retrouve après une longue absence.

Seul parfois les regards peuvent encore parler. Et elle l'avait regardé, son fils, tenu à distance au bout de ses bras à l'affut du moindre signe alarmant. Rassurée, elle avait pris ses mains, les avait serrées dans les siennes comme pour lui transmettre tout l'amour qu'elle portait en elle.

Elle lui avait dit au cours de l'entretien :

« Sabri, Sabri, ton nom est Patience. Sais-tu pourquoi tu t'appelles comme ça ? »

Il l'avait regardée, surpris par la question et interrogatif, suspendu aux paroles qui sortaient de cette bouche dont il avait gardé le souvenir des tendres baisers. Enfant, les jours de chagrin, sa mère savait si bien le prendre sur ses genoux, à moitié caché dans les voiles de la djellaba. Là, il se sentait invincible. C'était si loin tout ça…

« Tu es le septième de mes enfants et l'avant-dernier, tu es celui que je ne voulais pas et tu es celui que j'aime le plus ! »

Elle avait ponctué cette phrase d'un long silence qu'il n'avait pas osé rompre tant il pressentait ce moment important.

Elle avait repris d'une voix très douce, comme si elle le caressait :

« Patience, patience, c'est le mot que je répétais souvent en attendant ta venue au monde… Je pensais alors… les choses s'arrangeront d'elles-mêmes… »

Puis, comme si elle avait voulu s'en persuader, à moins qu'elle n'accordât une grande part à la fatalité, elle avait ajouté pour les choses de « maintenant » :

« Elles s'arrangent toujours… avec le temps… tu verras. »

Elle avait ensuite repris le cours de l'histoire qu'elle souhaitait raconter :

« Ton père avait décidé de rejoindre la France et moi je devais rester en Algérie à attendre ta naissance, à attendre son retour ou plus sûrement mon billet pour le nouveau pays qu'il avait choisi. Ce billet, je l'ai attendu trois ans avec toute la famille. C'est pour ça que tu t'appelles Sabri. Tout ce temps où je t'ai aimé, protégé doublement en l'absence de ton père.

Tu te souviens de ces trois ans ? »

Il les avait presque effacés de sa mémoire, ces bribes de souvenirs, seuls quelques flashes revenaient comme des photos vieillies : un mur de torchis ocre avec un trou dedans dans lequel il avait caché un beau caillou, un tapis rouge un peu fané sur lequel il jouait. Non, c'était plutôt des sons, sans doute l'air d'une chanson kabyle fredonnée par le grand-père dont il ne se souvenait plus très bien les paroles.

Pendant quelques secondes, avec sa mère, ils l'avaient ensemble chantée à mi-voix, l'un et l'autre rassemblant des mots dont la musicalité avait quelque chose d'incantatoire. Malgré le bruit alentour, ils s'étaient trouvés transportés à des centaines de kilomètres dans un espace de liberté qui n'appartenait qu'à eux seuls.

Très vite, le charme avait été rompu par la présence du surveillant qui faisant les cent pas, s'était rapproché d'eux. Comme deux enfants surpris en train de faire quelque chose de défendu, ils s'étaient éloignés l'un de l'autre, seule la main de sa mère était restée sur son genou, apaisante.

De son voyage, sa mère lui avait rapporté un second souvenir, plié avec soin et parfumé avec amour, un survêtement de sport blanc, rouge et vert aux couleurs de son pays. Sur le dos, en relief, de gros caractères dessinaient le mot « Algérie ».

En sortant du parloir, il l'avait emportée comme un trophée ou un bien très précieux, cette poche de papier dans laquelle l'ensemble avait été transporté, la pressant sur son cœur. Un détenu, sortant en même temps que lui après la fouille obligatoire succédant aux visites, lui avait dit :

« C'est pas souvent que t'as des visites, toi. T'es content, alors, aujourd'hui. »

« Regarde, je vais plus le quitter, je crois que je vais dormir avec », avait-il dit en dépliant le paquet.

Seul dans sa cellule, profitant de l'absence de son codétenu, il avait plongé sa tête à l'intérieur de la poche pour en respirer les derniers effluves parfumés.

Comme un drogué, il aspirait à s'en faire éclater les poumons.

Que c'était bon d'oublier l'odeur de la prison qui prend à la gorge dès l'entrée, imprègne tout et colle à la peau ! Cette odeur de sueur, de poubelle que certains trouvent si caractéristique de ce lieu.

Il rêvait.

Il était parti loin, très loin dans le temps.

Le jeune homme se rappelait…

Il était revenu au bled, comme on disait dans la cité, lorsqu'il avait quinze ans. Il avait découvert un univers très différent de celui que la famille, parents ou aînés lui décrivaient avec nostalgie.

Pour tous, c'était le retour, c'était les premières vacances au pays.

Chacun avait rêvé après elles, chacun les vivait à sa manière dans ce petit village de la région de Bouira, écrasé de soleil à l'intérieur des terres.

Ils avaient rejoint le pays d'origine, l'Algérie.

Il en avait fallu, des années, avant de pouvoir le faire, et ce terme de vacances résonnait encore à sa mémoire quand le père l'avait prononcé.

À l'école, on lui avait parlé de « l'Exodus », de tous ces gens qui attendaient la terre promise. Pour les parents, c'était ça, au moins de ce qu'il en avait compris.

Au début, en France, les vacances, elles se passaient aux alentours de l'immeuble près des bancs sur la place où sa mère pouvait rejoindre quelques émigrées comme elle, y rencontrer la tante de son père, un peu plus loin. Elles refaisaient leur monde, ce qu'elles en savaient à travers les courriers échangés, la télévision ou ceux qui « y » étaient allés, ajoutant leurs rêves entremêlés de souvenirs.

Ces mois d'été qui s'étiraient jusqu'à la rentrée, c'était à la cité. Il y avait habituellement pour quelques-uns de ses frères et sœurs, les plus jeunes, le centre social avec ses activités et les « éducs » qui essayaient, tant bien que mal, de contenir tout le monde et d'intéresser chacun. Lui, il allait au centre aéré tous les jours, pas très loin de là. Une ou deux fois, il avait suivi ses frères et sœurs en colo avec l'aide de la caisse d'allocations familiales venue suppléer aux ressources de la famille. Il y avait aussi le cinéma pour tous : ce médiateur du rêve.

Pour le père, c'était autre chose. Pendant plusieurs années, les vacances se passaient au travail : un mois de « petits boulots », chez les uns ou les autres, et onze mois comme salarié dans la même entreprise de bâtiment, parfois douze. Ce n'était pas très légal, mais chacun s'en accommodait.

Tout ça pour quoi ?

Pour vivre, tout simplement, et aussi préparer ces fameuses vacances au pays. Le père envoyait régulièrement quelques mandats à son frère pour construire la maison qui abriterait ces temps de congé tant attendus, là-bas, de l'autre côté de la mer !

Même si les prières et le ramadan étaient respectés, Ali avait voulu élever ses enfants « à la mode du pays qui les accueillait », la France. Il lui était reconnaissant pour le travail procuré.

Aussi pour les filles arrivées là-bas, quel choc cela avait été ! Elles ne comprenaient pas comment la société algérienne pouvait admettre que les femmes se taisent et supportent d'être toujours derrière l'homme, dépendantes.

Fatima, la sœur aînée qui avait laissé un petit copain en France, expliquait toujours à sa cousine Aïcha qu'on ne pouvait pas accepter de se marier avec un inconnu ou quelqu'un que l'on n'aime pas !

« C'est d'un autre temps ! », lui disait-elle.

Les remarques d'Aïcha suivaient, soutenant qu'à la maison les femmes ne se laissaient pas faire. Elle lui rappelait qu'au cours des années de terrorisme, c'était elles qui étaient descendues dans la rue, bravant tous les interdits ! Car personne n'oubliait ces années terribles, ceux qui étaient restés comme ceux qui étaient inquiets, au loin, à l'affût des moindres nouvelles.

Pendant « les vacances », la radio était là, heureusement, pour calmer les esprits, détendre l'atmosphère, et les filles se mettaient ensemble pour danser, oubliant tout pour un moment. Quelques revues à grand tirage traînaient sur les tapis, lus et relus pour passer le temps dans l'après-midi en sirotant quelques verres de thé à la menthe. Les garçons s'entraînaient au foot en début de soirée lorsque le soleil se faisait moins agressif.

Sabri découvrait, avec étonnement, une société attachée à un passé auquel certains, comme les frères de son père, voulaient rester fixés dans un monde qui bougeait. Un monde en marche, à l'image des autres cousins, fans des acteurs de cinéma américains et qui ne rêvaient que d'une chose, vivre comme eux, ailleurs.

Pour ses frères et sœurs qui avaient gardé les souvenirs de leur enfance, compte tenu de leur âge, sans doute moins pour lui-même, il y avait une certaine désillusion, confrontés à la réalité des lieux, à leur authenticité. Un décalage des mentalités était rapidement apparu au cours et après cette venue dans le pays d'origine.

Sabri, au début, riait des douches improvisées, mais, très vite, le séjour se prolongeant, chacun des jeunes vacanciers repensait avec regret au confort du sanitaire du F5, tandis que les adultes s'en accommodaient.

Fini les rendez-vous au Flunch.

Il fallait bien faire preuve de créativité pour passer le temps devant le manque d'activités ou de loisirs des lieux. Difficile aussi de s'approprier un espace dans cette vie communautaire.

Les vacances achevées, le grand-père de Sabri avait vu repartir ses petits-enfants, les plus grands, sans beaucoup de regrets, les relations étant parfois tendues, malgré tout le respect rendu au vieillard.

Le père était donc reparti avec les aînés tandis qu'il avait été convenu que Sabri resterait quelque temps avec sa mère.

Il y aurait eu du travail pour tous, petits et grands, si chacun l'avait souhaité, mais le grand-père Ali - père et fils portaient le même prénom - voyait dans Sabri l'enfant digne de lui succéder : vaillant, ne rechignant jamais, intéressé par tout. Il courait dès le matin voir le troupeau de chèvres, distribuait le grain de poules élevées en batterie, l'assistait dans le programme de la journée ordonné aux fellahs disciplinés.

Son avenir aurait pu être tout tracé, marié à la jolie Fatima qui lui était destinée, d'ailleurs il la trouvait très belle, surtout quand elle dansait. Jeune adolescent, Sabri se rappelait avec un sourire que tous ses sens étaient mis en éveil en sa présence. Les arrangements auraient pu se conclure rapidement, grand-père Ali était un très bon négociateur et l'avait prouvé par la prospérité de ses affaires.

Les mois étaient passés sans que la famille se regroupe, Sabri restant avec sa mère près du veil homme désireux de « faire un avenir » à son petit-fils.

La santé du père s'était altérée, le travail de l'entreprise était pénible sur les chantiers. L'alcool peu à peu avait remplacé la religion et le ramadan était maintenant oublié.

On parlait de plus en plus de chômage dans la cité.

Les aînés avaient alors réclamé le retour de la mère.

Le père, qui un temps avait pensé laisser Sabri en Algérie, en avait décidé autrement au bout de quelques mois. La place de Sabri était aux études, comme ses aînés.

Il fallait donc regagner le pays d'adoption et, à bien y réfléchir, Sabri n'avait pas été fâché de la décision prise, car de plus en plus les courriers envoyés par ses frères et sœurs lui rappelaient d'autres cieux, d'autres mœurs : les histoires de la cité, de la maison des jeunes, de la fac pour certains. C'était surtout le départ de son frère Mustapha venu aux dernières vacances pour montrer son diplôme qui l'avait sérieusement déstabilisé.

Sabri était un garçon intelligent, très rapidement il avait réintégré le cursus scolaire pour faire un CAP de vente qu'il avait réussi brillamment.

Malheureusement, il n'avait pas eu le temps d'utiliser ses talents, s'étant laissé entraîner par son frère aîné dans une histoire idiote, juste avant sa majorité. Cela lui avait valu quelque temps de prison. Là, il s'était découvert un vif intérêt pour l'électricité. Peu de temps après sa sortie, suivi et encouragé par un éducateur, il avait passé avec succès un CAP d'électricien.

Au bout de quelques mois, il avait décroché un travail dans cette branche et y était fort apprécié. Il avait aussi quitté la cité, prenant son indépendance en s'éloignant de ces lieux de tentation d'argent gagné facilement et où son frère aîné semblait ne pas s'être fait que des amis pendant le temps de l'incarcération de Sabri. Durant ce même temps, un autre événement était arrivé. Le père était mort : crise cardiaque, épuisement lui avait-on dit.

Jusqu'à son décès, se rappelait Sabri, pendant quelques rares années après son retour, ils avaient pris la route, le père et la mère, avec leur voiture chargée jusque sur la toiture. Elle était pleine, non pas d'enfants « car ils avaient fait leur vie », disait Mustapha, mais d'objets hétéroclites divers pour la famille ou l'installation jamais finie de la maison.

La mère, désormais seule, continuait à revenir en Algérie assez régulièrement pour les fêtes religieuses. Le reste du temps, elle le passait à voyager, allant chez l'un ou l'autre de ses enfants. Elle était fière, ils avaient tous bien réussi, enfin, presque tous !

Mais, il y avait eu cette histoire, ce drame qui l'avait conduit, lui le fils tant aimé jusque-là, dans cet enfer !

Il avait décidé d'aborder les événements d'une façon positive.

Après tout, il avait choisi de se rendre à la police de son plein gré et il assumait les conséquences de son geste et de ses actes.

Après dix-huit mois d'emprisonnement sans connaître la sanction, l'attente se faisait parfois lourde. Mais puisqu'il était là, autant valait-il occuper ce temps intelligemment et profiter de le passer de la meilleure façon.

Au début de son incarcération, il s'agissait de remplir cette impression de vide, de néant, traverser cette crise où plus personne ne se reconnaît, pris encore par l'extérieur et jamais tout à fait dedans.

Puis il avait demandé à travailler, car la prison proposait quelques emplois dans ses ateliers, pour ceux capables d'assumer certaines tâches et dont la discipline était exemplaire. Le peu qu'il gagnerait lui permettrait d'être moins dépendant de sa famille et, à la limite, s'il pouvait se passer de son aide, ce serait le mieux. Il avait sa fierté, bien que peu encouragé par certains de ces codétenus.

« L'État nous enferme, disaient-ils, il n'a qu'à nous entretenir, on va pas travailler pour si peu ».

L'occasion pour lui s'était présentée à travers l'offre d'un apprentissage en couture puis, celui-ci terminé, avec une proposition de coutures de sacs à faire en temps limité.

Sabri avait eu la chance d'être retenu à une période où la prison faisait un peu de sous-traitance. Sa dextérité et son entrain au travail avaient été remarqués. Aussi, peu de temps après cette expérience, une seconde chance presque inespérée de montrer son savoir-faire lui avait été donnée une nouvelle fois.

D'ordinaire, il s'agissait de faire des travaux plus ou moins intéressants ou peu adaptés aux compétences des uns ou des autres, et voilà que cette fois, on lui proposait de monter des compteurs électriques. Une aubaine ! Très rapidement, il avait été classé responsable du petit groupe de détenus employés à la même besogne et le commanditaire extérieur s'était montré très satisfait de son travail.

Un contremaître avait été envoyé sur place pour le féliciter et lui proposer une embauche dans le cas où il sortirait rapidement. Sortir… Il s'était même pris à rêver plus tard à la création d'une entreprise, comme ça, pour tenir le coup… et pourquoi pas ?

Quoiqu'il en soit, il avait été très heureux de cette proposition et de cette reconnaissance. Même s'il était tout sourire ou plaisantait facilement, il en avait tellement besoin de cette reconnaissance dans ce monde déstructurant, et pour ne pas montrer que parfois il était un peu « paumé » loin des siens !

Les siens, maintenant, c'était sa mère, car les frères et sœurs étaient dispersés en France ou au Canada, et surtout Sophie et la fille de cette dernière.

Avant sa détention, ils « étaient ensemble » et habitaient tous les trois près de la mère de Sabri depuis que la jeune femme divorcée avait obtenu la garde de la fillette.

Sabri se souvenait. Le jeune couple avait pris quelques jours de vacances en Italie, comblant ainsi un rêve d'adolescent.

C'était un peu comme leur voyage de noces fait tardivement avec leurs économies, même s'ils n'étaient pas mariés. Qu'importe, ils étaient heureux tous les trois avec Lilly, la fille de sa compagne qu'il aimait comme son enfant et elle savait lui rendre cet amour.

Bref, c'était le bonheur depuis déjà trois ans et ils envisageaient d'agrandir leur famille, ayant stabilisé leur couple.

Après quelques jours de vacances d'un bonheur sans égal, le jeune ménage allait rejoindre la France. Il se revoyait, tous deux, Sophie et lui, la tête pleine de projets pour continuer leur installation d'appartement. Chacun aussi devait reprendre le travail, lui dans l'entreprise d'électricité, elle à l'accueil de l'hôtel qui l'employait.

Les jeunes gens avaient un peu hésité à quitter l'Italie le jour qu'ils avaient initialement retenu. Renseignements pris, on leur avait proposé les trois dernières places restantes de l'avion pour un départ en soirée au lieu du matin, s'ils prenaient rapidement leur décision. Sinon, ils devaient attendre un jour supplémentaire avec des frais annexes. La voix de la raison les avait fait accepter l'offre, ce qui leur avait permis de profiter au maximum de leur dernier jour de vacances. Peut-être auraient-ils mieux fait d'attendre un jour de plus ?

Fatalité ? Destin ? interrogeait Sabri.

Dans sa tête, ses mots tournaient depuis quelque temps, et voilà qu'un troisième s'était ajouté aux deux précédents, celui de « libre-arbitre ». Ces termes du vocabulaire lui posaient question depuis qu'il était là, emprisonné, essayant de trouver une réponse à ce qui lui était arrivé. Aussi s'était-il lancé dans la lecture de livres de philosophie pris à la bibliothèque. Il avait envie de comprendre, mais aussi d'apprendre tout, le monde, la vie, l'univers. Il découvrait la lecture et voulait s'en servir.

Pourquoi s'était-il embarqué dans cette galère et pouvait-il faire autrement ?

Il se rappelait le retour en France après le voyage en Italie. Tout semblait devoir s'organiser au mieux. Chacun allait reprendre son activité deux jours plus tard.

Voilà que le désastre s'était abattu sur leur petite famille le matin même de leur retour, bouleversant leur existence, peut-être à jamais.

Désormais, plus rien ne serait pareil, ne pouvait être pareil !

Farid, le frère aîné, était arrivé à l'aube, tambourinant à la porte et avait sorti la famille de son sommeil, bouleversé, hagard, débraillé.

Il venait d'abattre quelqu'un : une rixe comme il s'en passe souvent dans certains quartiers. Affolé, poursuivi par la bande adverse, il était venu chercher l'aide de son frère, toujours armé de son fusil, prêt à tirer pour sauver sa peau.

Sabri avait une dette vis-à-vis de ce frère qui l'avait toujours défendu dans la cité et à l'école.

Sans trop réfléchir, juste assez pour éloigner le combat au-delà de l'appartement et pour protéger Sophie et sa fille, « ses amours » comme il les appelait, il avait suivi Farid pour le calmer. Très vite, il avait compris que son frère voulait en découdre avec ses poursuivants.

Les volets des appartements avoisinants s'ouvraient les uns après les autres, des gens criaient, des pneus d'une voiture crissaient en prenant le tournant.

Sabri, physiquement plus grand que son frère, lui avait arraché le fusil des mains. Il s'était placé devant pour le protéger et avait tiré une, deux balles en direction de la voiture d'où partaient des coups de feu à répétition espérant ainsi l'éloigner. L'un des pneus de la voiture avait été touché entraînant le véhicule vers un arbre qu'il percutait quelques secondes après.

Déjà, les sirènes de la police se faisaient entendre.

Un petit groupe essoufflé par une course folle se rassemblait et avançait vengeur sur Farid. En une seconde, Sabri avait compris : l'éclat d'une lame avait brillé en traversant l'espace et allait s'abattre sur son frère. Elle l'avait à peine atteint, déviée par le coup de feu de Sabri qui lui, par contre, avait touché le bras de l'adversaire.

Tout s'était passé si vite ! Les témoins arrivaient.

Il avait tendu l'arme au policier qui se présentait, sans résistance, en même temps que ses poignets aussitôt encerclés par les menottes. Il avait dit qu'il défendait son frère poursuivi par la bande et qu'il était venu chercher de l'aide quelques minutes plus tôt.

Pour le reste, il ne savait rien !

Sabri avait juste eu le temps d'apercevoir Farid s'enfuir et disparaître dans la nuit. Depuis, il savait qu'il avait pu rejoindre l'Algérie pour s'y cacher. Il connaissait le lieu exact et le savait en sécurité comme son frère savait que jamais il ne le dénoncerait à la police.

Il ne le ferait pas davantage devant le juge d'instruction. Sabri pensait que ce dernier faisait traîner l'affaire afin que, lassé de son emprisonnement, il « parle », car en fait il s'agissait bien de retrouver le meurtrier.

C'était peu le connaître : il assumerait parfaitement ses actes jusqu'au bout, c'était normal qu'il soit puni pour ce qu'il avait commis, mais jamais, au grand jamais, il ne « donnerait son frère ». Il ne pouvait pas donner son frère ! On ne pouvait pas lui demander pareille chose.

Parfois, Sabri pensait que ce frère aurait à faire avec sa conscience.

Depuis, l'appartement de sa mère avait été incendié à titre de représailles par le gang adverse et elle avait dû déménager, apeurée, habitant quelque temps chez l'un ou l'autre de ses enfants.

Lui-même avait dû être changé de prison, sa vie étant mise en danger par ceux qui avaient été enfermés en même temps que lui et le côtoyaient au quotidien lors des promenades.

Il connaissait le nom des « suiveurs », ils étaient tous de la cité qui faisait un angle droit avec celle où il avait vécu.

Voilà près de trois petites années qu'il avait décidé de s'en détacher « pour faire une vie propre » et, malgré ça, il se retrouvait là, maintenant !

Il n'en voulait plus pourtant, de toutes ces histoires qui ne menaient à rien, si ce n'est qu'à la haine et la violence. Il voulait « la vie de tout le monde », et pour ça il travaillait.

Il avait dit à un surveillant « qui l'avait à la bonne » :

« Je ne veux pas renier ce que j'ai fait avant, par où je suis passé parce que c'est ça qui fait ce que je suis devenu. Ça fait partie de moi. Ce que je sais ? C'est que chaque fois que je me suis éloigné de la religion, j'ai fait "des conneries". »

Aussi, depuis qu'il avait pris de bonnes résolutions, il s'était à nouveau mis à prier et faire ramadan.

Bien sûr qu'avec la bande de la cité, plus jeune, il avait fait du bruit comme tous, embêté le quartier à côté avec les pétards lâchés devant les portes. Il avait bien volé quelques trucs dans les magasins pour se faire « un peu de thunes ». D'ailleurs, pour ça, à son tour, il s'était fait « piquer » par les gendarmes et avait fait un court séjour en prison. Il avait bien fumé un peu de temps en temps, dans la cage d'escalier pour que sa mère ne le voie pas, des trucs que portait son grand frère.

Lui, l'aîné, en faisait le commerce. Il avait son réseau bien organisé et se croyant plus malin que le gros bonnet qui le fournissait, avait voulu entrer en concurrence. Cela lui avait valu de frôler la mort de près, mais ne l'avait pas empêché de persévérer.

Depuis, ce frère « avait pris du galon », voulant oublier que dans la cité voisine d'autres que lui y avaient aussi pensé. Des guerres incessantes se succédaient autour d'un trafic lucratif.

Farid, une fois de plus, avait sans doute transgressé les lois du milieu ou voulu augmenter son territoire, ce qui l'avait conduit, ce fameux jour, à demander de l'aide à Sabri et par la suite à réussir à fuir la France.

Assis dans sa cellule, le dos contre le mur, Sabri estimait avoir beaucoup de chance que son « amoureuse » persévère dans ses visites, ainsi que Lilly.

La petite lui disait :

« Les filles c'est bien, les garçons c'est nul, tu vois bien ! »

Elle avait bien raison, Lilly, les garçons c'est nul, il était vraiment nul !

Il comprendrait que Sophie se lasse de cette attente, de parcourir de grandes distances pour de brèves rencontres, et pensait bien le lui dire lors d'une prochaine visite, surtout si sa peine devait s'avérer longue.

Même si pour lui elle était sa lumière, son phare, il voulait la laisser libre de faire ses choix.

Il avait pourtant tellement rêvé d'une vie stable, d'un foyer !

Fait divers

Les yeux clos, elle n'entend que ça : « flac, flac, flac », un bruit monotone, lent, un peu mou, mais presque rassurant.

Elle vit.

« Flac ! » a fait son corps lorsqu'il est tombé dans l'eau après avoir roulé sur la berge glissante et gluante.

Depuis combien de temps est-elle là, recroquevillée, la joue baignant dans l'eau glauque, les cheveux trempés se soulevant comme des algues au rythme de l'eau ?

Sur ses lèvres, un goût amer de pourriture et de vase lui donne la nausée. Elle tente de soulever ses paupières collées, mais cela lui demande un effort qu'elle ne réussit pas à faire. Peu à peu, la sensation d'une brûlure sur son côté droit devient de plus en plus intense, presque insupportable.

« Flac, flac, flac » fait rapidement le sang dans ses tempes, dans ses oreilles comme si les vaisseaux allaient éclater.

Toujours ce même son, cette sensation auditive qui raisonne en elle avec des modulations différentes et des successions d'images qui s'emmêlent, véritable écheveau de souvenirs.

« Flac ! » a fait sèchement le révolver quand le coup est parti…

Et cette sensation de brûlure qui n'en finit pas et se fait plus violente maintenant.

Elle hurlerait presque, mais aucun son ne peut sortir de sa bouche aux mâchoires serrées, aux lèvres crispées.

Puis, c'est le stade de la demi-inconscience où, à force de souffrir, on devient presque insensible et, à nouveau, le calme revient dans ce pauvre corps épuisé.

Elle ne sait plus très bien où elle est.

Tout s'apaise, tout devient beau, lumineux…

« Flac… flac… flac… » faisait lentement la mer de sa jeunesse dans la petite crique où, insouciante, elle passait des vacances heureuses avant la séparation de ses parents.

Le fantastique spectacle de l'eau qui éclabousse, éclate et jaillit, lèche, frôle et frôle à nouveau cette large frange de sable qui bordait la villa se présente à elle. Son regard se promène sur la dune aussi loin qu'il peut aller, jusqu'à rejoindre la forêt moutonnante. Au passage, il caresse les oyats, les chardons bleus dont elle faisait de superbes bouquets au semblant d'éternité.

Les images se succèdent.

Là, ce sont les liserons sauvages qui s'abîment maintenant sous la pluie. Puis elle se revoit joyeuse, sautiller à cloche-pied, s'enfonçant dans les pins au feuillage léger et frémissant…

Soudain, tout devient sombre, elle s'enfonce, s'enfonce… n'en finit pas de s'enfoncer dans cette forêt qui semble la happer.

À nouveau, elle se revoit sur la plage, entend le bruit de la mer. Il se transforme en une multitude de soupirs se confondant avec ceux qui s'échappaient de sa poitrine le jour où tout avait basculé.

Elle avait tant pleuré, lovée dans la chaleur du sable de cette fin d'après-midi, s'y moulant comme dans un cocon.

« Tout allait changer », lui avaient-ils dit.

Ils s'étaient décidés. Chacun, père et mère, ferait sa vie de son côté.

« Et moi, où je vais ? », avait-elle murmuré d'une façon presque inaudible comme si déjà elle n'avait plus sa place et s'effaçait d'elle-même. Que devenait-elle dans ces histoires d'adultes ?

« Une petite pensionnaire que chacun prendrait à son tour pour les week-ends ou les vacances. Elle en avait de la chance, cette gamine, elle verrait du pays puisqu'ils vivraient dans des villes différentes ! Tiens, elle pourrait même prendre le train, elle qui aimait ça… »

« Ce sera formidable, non ? »

Oui, elle en avait vu et imaginé du pays derrière les vitres du Bon Pasteur où elle avait fini par être placée après quelques turbulences et leçons du juge des enfants. Elle était restée « chez les bonnes sœurs », comme elle disait, jusqu'à l'âge de 16 ans. Bien sûr, toutes ces années avaient été émaillées de quelques fugues, mais il fallait bien exister, attirer l'attention ! Ne pas être oubliée, surtout pas cela, ce serait terrible !

Elle avait tant soif de tendresse, d'amour. Personne n'avait compris, personne n'avait répondu à son appel.

C'était toujours cette soif qui avait été le leitmotiv de sa vie, sa quête incommensurable, constante, d'un amour qui la prendrait toute entière.

Un jour, pourtant, elle y avait bien cru à cet amour parfait.

Il serait aussi beau, peut-être plus beau que celui dont rêvaient Magalie, Agnès et elle-même, lorsqu'elles s'inventaient des histoires d'amour dans la pénombre du dortoir. Elle, c'était Virginie. Comme ses amies pensionnaires, elle attendait avec impatience ce moment favori, au coucher, lorsque la porte entrebâillée laissait passer la raie de lumière venue du vestibule et que les surveillantes s'éloignaient à pas feutrés.

La rencontre avait eu lieu dans l'épicerie où s'approvisionnaient les religieuses. Elles l'avaient placée dans ce lieu comme apprentie vendeuse. Lui-même, ce beau garçon aux prunelles ardentes, livrait le commerce en fruit et légumes et y servait parfois. Les deux jeunes gens s'étaient juré fidélité un soir et avaient ensuite pris l'habitude de se voir à la sauvette sur le chemin qui conduisait au foyer religieux.

Quelque temps après le début de leur idylle secrète, une lettre de sa mère avait rappelé Virginie auprès d'elle, pour des vacances.

Tant d'années les avaient séparées, malmenées toutes deux, elles pouvaient maintenant se retrouver, lui assurait le courrier. Repentir, remords, peu importait, Virginie voulait comprendre le pourquoi de l'abandon de cette mère et celui de sa demande. Elle voulait juste savoir.

Elle pourrait ensuite rejoindre son pensionnat, ce qui se ferait sans problème, car Virginie avait été confiée aux religieuses jusqu'à sa majorité. C'était ce que lui avait dit « sœur Thérèse ». À l'annonce de ce départ momentané, le livreur s'était montré compréhensif et l'avait encouragée dans les derniers moments d'ambivalence proches de la séparation. Ils se retrouveraient très vite, c'était promis. Elle était son grand amour, ce qu'il avait de plus cher au monde.

Les quinze premiers jours passés chez sa mère dans une ambiance tourmentée n'étaient pas encore achevés que Virginie avait reçu une lettre. Son ami lui annonçait froidement que leur aventure commune se terminait là. Leur relation ne pouvait se poursuivre : il était déjà marié. Seuls quelques désirs de distraction momentanés les avaient fait se rencontrer.

Vaillante, sous le coup de la nouvelle, elle l'avait été.

« Flac… flac… flac… » avaient fait les instruments chirurgicaux lorsque la sage-femme les avait reposés, un à un, consciencieusement. C'était fini.

Ce petit inconnu qu'on lui présentait, tout rouge et fripé, était le sien. Quelle déception ! En vain elle avait cherché à retrouver les traits de son amoureux et cette petite masse criarde était tout ce qui lui restait.

La jeune fille ne reviendrait pas chez les religieuses, ainsi en avait décidé le juge. Virginie resterait auprès de sa mère bien que leurs relations soient parfois tendues. Celle-ci l'avait incitée à garder l'enfant qu'elle portait malgré leurs faibles ressources. La perspective de pouponner et de connaître à travers sa fille les joies de la maternité semblait pour elle une occasion de rattraper un temps perdu et ce temps lui était compté depuis qu'elle avait appris sa maladie.

« Flac… flac… flac… » avait fait la fermeture du cercueil emportant sa mère lorsque le verrou avait hésité au moment de sa fermeture.

Difficile de subsister avec un enfant lorsqu'on se trouve seule et sans emploi.

Son voisin l'avait compris et elle, toujours à la poursuite du grand bonheur, y avait cru encore une fois, incorrigible rêveuse !

Bientôt une nouvelle naissance s'était annoncée. Quelques mois plus tard, un petit garçon était né tandis que les disputes se multipliaient dans le couple.

« Flac… flac… flac… » C'était encore ce même bruit sec que fit la clef dans la serrure lorsque la porte se referma sur son nouveau bonheur perdu. L'homme était parti.

Comment ne pas désespérer lorsque l'on a soif d'amour et que celui-ci se dérobe toujours lorsque vous croyez le tenir ?

Peut-être que moins d'ambition, moins d'exigence d'absolu serait une solution à cette quête affective toujours renouvelée ? C'était celle qu'elle avait finalement choisie. Cette solution qui la conduisit chaotiquement jusqu'au mariage avec un homme dont les bouteilles devinrent rapidement ses favorites assidues, ses amis alcooliques incontournables et le travail, son pire ennemi.

Un soir, il ne rentra pas. Le lendemain matin son corps fut retrouvé, il avait succombé à la suite d'une dispute trop arrosée.

Subsister moralement et physiquement devenait alors capital.

De rares heures de ménage lorsque sa présence auprès des enfants ne lui paraissait pas indispensable étaient très vite apparues comme insuffisantes pour subvenir aux besoins de tous. Elle avait pourtant tellement envie de rester près d'eux, le plus possible, leur faire connaître et connaître, elle aussi, un peu d'affection.

Elle avait dû passer à des horaires de travail plus intensif et délaisser peu à peu ses enfants par manque de temps. Cruel dilemme pour une mère : leur donner de l'amour et de sa présence ou leur donner du pain ?

Les voisins de palier avaient interprété à leur façon.

Qui chercha à comprendre ?

Personne, surtout lorsqu'elle prit cet emploi de serveuse dans le cabaret ou celui mieux payé d'entraîneuse dans ce même lieu.

Scandaleuse cette mère !

D'ailleurs, on ressortit son passé, ses fugues, sa vie agitée lorsque l'assistante sociale proposa que ses enfants soient placés en « recueillis temporaires » dans un foyer de l'enfance.

On ne peut donner que l'amour qu'on a reçu, lui avait-on assuré d'un air connaisseur. Mais qui savait vraiment lequel elle avait reçu et surtout celui qu'elle était capable de donner ?

Ses enfants seraient peut-être mieux dans une famille d'accueil quelque temps, si elle s'effaçait, s'interrogeait-elle, d'autres diraient si elle les abandonnait ?

« Flac… flac… flac… ! » avaient fait les trois portières refermées lorsque la fourgonnette du foyer avait emporté ses enfants en larmes…

Oui, encore cette douleur qui se réveille, là, près de son cœur. Blessure, meurtrissure, tissu maculé, cœur brisé…

Elle les reprendrait ses enfants, même que Mario le lui avait assuré si elle travaillait pour lui. Quelques billets habilement placés dans son corsage l'avaient incitée à le croire, il était si convaincant ce soir-là… et si tendre aussi. Elle avait accepté de le suivre à Marseille dans son nouveau cabaret où il l'avait présentée comme « son hôtesse préférée » à ses nouveaux amis.

Au début, tout allait bien.

Elle l'avait écrit à sa copine restée dans la capitale : elle était amoureuse du beau Mario qui le lui rendait bien et très vite elle aurait assez d'argent pour reprendre ses enfants. Il lui avait promis le mariage et une vie qu'il disait « rangée ».

Enfin tout allait rentrer dans l'ordre !

Très vite aussi, elle avait dû perdre ses illusions ! Mario entendait régner sur sa vie comme il le faisait pour ses affaires, en maître ou plutôt, en ce qui la concernait, devrait-elle dire en proxénète. Il la « prêtait », la « plaçait » toujours surveillée de près, épiant la moindre attitude qui pouvait passer pour de la rébellion.

« Flac… flac… » faisait son cœur lorsqu'elle apercevait la voiture rouge montrant son capot au coin de la rue.

Les mois étaient passés, longs comme des années.

« Flac… flac… » faisait la pluie sur la verrière du toit de la chambre d'hôtel où il l'avait fait enfermer en attendant son départ prévu le lendemain matin.

« Direction Dakar », avait-elle entendu en tendant l'oreille.

« Flac… ! » avait fait sèchement le briquet qui allumait la cigarette des deux hommes concluant leur accord.

Dakar et son port.

De la ville, elle ne connaissait presque que lui et sa vie nocturne.

Peu satisfait de ses prestations dans la boite de nuit où elle avait été placée, le propriétaire l'avait alors « déclassée » pour la mettre derrière le bar de l'une de ces gargotes qu'il possédait en nombre.

La santé de Virginie s'était altérée. Le tenancier ne la trouvait plus assez « fraîche » pour attirer le client, mais toujours assez « bonne pour les marins » qui faisaient quelques séjours dans le pays avant de rembarquer, lui avait-il dit.

Et elle en avait vu des marins saouls et des bagarres pour trois fois rien derrière son comptoir misérable. Elle en avait écouté des histoires mille fois racontées et des rêves perdus.

Elle, elle n'avait pas la foi, mais elle croyait.

Elle croyait qu'un jour elle retrouverait ses enfants, qu'elle les reprendrait. Cette seule pensée la faisait exister, lutter envers et contre tout et tous, elle espérait.

Elle espérait comme elle ne l'avait jamais fait. Peut-être la proximité de cet infini bleu au-delà des cargos et des entrepôts, y était-il pour quelque chose ? Certains, dans sa situation, y auraient vu une fin, elle y voyait un commencement.

Travailler, et encore travailler, oublier la fatigue, faire semblant de s'adapter pour ne pas éveiller la méfiance des proxénètes. Mettre un peu d'argent de côté, péniblement, patiemment en subtilisant quelques sous ou profitant d'un client plus généreux que les autres.

Partir, retrouver ses enfants…

L'occasion s'était présentée avec le départ d'un transporteur de containers en direction de la France et surtout l'aide rétribuée d'un marin. Il l'avait cachée dans un hangar durant quelques heures après qu'elle se soit enfuie par la porte de secours du bouge où elle travaillait. De là, plongée dans le noir, elle pouvait entendre l'agitation des derniers préparatifs du départ et l'eau battre le quai dans une sorte de clapotis incessant.

Ce qui lui importait c'était de rejoindre au plus vite le cargo sans être vue.

Elle s'était surprise à claquer des dents malgré la chaleur étouffante emmagasinée sous les tôles ondulées qui servaient de toit et tressaillait au moindre cri venu de l'extérieur. Elle avait très peur qu'on ne découvre son absence de l'autre côté du port. Si c'était le cas, elle était sans illusion sur le sort qui lui serait réservé. La petite Roumaine qui s'était enfuie avait été retrouvée une balle dans la tête, mais qui s'en souciait dans ce pays !

Au bout de deux heures qui lui semblèrent une éternité, un africain, surgi on ne sait d'où, était venu la chercher pour rejoindre le navire.

Elle savait qu'elle ne passerait pas longtemps inaperçue sur le bateau, peu lui importait pourvu qu'il ait pris la mer.

En fait, cela avait duré deux jours. Le capitaine hollandais parlait un anglais impeccable, elle, très peu. Virginie avait pu cependant raconter son histoire qui, au moins au début, avait paru invraisemblable au marin et l'avait passablement désappointé.

Elle avait eu droit malgré tout à une cabine et à beaucoup de questions. Le capitaine échangeait message sur message avec la France, ne sachant trop quoi faire de cette passagère insolite, mais qu'il n'était pas question de débarquer.

La traversée lui avait paru longue. Elle ne savait pas trop comment elle serait accueillie à l'arrivée, mais rien ne pourrait être pire que ce qu'elle avait vécu jusqu'à son départ.

Police, douane, contrôle sanitaire, interrogatoires ou recherches multiples, paperasses… son histoire surprenait.

Affabulatrice, malade mentale ?

Elle avait bien vu le doute dans les regards qui se posaient sur elle.

Il lui avait fallu attendre, et attendre encore…

« Flac… flac… » faisaient les lamelles du rideau dans sa chambre d'hôpital s'agitant sous le léger souffle du vent rythmant son temps solitaire. Elle était là depuis plusieurs jours afin de reprendre des forces, attendant d'avoir une existence le jour où les autorités lui restitueraient son nom.

Enfin, on avait pu établir sa véritable identité et faire le rapprochement avec ses enfants placés. C'était le médecin, chef de service, qui le premier lui avait annoncé la nouvelle qu'il tenait elle ne savait plus de qui, ou peut-être n'avait-elle pas écouté la suite.

Dès lors, son histoire était devenue incroyable, fascinante et tellement émouvante ! C'était ce que chuchotaient les infirmières.

À sa sortie, le Docteur Bernard l'avait mise en relation avec les services sociaux qui eux-mêmes l'avaient confiée à un organisme de réinsertion sociale.

Elle y avait appris quelques notions d'informatique qui lui permettaient d'avoir un petit poste dans un bureau. Mais il n'était pas encore question de pouvoir reprendre ses enfants, ses ressources restaient encore trop modestes et il fallait à nouveau apprendre à se connaître. Disparaître et réapparaître quelques années plus tard n'étaient pas facile à comprendre pour des enfants, lui avait-on expliqué. Elle en avait, elle aussi, fait l'expérience et comprenait.

Attendre, attendre encore, attendre toujours…

Mais surtout la police et un peu plus tard la justice, sûres toutes deux de tenir le témoin d'un trafic de « traite des blanches », n'étaient pas pressées de la voir s'éloigner. Elle avait raconté mille fois son histoire, interrogée dans les moindres détails.

Des arrestations avaient suivi permettant de remonter la filière, la presse s'en était mêlée, faisant grand bruit.

Quelques jours s'étaient écoulés, plus calmes.

Il semblait que le réseau s'était dissipé de lui-même.

Puis la nouvelle était tombée : enfin des membres importants du réseau international, dont le frère du patron, son ex-ami, venaient d'être pris avec l'aide d'Interpol.

Elle avait à nouveau été rappelée, comme elle disait, par les « autorités ». On avait besoin d'elle.

« Flac… flac… » faisaient les doigts secs de l'avocat tapotant sur son dossier déjà conséquent. Il attendait qu'elle prenne sa décision : tout dépendait d'elle, il faisait appel à son sens des responsabilités.

Elle avait en tête le souvenir de la petite Roumaine si fragile qu'elle entrapercevait parfois dans la pièce à côté, pleurant doucement, le visage tuméfié pour n'avoir pas « assez rapporté » à son proxénète en fin de journée. Et combien d'autres subissaient le même sort ?

Elle avait aussi en tête la fin tragique de la jeune fille pour avoir tenté d'échapper à sa vie misérable.

Quelques jours de réflexion lui étaient nécessaires, elle avait peur, peur de la confrontation, peur de la mort.

Et ses enfants, quand les verrait-elle ? On lui avait répondu qu'ils seraient fiers d'elle plus tard, lorsqu'ils apprendraient son geste, mais que pour l'instant il fallait les laisser loin de tout ça, les protéger. Ensuite, après le procès, elle serait autorisée à les voir. Il avait même été question de lui fournir un logement en HLM pour qu'ils lui rendent visite.

Des heures de lutte avec elle-même, d'interrogations sur l'avenir, alternaient avec son espoir de revoir ses enfants, puis le doute s'installait, elle ne savait plus où elle en était, ce qu'elle devait faire, comment en finir avec ce passé qui ne la lâchait pas.

Elle s'était enfin décidée : elle irait témoigner et le procès aurait bien lieu. On l'avait félicitée pour son courage.

Elle, elle voulait tourner la page, oublier au plus vite ou tout au moins ne plus penser à tout ça.

Se reposer.

Revivre autrement.

La police la surveillerait pour éviter tout incident, lui avait-on dit. Tout incident ? Mais c'était de sa vie qu'il s'agissait !

Le procès avait fait la une des journaux, la télévision à grands coups de flashes avait suivi l'affaire, la population débattait, certains angoissaient à l'idée que l'un de leurs enfants puisse vivre ces choses affreuses étalées au grand jour.

Les condamnations tombaient, les années de prison s'ajoutaient les unes aux autres et… elle avait peur.

Elle savait qu'on ne transgresse pas les lois « du milieu », que la rébellion n'y était jamais pardonnée. Elle avait compris, réellement pris conscience que sa vie était en sursis le jour où elle avait dû faire face à son ancien amant lors du procès.

Son regard et surtout son geste discret, mais bien connu et visible d'elle-même l'en avaient convaincue : le poing droit fermé, il avait abaissé le pouce en direction du sol. Ce geste, elle le connaissait. Il signait toujours la disparition de ceux qu'il ne voulait plus voir dans son entourage.

« Flac… ! » avait fait le cran de sureté du pistolet placé derrière son dos par l'homme qui la suivait et qu'elle avait pris pour un policier. Elle ne savait même plus si elle avait eu mal les secondes qui suivirent.

Depuis combien de temps était-elle là ?
Mais était-ce important ? Maintenant, elle ne sentait plus rien.
Était-elle toujours en vie ?
Bientôt… peut-être très vite, ne saurait-elle plus…

Demain ou plus tard, son histoire ne sera qu'un fait divers parmi tant d'autres, chassée par une autre histoire tout aussi dramatique.

Personne ne songera aux sacrifices de cette femme, l'indifférence reprendra ses droits.

Voyage vers soi

Elle venait de clore les derniers volets qui semblaient faire encore un clin d'œil à la vie et de fermer la porte derrière les déménageurs.

Restée seule, Line descendait les dernières marches du perron, les bras chargés du précieux fardeau qu'elle s'était constitué. Elle tenait à le transporter elle-même.

La jeune femme avait empaqueté un tas de papiers, pour certains eux-mêmes déjà entassés dans des boîtes, des photos, quelques objets dépareillés.

Il lui semblait que son paquet renfermait encore quelques battements d'un cœur qui avait cessé de battre deux mois auparavant, terrassé par un infarctus.

Sans doute laissait-elle aussi derrière elle une partie de sa propre histoire.

De multiples occupations avaient rempli les jours suivants.

Cependant, elle était habitée par une idée singulière, celle de mettre de l'ordre partout autour d'elle et tout particulièrement de ranger le contenu de ce paquet, comme si tout devait à nouveau reprendre ou trouver sa place.

Peut-être aussi cherchait-elle la sienne après le brusque départ de celui qui avait remplacé son père absent ?

Elle avait donc mis son projet à exécution.

C'était des vacances pluvieuses.

« Autant valait-il trouver une occupation à l'intérieur », avait-elle prétexté.

Durant plusieurs jours, elle s'était affairée à classer, déclasser, reclasser tous les papiers et les photos sortis d'une boîte en carton légèrement endommagée.

Ces papiers, de vieux papiers jaunis par le temps, des photos écornées et à demi-effacées qu'un jour, on ne sait pas très bien pourquoi, on décide de ranger plutôt que de faire son ménage ou de sortir marcher sous la pluie !

Saura-t-on jusqu'où ces objets peuvent mener celui ou celle qui succombe à la tentation du rangement et s'y aventure ?

Quoiqu'il en soit, forte de cette décision, elle avait réfléchi à la méthode à adopter afin d'être la plus opérationnelle possible, entendre par ces mots, en finir au plus vite avec la tâche qu'elle s'était assignée. Cécile ignorait que celle-ci dépasserait de beaucoup le temps imparti.

Elle ne voulait pas déroger à la règle fixée : vite et bien.

Cependant, plus elle avançait dans le temps, plus elle avait le sentiment d'être prisonnière, cernée de toute part par tous ces documents qu'elle avait disposés autour d'elle et qui envahissaient même le sol !

Des hésitations entrecoupées de quelques soupirs… la lecture concédée d'une adresse… un regard jeté du coin de l'œil sur la photo retournée pour lire la dédicace au passage… des pétales épars d'une fleur qu'elle s'était accordée le temps de reconstituer… l'odeur passée et quelque peu suave qu'elle n'avait pu s'empêcher de sentir à travers le papier de soie qui l'entourait… le travail n'avançait guère.

Elle n'en finissait pas de poser d'un côté, remettre de l'autre !

La moindre distraction devenait redoutable, d'autant que s'ajoutait à tout cela et subrepticement le souvenir d'une parole entendue ou celui de visages jadis rencontrés et jusque-là enfouis dans sa mémoire !

Et comme si les jours n'y suffisaient pas, les nuits devenaient habitées d'autant de fantômes !

Au cours des années passées, quelqu'un l'avait précédée dans le rangement de certains documents, un quelqu'un peut-être soucieux de prendre ou reprendre sa place dans la lignée familiale ?

Elle avait, dans le fond d'une boîte, trouvé un classeur.

Celui-ci apparaissait très ordonné, soigné. Loin de se référer à un quelconque logiciel comme c'eut été la tentation actuelle, l'écriture y était appliquée avec des pleins, des déliés et soulignée par endroits de traits bien droits.

Cécile mesurait à travers le choix de cette construction et l'ordonnancement des documents le temps passé à explorer des époques révolues.

Son auteur avait choisi un classement par couples mariés, privilégiant chaque fois la filiation masculine et descendante afin de suivre la même lignée.

Chaque élément récolté portait un numéro de référence repérable sur une liste qui le précédait. Celle-ci était elle-même annoncée par une fiche relevant les principales données caractéristiques du couple ou de la personne. Des actes de naissance ou des écrits en faisaient foi, des textes, parfois des lettres, des copies, quelques coupures de journaux se succédaient au fil des pages tournées.

Après réflexion, elle avait décidé de persévérer dans cette même forme de classement pour ranger tout ce qui ne l'était pas encore.

Cécile avait donc opté pour un classement chronologique qui lui semblait le plus adapté, et surtout en adoptant cette méthode toute trouvée, elle allait sûrement économiser des heures précieuses.

Mais l'affaire traînait en longueur malgré sa résolution.

Cela finalement avait pris beaucoup de temps, de place dans le bureau… de chamboulements dans sa tête et… presque toutes ses vacances, mais elle en était satisfaite !

Elle ressentait… au moins dans un premier temps, cette satisfaction que l'on éprouve d'un travail accompli avec sérieux.

Certes, elle avait été traversée de sentiments divers, avait vécu de délicieux moments, parfois des incertitudes ou quelques tensions compensées par des découvertes sur l'un ou l'autre de ses ascendants, et s'était aussi replongée dans l'histoire avec un grand H.

Cécile se disait qu'à travers ce travail généalogique elle avait vécu une aventure fantastique, une aventure comme l'aurait menée un explorateur, avec rigueur et soin, s'appuyant sur le moindre détail.

Elle avait parfois le sentiment de prendre une sorte de revanche sur un passé qui avait pu paraître avec quelques failles, des manques dans sa propre histoire. Parfois un regard fuyant, une moue muette, un haussement d'épaules posé avec fatalité, des faits relatés à mots couverts avaient pu lui donner l'impression que des choses restaient à découvrir… réalités, secrets ou fruits de l'imagination ?

Elle avait même plaisanté en disant :

« Je suis comme les premiers pionniers débarquant sur le sol d'Amérique ! Je vais à la découverte ! »

Une découverte respectueuse, car elle avait pris soin de laisser loin de ses investigations les petits paquets de lettres entourés de rubans au ton fané, se refusant à entrer dans cette intimité amoureuse qu'elle pressentait.

À l'enthousiasme du travail accompli avait succédé une perception plus critique pour finir par se moquer d'elle-même !

Finalement qu'avait-elle fait ?

Ce que d'autres avaient déjà fait avant elle ! Remplir quelques cartons… un peu plus neufs ceux-là, et dans un ordre différent, peut-être un peu moins encombrants que les premiers !

Et après ? À quelle fin ? Qui allait s'y intéresser ? Elle aurait aimé faire partager ses découvertes et son goût pour l'Histoire, mais pour l'heure il lui fallait maintenant trouver une place à tous ces rangements !

Au fur et à mesure qu'elle s'y activait, une pensée se faisait jour. Ainsi avait-elle brassé le passé, un espace et un temps d'une histoire familiale qui se continuait avec ses garçons. Ils n'étaient pas encore dans le souci de se rattacher à une lignée mais ils aimaient la lecture.

Une idée l'avait alors effleurée.

Elle l'avait d'abord rejetée, haussant les épaules comme quelque chose d'impensable ou d'irréalisable ! Une folie !

Mais l'idée faisait son chemin.

Oui… Pourquoi ne s'engagerait-elle pas dans l'aventure de transmettre un passé reconstitué, parfait ou imparfait sous forme d'un ouvrage ? Malgré les quelques lacunes, elle se disait qu'elle aurait pu écrire un livre tant elle s'était penchée sur l'existence de chacun.

Une chronique à la fois familiale et sociale de ces petits-bourgeois verriers dont elle était maintenant capable de construire le parcours ? Ces éléments du passé n'étaient-ils pas pour partie le socle de sa propre existence, mais aussi de ses enfants et pourquoi pas de ses petits-enfants plus tard ?

La lecture, pensait-elle, serait certes plus attrayante que la manipulation des cartons.

Une aventure passionnante se dessinait : s'appuyer sur des faits réels, donner un cadre en creusant parfois l'histoire, ici bordelaise, mieux connaître ceux qui l'avaient vécue en remontant le temps. N'avait-elle pas amorcé la démarche ? Rencontrer ces êtres qui parfois l'avaient fascinée par des bribes d'histoires recueillies, de véritables héros ou rendus comme tels par un élément de leur vie qui autrefois à ses yeux d'enfant les avait résumés.

Il y avait Philibert le verrier, Jean-Édouard le sage, Arnaud ruiné après l'achat de mines en Espagne, Robert et sa chevalière, etc. autant de personnes, de faits et d'évènements qui les avaient construits.

Idée un peu folle, présomptueuse, mais tellement séduisante à travers le challenge annoncé !

Quelques jours de réflexion ou plutôt de manque de réflexion avaient été suffisants pour la lancer dans l'aventure !

Mais n'est pas écrivain qui veut !

Cependant, quelque temps après devant sa page blanche, elle cherchait comment débuter l'écriture de son récit, trouvant les choses complexes et compliquées à rapporter.

Pour l'instant, elle était là à se débattre avec ses états d'âme et ses choix.

Comment introduire cette narration qui aurait pu s'étaler sur un siècle entier et bien au-delà ?

Comment captiver ou tout au moins intéresser ses quelques lecteurs familiaux pour certains plus coutumiers d'internet que de lecture ?

Elle avait d'abord pensé à relater quelques éléments proches de ce qui avait été sa réalité du moment, cette douloureuse séparation d'un être cher, mais n'avait pas voulu assombrir le début de son écrit.

Que choisir pour amorcer son récit ?

Peut-être pouvait-elle conserver seulement l'idée du déménagement, situer son introduction comme une scène ? Pourquoi pas ? C'eût été un prétexte acceptable.

Voyons… une pièce vide qu'on laisse derrière soi et un dernier regard jeté sur la place quittée, un plancher qui craque, quelques objets ou vieux papiers qui traînent encore sur le sol ? Elle n'était pas très convaincue…

Ou encore un journal qui sert d'emballage relatant des faits retenus comme intéressants, dessinant là le contexte social et historique d'un moment particulier ? Bof… c'était un peu limité.

Elle avait aussi pensé aux photos jaunies. Celles qu'on hésite à emporter pour ne pas s'encombrer et que malgré tout on emporte. « Ce sont des souvenirs, on ne sait jamais »… sans savoir « ce qu'on ne sait jamais », le tout teinté peut-être d'une forme de respect d'un temps fixé pour toujours ? L'occasion était tentante, trouvant là dans la description de chacune matière à écrire, mais elle ne l'avait pas non plus retenue.

Alors, ce bruit qui réveille une image enfouie dans sa mémoire aurait-il eu plus de succès pour se lancer dans son récit ?

Non, décidément non !

Il lui restait peut-être la possibilité de commencer par un rêve… Oui, c'était tentant, mais comment passer de l'un à l'autre de ces personnages, s'était-elle interrogée ?

Immédiatement, ce terme de personnage lui était apparu inadéquat, car pour elle il s'agissait de parler d'êtres qui avaient aimé, vécu, et non d'individus fictifs comme cela pouvait être interprété !

L'idée d'une rencontre avec une personne aurait-elle pu alors être saisie comme prétexte pour évoquer quelques images du passé ?… Cela ne l'avait guère convaincue… Un objet ayant appartenu à l'un ou l'autre avait également été laissé de côté dans cette période d'indécision.

Aborder l'écriture en commençant par décrire un moment de lassitude, de mélancolie qui incite à rêvasser ? Cette sorte de vague à l'âme serait-elle plus propice à engager une réflexion en même temps qu'une histoire ?

Erreur.

Cette idée ressemblait trop à ce qu'elle vivait et l'enfonçait davantage dans les méandres des souvenirs sans trouver le fils conducteur.

Trop de nostalgie dans tout ça !

Une autre idée l'avait un instant séduite, celle d'adopter le style du roman policier : 16e série n° 95, allée Carayon-Latour. L'histoire familiale commençait comme une série américaine. C'était cependant la seule ressemblance ! Point d'Amérique ! Point de buildings énormes ! Point d'agitation ! Seule analogie le croisement de voies bien rangées… mais celles-ci bordées de cyprès et de nombreuses tombes !

Cimetière de la Chartreuse, Bordeaux… une chapelle en pierre blanche, verdie par endroits dont la porte a perdu quelque peu son lustre vert et s'est patinée.

Amis ou ennemis, amants ou délaissés, hommes et femmes, jeunes et vieux, ils étaient tous là. Depuis sa construction, quatre générations d'hommes s'étaient transmis cette dernière demeure. Elle aurait ainsi pu retrouver leur nom en même temps que leur histoire… Tiens, cela l'avait amenée à penser que c'était elle qui viendrait rompre cette chaine masculine !

Non, décidément, cela devenait trop triste !

« Combien le décès d'un être proche fragilise, rend vulnérable et fait plonger dans les souvenirs », avait-elle constaté en même temps que ce jour-là elle avait renoncé à écrire… enfin seulement ce jour-là !

Puis du temps s'était écoulé…

Cécile s'était à nouveau remise à la tâche, installée devant son ordinateur, non sans de nouveaux états d'âme !

Écrire était une chose, mais n'allait-elle pas induire en erreur ses lecteurs, les tromper sur les sentiments des personnes même si elle croyait les traduire au mieux, voir les trahir tout court !

Impossible de connaître vraiment ce qu'elles avaient ressenti, mais simplement elle pouvait imaginer les bouleversements entraînés par les situations traversées.

Pourtant, elle se refusait aussi à rassembler des noms et des dates et les retranscrire d'une façon aussi « aseptisée », disait-elle. « Ça ne l'intéressait pas ! »

« Lance-toi, raconte nous l'histoire de la famille comme tu l'as vue, fais-en une chronique… même un peu romancée, on préfère ça que de ne rien connaître… et puis si on veut, on ira chercher les documents… plus tard ! », lui disaient ses fils.

Forte de ces encouragements, c'était elle qui, la première, avait repris la boîte en carton bien rangée, fruit de son travail laborieux des semaines précédentes et défait avec soin le scotch qui l'entourait.

Le premier objet qu'elle avait retrouvé était le classeur qu'elle avait tenu à garder en l'état. Sitôt la couverture tournée, il y avait un arbre généalogique commencé.

Des années défilaient à chaque page tournée, apportant leur histoire.

Mamerte, 1568, un drôle de prénom qui se répétait au cours de plusieurs générations. Tiens, un testament… 1824… François… Duché de Savoie… Avait-il sa place sur cet arbre ? Mais oui, 1762… 1843… fils de Jean et d'une certaine Marie, petit-fils de…

Et ainsi sous ses yeux se renouaient les filiations.

Peu à peu se reconstituait dans un coin de sa mémoire un tableau devant lequel elle était autrefois passée, une peinture à la gouache dans son cadre doré ornant parmi d'autres le hall d'entrée de la maison sur les boulevards.

François de Capi… Un calcul laborieux l'avait fait le situer comme… elle ne savait comment nommer cet ascendant… aïeul… et quelque chose… Elle y avait renoncé et plus simplement avait évalué que sept générations les séparaient, tandis que des bribes d'histoires entendues autrefois ou des souvenirs réveillés par la manipulation des divers papiers les jours précédents commençaient à l'assaillir.

Elle s'était attardée sur la seconde page du testament de François, admirant la signature affirmée et élégante, et déjà elle l'imaginait dans ce moment important, reflet des choix qui avaient été les siens.

Elle faisait de nombreux allers-retours entre le texte et l'arbre, essayant patiemment de nouer des liens entre les noms des héritiers cités et les dates, si bien que chacun trouvait peu à peu sa place dans sa tête comme sur les inscriptions qu'elle lisait.

C'était il y avait bien longtemps…

Son imagination la transportait près de lui pour ce jour important… François était là, si proche.

Et elle s'était mise à écrire oubliant ses scrupules… Durant des jours et des jours, elle avait réécrit les évènements et les faits passés… un peu à sa manière, comme un roman.

L'embarras d'un choix

Marc tentait en vain de regarder à travers la vitre du train.

Avec une certaine nostalgie, il se disait qu'il était bien fini le temps où l'on pouvait apercevoir l'irruption d'une biche sortant d'un bois ou surprendre quelques baisers amoureux sur le bord d'un quai de gare.

Le TGV Atlantique se glissait comme un serpent dans le paysage avec la promesse d'arriver le plus vite possible à destination : Bordeaux-Paris, 2 h 04.

Le jeune homme était revenu déçu de ce qui s'appelait pompeusement « restaurant ». N'en parlons même pas. Il avait eu le choix entre un sandwich caoutchouteux ou des raviolis pâteux pour finir par mâchonner le premier.

Il avait consulté sa montre : près d'une heure restait avant d'atteindre Paris. Il avait jeté un coup d'œil autour de lui. Aussi loin qu'allait son regard, il constatait que pas un seul de ses voisins ne levait la tête de son ordinateur ou de sa tablette dans un silence impressionnant.

Sa sœur assise en face de lui était absorbée par la lecture d'une revue. Elle lui avait dit, quelques jours avant :

« Nous pourrions faire le trajet ensemble. Cela nous permettra d'être un peu plus longtemps l'un avec l'autre. Je vais profiter de ce week-end pour aller voir comment se passe l'installation des enfants. »

Puis, l'air plein de sous-entendus, elle avait ajouté :

« Et toi tu iras à Ta Rencontre. »

Maintenant, il était sur le chemin de cette rencontre.

Sa sœur avait quitté son magazine quelques instants pour lui faire un sourire en le voyant bâiller. Il y avait répondu par un clin d'œil et avait dit :

« Faute de voir à l'extérieur, je vais faire un voyage intérieur », et avait fermé les yeux quelques minutes.

Marc avait laissé son appartement parisien à ses neveux qui commençaient des études supérieures.

En fait, les choses s'étaient organisées presque d'elles-mêmes.

Trois ans passés à Athènes lui avaient permis de parfaire ses études helléniques tout en jouant en quelque sorte un rôle d'assistant auprès d'un professeur d'université, faisant un peu de recherche et d'enseignement.

Il avait ensuite passé un concours dont la réussite l'avait conduit à Paris comme universitaire durant 3 années de plus, mais avec un statut de suppléant et un poste dont l'avenir lui semblait incertain. Actuellement, les circonstances, la chance faisaient qu'il avait obtenu le statut de maître de conférences en acceptant son déménagement sur Bordeaux.

Quelque temps avant cette nomination qu'il n'attendait pas, son copain Jonathan l'avait vivement incité et encouragé à s'inscrire auprès d'une agence de rencontre pour célibataires.

« C'est vraiment dommage que tu ne profites pas comme moi des joies du mariage et de la paternité, maintenant que tu es installé dans la vie. À deux, c'est beaucoup mieux, crois-moi. »

Il faut dire qu'il avait beaucoup, beaucoup hésité à le faire.

Jonathan avec toute la conviction dont il était capable avait insisté :

« C'est vrai, dans notre société on a l'occasion de vivre de multiples rencontres au boulot, dans les lieux publics et surtout avec internet, et tu n'es pas foutu de trouver une fille à ton goût ! Je ne sais pas si tu es trop difficile ou si tu ne cherches pas !

Ce qui est sûr aussi, à ta décharge, c'est que nous vivons dans une société paradoxale : beaucoup de moyens de communiquer, ou tout au moins de nous exprimer, et pourtant nous avons des difficultés à établir des relations interpersonnelles souvent par peur, méfiance comme s'il fallait se protéger des autres. Ah, c'est plus facile d'envoyer des SMS que de se parler maintenant. Si tu voyais, comme je les vois au cours de mes consultations, tous ces gens qui souffrent de solitude et d'isolement, ça te donnerait à réfléchir ! »

Jonathan avait marqué un temps d'arrêt, puis repris avec force dans l'espoir d'enfin convaincre Marc :

« Essaie donc avec cette adresse. Bon d'accord, c'est du virtuel au début, mais je connais 2 ou 3 copains qui sont passés par là. Ils ont fini en relations de couple. Ça s'est concrétisé dans de vraies rencontres qui se sont inscrites dans le temps. »

Et Marc, lui, avait fini par s'inscrire.

Pris par ses différentes obligations de départ et d'installation, il avait oublié d'annuler son adhésion comme cela avait été son intention lorsqu'il avait décidé de quitter Paris. On peut dire, même, qu'il avait oublié jusqu'à sa démarche auprès du site de rencontre.

Il y avait à peu près une quinzaine de jours, il avait reçu un courrier de l'agence lui disant qu'à partir des informations qu'il avait fournies et de ses attentes, un rendez-vous était possible.

Passés la surprise et le petit coup au cœur, il aurait pu y renoncer, mais il ne l'avait pas fait, remettant la réflexion à plus tard.

Bien malin celui qui saurait dire pourquoi.

La réponse « officielle » avait été :

« Ça me donnera l'occasion de revoir Paris et les copains », lorsque sa sœur, mise dans la confidence, l'avait interrogé sur ce qu'il comptait faire. Malicieuse, elle avait alors dit :

« Le jeu de l'amour et du hasard aura-t-il encore de beaux jours devant lui ? »

Elle l'avait ensuite mis en garde :

« Méfie-toi cependant qu'en remplissant les petites cases des questionnaires tu n'établisses trop de filtres avec le risque de tout rationaliser. Moi, je suis pour l'inattendu, peut-être même le grain de folie des rencontres surprises. Ne te protège pas trop, va à l'aventure et laisse-toi surprendre. »

Arrivés à Paris, Jonathan était venu chercher le frère et la sœur à la gare. Il avait conduit la jeune femme à l'appartement, pressée de retrouver ses « chers petits », puis les deux amis étaient partis prendre un café un peu plus loin, heureux de se retrouver.

Ils avaient fait une grande partie de leurs études ensemble, jusqu'au baccalauréat. Là, leur choix d'avenir professionnel les avait fait se séparer sans jamais altérer leur amitié. Marc était plutôt littéraire, Jonathan, sûr de son choix, s'était tourné vers la médecine. Ils ne manquaient aucune occasion de se retrouver. Marc avait été témoin du mariage de Jonathan et accepté d'être le parrain de son fils.

Il arrivait parfois que Jonathan présente à son ami « quelques cœurs à prendre », espérant le décider, mais tout ça sans succès.

Parfois, en plaisantant, il leur disait :

« Je vous présente une espèce en voie de disparition, un professeur de grec et de latin ! Enseigner des langues mortes, pardon je crois que maintenant on dit "anciennes", dans le monde moderne du "cloud", quel paradoxe ! »

Cela permettait d'engager la conversation, mais la plupart du temps, Marc s'intéressait peu à sa poursuite.

Jusqu'à présent, il n'avait guère pensé qu'à ses études, son avenir, ce qui ne l'avait pas empêché d'avoir quelques aventures sans lendemain. Mais depuis quelque temps, quand il voyait le couple de Jonathan, il l'enviait un peu, aussi avait-il fini par écouter les conseils de son ami.

Justement, à l'instant même, celui-ci insistait faisant allusion au rendez-vous de Marc :

« Rencontrer, c'est aller vers quelqu'un qui est contre soi, et crois-en mon expérience, plutôt tout contre ! », avait-il affirmé en souriant.

« Oui, je ne sais pas si je suis prêt pour ça. Je n'aurais jamais dû t'écouter… J'ai la frousse d'aller là-bas. Si ça marche, tout va changer dans mon existence, je crois que j'ai peur du changement…

Aristote nous dit que chacun est plein de "possibles", "de talents", et que c'est l'autre, la rencontre avec l'autre qui en permet la réalisation, et peut-être que cette version me va mieux. »

Voyant son ami dans l'incertitude la plus complète, Jonathan avait ajouté, un peu agacé :

« Arrête donc de toujours intellectualiser toutes les choses ! Laisse-toi aller un peu, sinon tu vas devenir un vieux crouton emmerdeur », et il l'avait poussé vers cette rencontre qu'il appréhendait tant.

Voilà maintenant qu'il était au pied du mur.

Il pouvait encore reculer, il était un peu en avance sur l'heure du rendez-vous. Il n'avait jamais reculé devant le danger, et là il se sentait en danger sans vraiment le définir.

Tant qu'il s'agissait de rencontre virtuelle, il reconnaissait que les mots échangés avaient été de grands médiateurs à travers les quelques e-mails ou textos. Il en était de même des photos qu'il avait tenu à voir sur l'ordinateur... pour se faire une meilleure idée, son smartphone rendant une image trop imprécise à son goût.

Mais il avait conscience que tout ça ne traduisait pas nécessairement une relation réelle avec la personne. Il allait falloir faire avec sa présence, partager des moments improvisés, échanger sur d'éventuelles mises en commun de leurs affinités ou de leurs ressentis. Ces divers éléments allaient certainement créer un lien... Il serait bien sûr libre de l'entretenir... ou pas.

En ajoutant raison après raison, il avait malgré tout pensé, juste l'espace de quelques instants, que celles-ci pouvaient peut-être être réciproques.

Et puis cette situation de rendez-vous ne passait pas trop. Bien que consentie, elle avait quelque chose de pas très naturel : passer par une agence ! C'était un peu ridicule !

Qu'est-ce qu'il faisait encore là à décliner ses états d'âme ? Il était encore temps de... Et il l'avait vue entrer dans le café.

Elle était là, devant lui, souriante, quelque peu intimidée.

Il ne s'agissait plus d'imaginer ce premier contact, de l'imaginer, elle. Aussitôt, c'était comme s'il l'avait reconnue.

Il ne savait pourquoi, cette présence très concrète, réelle lui avait provoqué un certain plaisir.

Oui, il fallait bien le reconnaître.

Il s'était fait des idées à partir des courriers échangés, des photos.

Il l'avait imaginée d'une certaine façon, s'attendant à autre chose qu'il ne savait définir et... il découvrait quelqu'un d'autre.

Il était surpris et en même temps elle lui semblait familière, comme s'il l'avait déjà rencontrée.

Déstabilisé, il s'était accroché à l'idée de Platon et son mythe de la réminiscence parce que, ça, il connaissait. Et… la théorie, c'était tellement plus rassurant !

Quelque chose d'un déjà-vu se présentait à lui.

Était-ce physique, un ressenti, une émotion ?

Ce sourire peut-être, non, le timbre de la voix, ce timbre qui lui procurait une telle émotion. Souvenir perdu ? Sans doute cette rencontre réveillait-elle quelques éléments enfouis dans des temps révolus.

Ce n'était pas le moment de chercher des explications théoriques, lui aurait rappelé Jonathan s'il avait été présent. C'était comme si une petite voix lui disait :

« Lâche-toi, improvise, tu ne peux pas toujours tout maîtriser, expliquer, anticiper. »

Il lui fallait réagir, il lui fallait agir.

À partir du moment où il avait lâché prise, tout s'était passé vite, si vite qu'il n'avait pas vu le temps s'enfuir.

Il était bien.

Il avait le sentiment qu'il en était de même pour elle, car à la dérobée il cherchait à savoir, observant ses attitudes dans l'espoir d'y trouver confirmation. Avait-elle eu, elle aussi, des attentes conscientes ou inconscientes, des réticences ou peut-être des résistances en venant là ?

Puis il avait croisé son regard et avait aussitôt compris qu'il ne lui était pas indifférent. Dès cet instant, il s'était comme senti autorisé à parler avec naturel, à se raconter, à questionner.

Ils riaient, heureux.

C'était comme dans les romans. Était-ce ça le coup de foudre ?

Il avait pensé à ses parents pour qui il avait beaucoup d'admiration, combien ils étaient restés unis malgré les années passées, à cette tendresse qui enveloppait leurs rapports, même si parfois ils se chamaillaient, comme ils disaient.

Soudain, il se sentait bien vivant, prêt à accueillir ce monde inconnu qui s'offrait à lui.

Jonathan n'avait pas manqué de l'appeler le lendemain de cette entrevue. Il n'avait pas eu à le questionner.

Marc n'en finissait pas de décrire la jeune femme, son sourire, sa voix, son humour, tous les points qu'ils avaient en communs, tout et tout…

Jonathan avait patiemment écouté sans rien dire, d'ailleurs Marc ne lui en avait pas laissé la place. Cela ne l'empêchait pas de jubiler intérieurement, heureux d'entendre la joie de son ami et son enthousiasme en lui annonçant son prochain rendez-vous. Marc avait alors questionné :

« Tu m'entends, tu es toujours là ? »

Jonathan avait pris une voix profonde et lui avait dit, comme il se doit, d'un ton doctoral :

« Je ne t'ai jamais entendu parler comme ça. Mon diagnostic tombe, imparable : toi, mon vieux, tu es amoureux ! »

Marquant un temps d'arrêt, il avait ajouté :

« Crois-en mon expérience de cinq ans. Si c'est réciproque, il ne vous restera plus qu'à apprendre à regarder le monde chacun à la façon de l'autre, en discuter, et vous saurez ainsi regarder ensemble. Tu verras, c'est super. »

Touché par les propos de Jonathan et pour ne pas paraître plus sensible que de raison, Marc avait tenté un peu d'humour :

« Sans vouloir abuser d'un terme à la mode, on peut dire que tu es le roi de l'algorithme, mais… rassure-toi, je retiendrai volontiers le contenu de ton ordonnance, Docteur. »

En même temps qu'il parlait, une interrogation se profilait dans sa tête : cette rencontre, en soi, qui était déjà une promesse, celle des possibles, s'ouvrirait-elle sur un avenir à deux ?

Table

1. Frère de cœur 11
2. Ennemis déclarés 27
3. Un lieu, un temps, un fait 39
4. Au pays des souvenirs 63
5. Chemins croisés 79
6. Chercheur de bonheur 91
7. Au bout du couloir 109
8. Connivences 127
9. Mutation 151
10. Tentation 163
11. En quête 177
12. Patience 199
13. Fait divers 215
14. Voyage vers soi 229
15. L'embarras d'un choix 239